AF704877

Kontaktadresse nach EU-Produktsicherheitsverordnung:
produktsicherheit@fischerverlage.de

Sieben Erzählungen, die sich wie Variationen über ein Thema lesen: der Mensch und seine Rollen. Während es manchen gelingt, die Verkleidung fast spielerisch zu wechseln, erträumen sich andere sehnsüchtig ein freieres Leben. Kaiserin Elisabeth will nicht bleiben, was sie ist: fester Bestandteil des starren Protokolls am Wiener Hof. Charles Deon de Beaumont ist gezwungen, 49 Jahre seines Lebens als Mann und 34 Jahre als Geneviève zu verbringen. Und während der Maler Georg Friedrich Brandes überrascht feststellen muß, daß selbst seine besten Freunde ihn nicht mehr erkennen, macht Carabu aus Javasu keine Angaben über ihre Herkunft. Doktor Grotkau treibt der Drang nach sexueller Erfüllung, König Ludwig von Bayern wünscht sich einen vertrauten Diener auf seinen Nachtwanderungen.

Nach langer Zeit liegen einige von Kühns dichtesten Erzählungen wieder gesammelt vor. Einprägsam und in weitem Sprachspektrum erzählt er vom Wechselspiel der Rollen und Masken, von der Biographie als tragikomischem Spiel.

Dieter Kühn, 1935 geboren, lebt als freier Schriftsteller in Köln. Für seine Romane, Biographien, Erzählungen, Kinderbücher, Hör- und Schauspiele wurde er mit Literaturpreisen ausgezeichnet.

Im Fischer Taschenbuch Verlag liegen von Dieter Kühn vor: seine Mittelalter-Trilogie *Der Parzival des Wolfram von Eschenbach* (Bd. 13336), *Neidhart und das Reuental* (Bd. 13335) und *Ich Wolkenstein* (Bd. 13334), die Romane *Beethoven und der schwarze Geiger* (Bd. 13170), *Stanislaw der Schweiger* (Bd. 13602) und *Der König von Grönland* (Bd. 14418), der Erzählungsband *Und der Sultan von Oman* (Bd. 13788), die Karl-Philipp-Moritz-Novelle *Das Heu, die Frau, das Messer* (Bd. 13171), das Lebensbuch *Clara Schumann, Klavier* (Bd. 14203) und drei Kinderbücher. Zuletzt erschien bei S. Fischer die biographische Skizze *Goethe zieht in den Krieg* (1999).

Unsere Andresse im Internet: www.fischer-tb.de

Dieter Kühn

Der wilde Gesang der Kaiserin Elisabeth

Erzählungen

Fischer Taschenbuch Verlag

Die Nutzung unserer Werke für Text- und Data-Mining im Sinne von § 44b UrhG behalten wir uns explizit vor.

2. Auflage

Überarbeitete Neuausgabe
© 2024 S. Fischer Verlag GmbH,
Hedderichstr. 114, 60596 Frankfurt am Main
Printed in Germany
ISBN 978-3-596-14588-1

Inhalt

Carabu aus Javasu

Wer bist du? Wie heißt du? Woher kommst du?« Keine Antwort darauf, sonst klappt so was immer, aber nicht bei ihr. Der Bauer wiederholt seine Fragen: »Who are you? What's your name? Where are you coming from?« Sie nickt nicht, schüttelt nicht den Kopf, hebt nicht die Schultern, schaut den Bauern einfach an, weil er sie fragt, schaut dann zur Bäuerin, die seine Fragen wiederholt, vielleicht klappt es besser von Frau zu Frau: »Wer bist du? Woher kommst du? Wie heißt du?« Auch die Bauersfrau erhält auf ihre Fragen keine Antwort, obwohl das ja nun Fragen sind, auf die man eigentlich stets eine Antwort bekommt. Deshalb wiederholt sie ihre Fragen noch mal, ändert dabei die Reihenfolge, manchmal helfen ja Zufälle weiter: »Wie heißt du, wer bist du, woher kommst du?« Das Mädchen gibt noch immer keine Antwort, steht an der Tür, an die es geklopft hatte, ist nicht groß, aber hält sich grade, wirkt freundlich, wenn auch müde, ist fremdartig, aber sauber gekleidet: dunkles Kleid, Musselinkrause, ein Schal orientalisch um den Kopf, Turban mit Fransen. Die ganze Erscheinung schätzungsweise zwanzig. Sie lächelt anhaltend, versteht auch gemeinsam wiederholte Fragen nicht, kommt demnach von sehr weit her: wer ist sie?

Als nächster versucht es der Armenaufseher von Almondsbury: »Who are you, what's you name?« Schon nach diesen beiden Fragen merkt er, daß hier mit Englisch in der Tat nichts auszurichten ist: freundlich schaut ihn die Fremde an, aber sie versteht halt nicht. Der Armenaufseher hat mal ein paar Brocken Französisch gelernt, die setzt er nun probeweise zusammen: »Comme vous appelez vous-même? Qu'est-ce que c'est votre nom?« Das bereitet ihm Mühe, klingt gar nicht gut, findet ebenfalls kein Echo bei ihr: was soll er sich da weiter anstrengen? Andere Sprachen kann er nicht, wozu auch?

Der Armenaufseher von Almondsbury informiert Samuel Worrall, Friedensrichter von Almondsbury; der ordnet gleich an, daß die Fremde in sein Haus geführt wird – ein Friedensrichter kriegt auch bei fremdländischen Personen was raus. Außerdem hat er einen griechischen Diener, der kann notfalls herangezogen werden: Griechenland, das ist doch schon halbwegs Orient, oder?

Der Armenaufseher begleitet die Fremde zum Haus des Friedensrichters. Der beguckt sie erst mal: tatsächlich dunkeläugig, tatsächlich dunkles Kleid, tatsächlich dunkler Schal, orientalisch drapiert. Die Einzelteile wirken eigentlich nicht orientalisch, der Gesamteindruck ist es auf geheimnisvolle Weise wiederum doch.

»Wie heißen Sie?« fragt endlich der Friedensrichter die Unbekannte aus dem Orient, läßt eine Pause entstehen, weil Schweigen beeindruckt, stellt die Zusatzfrage: »Wo kommen Sie her?« Er macht seine Aussprache deutlich, spricht langsam: da muß es doch klappen! Sie sagt aber gar nichts, lächelt fremd, geheimnisvoll, irgendwie orientalisch.

Worrall wiederholt seine Fragen, zeigt Geduld, überlegene Ruhe: »What is your name, where are you coming from?« Bei *you* deutet er auf die Fremde, ohne dabei auf ihre feste Brust zu schauen, an die er gern mal tippen würde. Sie versteht auch mit Fingerzeig nichts, lächelt nur freundlich, mit vollen Lippen, gesunden Zähnen, neigt ein wenig den Kopf; das alles kommt ihr wohl chinesisch vor.

Nun ruft der Friedensrichter den Griechen herein, der versucht es auf griechisch: sie lächelt und schweigt. Ein Versuch auf türkisch: sie schweigt und lächelt. Da muß sie ja aus dem *sehr* fernen Orient stammen! Wie kommt man von dort nach Almondsbury, Gloucestershire, England?

Die Fremde lächelt stumm, scheint müde: ist bei einem so langen Reiseweg verständlich. Sie müßte ins Bett, aber in welches? Beim Bauern nicht, mit Rücksicht auf seine Frau; beim Armenaufseher nicht, das wäre ein Präzedenzfall; beim Friedensrichter vorerst grundsätzlich nicht. Aber Mister Worrall hat Freunde, die nehmen die Fremde auf.

Auch der Pfarrer von Almondsbury kommt zur Besichtigung der Fremden. Gleich beim Eintritt erzählt man ihm, sie habe, als sie am Vorabend nach vielen gestischen Angeboten endlich doch das Bett der Tochter angenommen habe, vor dem Einschlafen gebetet, wenn auch auf fremdländische Weise; das ermutigt den Pfarrer. Er ist freundlich zur Heidin, die fromm ist, schickt verschiedenartige Sprachsignale aus, aber es kommt keine Antwort: selbst mit seinem Latein ist er rasch am Ende.

Nun schlägt der Pfarrer ein eigens zu diesem Zweck mitgebrachtes illustriertes Reisebuch auf, blättert kegelförmige Hüte und Berge vorbei, Reisfelder, Wasserbüffel, Tempelglocken, Zypressen, Dschunken – endlich reagiert sie auf eine Dschunke.

Aha, sagt der Pfarrer, zeigt ebenfalls auf die Dschunke, zeigt mit gleichem Finger auf die Fremde, macht einen welligen Verbindungsstrich: Mit so einem Boot von China nach England?

Sie reagiert nicht auf diese Frage, zeigt nur auf die Abbildung der Dschunke, nimmt ihre senkrecht gestellten Handflächen schätzungsweise zwölf Zentimeter auseinander, zeigt darauf eine Ausdehnung an von dreißig oder fünfzig Zentimetern, tippt mit dem Zeigefinger auf das Bild, zeigt noch mal runde zwölf Zentimeter an, läßt die Handflächen einen guten halben Meter auseinanderrücken, bis auch der Pfarrer kapiert: sie kam mit einem Boot dieser Bauart, nur in viel größerer Ausführung. Na, das versteht sich: das eine sind dann eben Fluß- oder Küstendschunken, und sie kam mit einer Überseedschunke.

Ob sie damit speziell aus China gekommen ist, scheint nicht ganz klar, eigentümlicherweise reagiert sie nicht auf das Wort *China*. Eventuell liegt das auch an der englischen Aussprache. Wenn sie nicht direkt aus China kommt, so doch zumindest aus dieser Gegend, soviel dürfte sicher sein.

Wenn man nur schon ihren Namen wüßte! Mit jemandem reden, ohne den Namen zu kennen, da rutscht alles ab. Mrs. Worrall, bei der die Fremde nun wohnt, sie will zeigen, daß eine Frau mit Geduld und List erfolgreicher ist. Sie legt der Fremden aus dem Orient ein Blatt Papier vor und einen Bleistift dazu und sagt: »Write your name, your name please, your name.«

Das löst aber nichts aus. Mrs. Worrall zeigt zur Erklärung auf sich selbst, sagt mit deutlicher Lippenstellung *Worrall* und noch mal *Worrall* und zur Sicherheit ein drittes Mal *Worrall*, schreibt *Worrall* auf das Papier, zeigt, während sie Buchstaben um Buchstaben nachzieht, mit der linken Hand auf sich selbst, Richtung Brustbein, zeigt danach auf das Geschriebene, sagt *Worrall*, liest ab *Worrall*, zeigt mit zurückschnellendem rechten Daumen auf sich, Nähe Brustbein, reicht der Orientalin den Bleistift, schiebt das Papier vor sie hin, deutet auf sie, auf das Papier, auf sie und das Papier, hier soll der Bleistift die Verbindung herstellen.

Aber die Fremde schreibt nicht. Wahrscheinlich, denkt Mrs. Worrall, weil die Leute in China und um China herum eine ganz andere Schrift haben.

Man darf aber annehmen, daß eine Fremde ihren Namen wenigstens aussprechen kann: Mrs. Worrall zeigt mit zurückzuckendem Daumen auf sich und sagt *Worrall*, das wiederholt sie ein paarmal. Dann zeigt sie auf die Fremde, hebt fragend die Schultern, wiegt fragend den Kopf, zieht fragend die Brauen hoch und hat tatsächlich Erfolg: die Fremde sagt etwas, es klingt wie *Carabu*. Dabei macht sie eine Handbewegung, die nicht auf ihr Brustbein zurückweist, sondern in den Raum hineinschlenkert, über den Raum hinaus: *Carabu*. Mrs. Worrall läßt sofort den Zeigefinger vorschnellen, pinnt das Wort *Carabu* an ihr fest: »Du heißt Carabu, du bist Carabu, du bleibst Carabu.«

Sobald Carabu diesen Namen trägt, kann man sie auch vorstellen. Friedensrichter Worrall und seine Frau nehmen Carabu mit nach Bristol, stellen sie dem Bürgermeister vor: »This is Carabu.« Der Bürgermeister will gleichfalls wissen, wo sie herkommt, aber bei seinen Fragen lächelt sie nur. Also bringt man sie ins Armenhaus; ewig kann man sich ja nun auch nicht mit ihr aufhalten!

Carabu soll es gut haben im Armenhaus, aber eigentümlicherweise wird sie dort nicht recht glücklich: ißt nicht, trinkt nicht, will auf dem Boden schlafen, lächelt überhaupt nicht mehr.

Die Worralls hören das und holen sie reumütig zurück; gleich schaut sie wieder freundlicher drein. Sie darf sich mit Hausarbeit beschäftigen, sonst wird ihr der Tag zu lang. Täglich werden Wortsignale ausgeschickt, aber Carabu antwortet nicht. Mehrfach zeigt man ihr feierabends Landkarten des fernen Orients, sie soll ihren Herkunftsort ankreuzen, so wie man für sie auf einer Englandkarte Almondsbury ankreuzt und das benachbarte Bristol. Aber sie kann offensichtlich nur was mit Bildern anfangen, vor der Karte lächelt sie bloß.

In solcher Lage kann nur ein Portugiese wie Manuel Eynesso weiterhelfen, der zu dieser Zeit in Almondsbury, Gloucestershire, auftaucht, frisch aus der malaiischen Inselwelt; ihn laden die Woralls ein, ihm stellt man Carabu vor. Und sieh mal an: die beiden verstehen sich sofort, fließend reden sie miteinander, keiner der Zuhörer versteht ein Wort. Bei der ersten Unterbrechung läßt man sich vom Portugiesen übersetzen, woher sie kommt: Aus Javasu.

Carabu aus Javasu, das spricht sich leicht aus, klingt recht orientalisch, läßt sich gut merken: Carabu aus Javasu. Endlich Fakten!

Der Portugiese muß weiterfragen.

Carabus Vater ist chinesischer Fürst, die Mutter Malaiin; drei Frauen hat der Fürst noch nebenbei, und auf Reisen wird er in einer Sänfte getragen. Mary Wilcox hat einen Flickschuster zum Vater und eine Schustersfrau als Mutter; der Vater macht keine Reisen, die Mutter schon gar nicht. Carabus Vater trägt an seinem Turban einen Knopf aus purem Gold, dazu rechts drei Pfauenfedern, links eine, das ist nämlich typisch. Weil Mary nicht zur Schule geht, da helfen keine Prügel, kann sie mit sechzehn zur Strafe auch nicht lesen; ihr Vater gibt sie als Magd in Dienst, aber spätestens nach zwei Jahren büchst sie aus und kehrt nach Hause zurück: dafür gibt es reichlich Schelte und Schläge. Carabus Mutter malt sich die Zähne an, insbesondere die Schneidezähne, und zwar schwarz; am rechten Nasenflügel trägt sie einen Edelstein, von dem führt ein goldenes Kettchen hoch zur Stirn, ist dort ebenfalls befestigt. Mary tippelt nach Bristol, soll endlich geregelt arbeiten, verliert unterwegs aber ziemlich die Lust, heult ein Stündchen am Straßenrand, hängt schon mal eine Seilschlinge an einen Ast und wartet auf einen reisenden Gentleman: so jemand durchschneidet bekanntlich den Strick, hinterläßt ein paar Shilling und gute Ratschläge fürs Leben dazu. Carabu trägt in Javasu werktags sieben Pfauenfedern in der Frisur, sonntags zehn, das ist prachtvoll anzusehn. Bristol iss nix, also latscht Mary weiter, Richtung London; dreißig Meilen vor der Hauptstadt wird sie fußkrank, legt sich an den Straßenrand, bis endlich der bekannte mitleidige Fuhrmann vorbeikommt, sie auf den Wagen wirft und in einem Londoner Krankenhaus abliefert. In Javasu lebt man glücklich und zufrieden, aber eines Tages bricht

Krieg aus, Kannibalen gegen normale Malaien: auch Carabus Mutter wird im Gefolge der Kampfhandlungen aufgegessen. Drei Jahre lang, mehr oder weniger, arbeitet Mary, die sich seinerzeit im Krankenhaus rasch erholt hatte, in einem Londoner Haushalt: dann wird sie doch mal beim Stibitzen erwischt, fliegt raus, weint bitterlich. In fürstlichen Gärten mit Blumen und Springbrunnen und bunten Vögeln spaziert Carabu, die Halbwaise, begleitet von Dienerinnen; während sie nichtsahnend plaudert, wird sie von hinten gepackt, wird gefesselt, zusätzlich geknebelt und von Piraten fortgeschleppt, samt Dienerinnen. Mary will nicht mehr in London bleiben, möchte nach Hause, zu den zwar rauhen, aber herzlichen Eltern; weil sie schon rausgefunden hat, daß einem alleinreisenden Mädchen auf einer Landstraße bald die Beine gespreizt werden, zieht sie Stiefel, Hose, Jacke, Hut an, räubert ein bißchen als Mann mit zwei Männern herum, setzt sich aber rasch wieder ab: je länger man mit zwei Männern zusammenbleibt, desto eher entdecken sie, daß man Frau ist. Piraten schleppen ihre Opfer in der Regel zu einem nahe liegenden Strand, dort steht ein Boot bereit, unsanft werden die Opfer hineingeworfen, die Piraten rudern los, ein alarmierter Vater rennt meist hinterher, Carabus Vater schwimmt sogar hinterher, schießt auch noch schwimmend einen Pfeil ab, der versehentlich eine der Dienerinnen trifft. Marys Vater, der Flickschuster, und Marys Mutter, Hausfrau, öffnen weit die Münder und schlagen die Hände über den Köpfen zusammen, als Mary unerwartet wieder das Haus betritt: Wie war es in London? Vom Ruderboot hoch ins Piratenschiff; Dschunkensegel, schwarze Fahne, Kanonen; auf Deck löst man Carabu die Fesseln, sofort greift sie zu einem orientalischen Messer, Kris genannt, schwingt es aufblitzend in eine Piratenbrust, sticht dann in den zweiten Piraten, mehr lassen die umstehenden Piraten nicht zu, von einer Bastonade sehen sie aber vorläufig ab: je kleiner die Besatzung, desto größer der Beuteanteil. Wer einmal in London war, kommt in der Regel nach einiger Zeit wieder, auch Mary; sie arbeitet in einem Haushalt, muß putzen, kochen, spülen, auch mal ein Buch kaufen; in der Buchhandlung wird sie von einem Herrn angesprochen, der etwas fremdländisch aussieht, aber Inländer ist und Mary so hübsch findet, wie sie es eigentlich auch ist; er will sie öfter treffen, sie steht zur Verfügung. Piraten neigen dazu, Beute in

Geld umzusetzen: nach etlicher Reisezeit wird Carabu an den Kapitän einer Brigg verkauft, einen gewissen Tappa Bu; der ist dunkelhäutig, hat einen langen Zopf und freut sich über Frischfleisch an Bord. Mary Wilcox hört gern zu, wenn Mister Baker – so heißt der Fremde, der sie in der Buchhandlung angesprochen hatte – von seinen Reisen erzählt, vorwiegend in den fernen Orient; die dortigen Sitten und Gebräuche unterscheiden sich nach seiner Darstellung auffällig von englischen Sitten und Gebräuchen: beispielsweise malen sich die Damen dort die Vorderzähne an, stecken sich Herren Pfauenfedern ins Haar, lassen sich in Sänften, in Palankins tragen. Eine Brigg segelt oft wochenlang, ehe sie einen Hafen anläuft, dann ist eine Versorgung mit frischem Wasser und Proviant aber auch dringend nötig: irgendwo an der afrikanischen Küste legt die dschunkenartige Brigg an, und es gehen vier neue Frauen an Bord. Mister Baker probiert Mary erst mal ein paar Monate aus: sie ist freundlich, reinlich, hat volle Lippen und eine stramme Brust, darüber will er länger verfügen, er heiratet sie; nach einiger Zeit findet er den fernen Orient doch wieder interessanter, und er läßt Mary zurück, ohne Geld. Der dunkelhäutige Mann mit dem langen Zopf geht aus purer Langeweile dazu über, die schöne Carabu zu quälen, und zwar auf ziemlich fiese Art. Mary hat von Mister Baker gelernt, daß es jenseits der Meere schöner ist als diesseits, deshalb möchte sie zunächst mal nach Amerika; auf dem Weg von London nach Bristol trifft sie einen Zigeunerclan, schließt sich vorerst an: die Zigeunerfrauen binden sich Schals auf interessante Weise um den Kopf und haben eine Sprache, die kein Engländer versteht – jedes, aber auch wirklich jedes Wort klingt anders. Verständlicherweise will Carabu von Bord, sobald Land in Sicht kommt, sie will sich von Tappa Bu nicht länger zwacken und pitschen lassen: kaum grünt England am Horizont, springt sie heimlich ins Meer und erreicht nach sehr ausdauerndem Schwimmen englischen Boden. Mary muß fünf englische Pfund zahlen, wenn sie auf Zwischendeck nach Amerika reisen will, sie hat keine fünf Pfund, möchte aber unbedingt nach Amerika: da faßt sie einen Plan. Natürlich sind das golddurchwirkte Kleid und der golddurchwirkte Schal klatschnaß, als Carabu endlich in England ist: gern tauscht sie beides gegen das zwar einfache und schwarze, dafür aber trockene Kleid einer Engländerin ein, ebenso den Schal. Mary tauscht in Bristol zur Ausführung ihres Plans ihre hübsche Haube gegen einen Schal ein und bindet ihn turbangleich um den Kopf; ihr Kleid ändert sie ein bißchen an der Halskrause, läuft dann zu Fuß nach Almondsbury, klopft an eine Bauernhaustür und versteht auf Befragen kein Wort.

Beschreib einen Orient, Carabu, der sich kartographisch nicht eingrenzen läßt. Beschreib einen Orient, in dem es warm ist, lässig zugeht: Asia, nicht Asien. Beschreib Gärten mit Gesträuch, das vorwiegend blüht, mit vielfarbigen Vögeln, mit zweiunddreißig Tulpenarten. Beschreib bunte Basare mit Pfauenfedern, Bananen, Teppichen, Krummschwertern, Turbanen, Korallenketten. Erzähl von einem jungen Mann, der am späten Vormittag, an dem in England längst alles busy ist, in einem mit fernöstlichen Motiven reich verzierten Sessel fläzt, einen kleinen, bunten Fächer in der rechten Hand, die schlaff über der Sesselkante herabhängt, ebenso locker die linke Hand, die Beine weit weggestreckt, und ein Fuß wird von einer der ihn umgebenden jungen Frauen in eine handbemalte Porzellanschüssel gehoben, während eine zweite sein Haupthaar bürstet, eine dritte eine Tasse mit Tee oder Kakao anbietet, eine vierte kniend einen Spiegel hält, eine fünfte, die noch kleiner und jünger sein mag, einen Fächer schwenkt, der aus Pfauenfedern besteht, die für den Fernen Osten typisch sind.

Beschreib deshalb möglichst oft Pfauenfedern: Pfauenfedern in den Frisuren junger Frauen; Pfauenfedern an, auf, in den Turbanen der Männer, da schwanken sie oft büschelweise; Pfauenfedern auch an Pferdeköpfen, zwischen den Ohren, die hochgestellt spielen; Pfauenfedern sogar an Elefanten, die im Fernen Osten erstaunlich leichtfüßig rennen können, mit einem Mann obendrauf, der die graue Masse mit kleinen Widerhaken an einem Stock lenkt: Glokken unter dem Elefantenbauch, kleinere Glocken aufgereiht an den Elefantenflanken, Glöckchen sogar um die baumstarken Fußgelenke: das alles betont hörbar eine Geschwindigkeit, wie man sie hier in England bei einem Elefanten wirklich nicht erwarten würde.

Beschreib weiter, zum Beispiel, wie in deinem Orient Mandarine aufgereiht sitzen, in knöchellangen seidenen Gewändern und auf den Köpfen spitze, runde Hüte, und sie haben kleine, schüttere Bärte am Kinn und an den Füßen ulkige Schuhe, mit denen man im feuchten England gar nicht zurechtkäme; auch trinken sie absonderlichen grünen Tee, der einem Engländer überhaupt nicht schmecken würde. Solcherart teetrinkend hören sie einem Obermandarin zu, während draußen – hinter Inseln und Landzungen des Meeres, das ein Fenster zeigt – Piraten in den bekannten Dschunken kreuzen, um einige der später heimfahrenden Mandarine abzufangen und abzusahnen. Da könnten sich denn allerlei Abenteuer anschließen, so ein Piratenschiff kann ja in einen fernöstlichen Sturm geraten, Taifun genannt, dem Schiff wird alles abgebrochen, was absteht, das abgewrackte Schiff wird umgekippt, überschwappt, die meisten an Bord versaufen, einer aber findet eine Planke, an der krallt er sich fest, wird irgendwo angeschwemmt, Fortsetzung folgt.

Beschreib nach solchen Abenteuern zur Belohnung wieder junge Frauen, von denen es im fernen Asia wimmelt. Und sie haben gefärbte Schneidezähne, tragen vielfach Pumphosen, an den Knöcheln zugebunden, dazu lackierte Schuhe, auf deren Größe sie sich die Zehen zurechtschneiden oder zurechtbiegen lassen – manche Frauen haben fast schon keine Füße mehr, weil die kleinsten Schuhe am beliebtesten sind; auch wenn englische Leser ihren Frauen den Arsch versohlen würden, wenn die an ihren Füßen mehr als nur die Zehennägel schnitten – beschreib es! Denn in anderer Beziehung wiederum werden Engländern die Frauen aus dem fernen Orient vorbildlich erscheinen: kochen jederzeit Lieblingsgerichte, warten im Schneidersitz auf den Mann, tanzen auf Wunsch äußerst gelenkig und begießen einen nach dem Liebesvollzug ohne Widerworte stundenlang mit heißem Wasser.

Mrs. Worrall hat nach vieljähriger Ehe allen Anlaß, sich zu fragen, ob Männer die Frauen jemals verstehen werden; zunehmend möchte sie das bestreiten im Verhältnis zwischen Ehemann und Ehefrau – wie soll ihr Friedensrichter dann erst einmal andere Frauen verstehen können, insbesondre eine so fremdartige Frau wie Carabu? Mrs. Worrall hat mal gelesen, daß Frauen sich untereinander oft besser verstehen und rascher verständigen, dabei hilft ihnen das besondere Einfühlungsvermögen. Was bekanntlich voraussetzt:

Man muß einer anderen Person ähnlich werden, wenn man sie verstehen will. Mrs. Worrall traut sich durchaus zu, daß sie Carabu näherkommt, ihr damit ähnlicher wird. Und daß auf diese Weise, ganz nebenbei, England einen Hauch orientalischer wird. Denn: ist das Geheimnis des Orients nicht zugleich das Geheimnis der Frau und vice versa?

So verschließt sie zuweilen ihr Zimmer und wickelt sich aneinandergebundene Schals turbangleich um den Kopf: wie sieht man die Welt unter einem Turban, wie denkt und fühlt man nun? Alles rund, warm, umschlossen, gepolstert, gedämpft? Sie stellt auch fest, daß man mit einem Turban größer ist, und wer groß ist, schreitet aufrecht, schon werden die gewohnten Räume kleiner, das fällt ihr als erstes auf, auch stehen die Möbel zu eng, lassen nicht genug Platz zum Schreiten.

Deshalb setzt sich Mrs. Worrall mit ihrem homemade Turban auf den Boden, im Schneidersitz: nun fällt ihr auf, daß die Möbel nicht bloß eng stehen, sie sind auch zu hoch. Hat sie nicht mal gelesen oder gehört, daß man im fernen Orient nur niedrige Möbel kennt, spannenhoch zum Beispiel die Tischchen?

Mrs. Worrall will sich nicht lange mit Randerscheinungen aufhalten, will zum Wesentlichen vordringen und von hier aus alle Erscheinungen erschließen: sie nimmt Carabus Haltung beim Abendgebet ein, wiegend im Schneidersitz, die Hände fast wie gewohnt aneinandergelegt. Dabei macht sie folgende Erfahrung: wenn man beim Beten nicht hart kniet und auf die Handspitzen herabschaut, sondern bei weit gewinkelten Oberschenkeln auf dem Gesäß hockt, wiegend, so bleibt das nicht ohne Rückwirkung: recht unaufhaltsam wachsen dem gewohnten Gott Hüften an – gleich steht sie erschrocken auf.

Doch von nun an ist nichts mehr so, wie es vorher war: es genügt ein wolkenloser Tag, und schon bewegen sich Fichtenzweige wie Palmwedel, Schilf wiegt sich wie Bambus, Tauben gurren und Enten quaken fernöstlich. Die Blüten in diesem April 1817 duften insgesamt kräftiger und wachsen üppiger als in den englischen Jahren zuvor.

Setz dich in einer Morgenstunde, die schon weit vom Sonnenaufgang entfernt ist, auf die straßenumrahmte Grasfläche mitten auf einem Platz, der zu dieser Zeit am dichtesten frequentiert ist von Kaleschen und Karren, von Reitern und Fußgängern, sei umhüllt von orientalisch bunten Stoffen, nimm, falls es dir nicht zu unbequem wird, die Haltung des Lotossitzes ein, schau auf ein Fleckchen Gras, und was gelegentlich eine deiner Hände tut, sei höchstens dies: einen Grashalm zupfen, ihn fallen lassen, aber nicht aus angehobener Hand, nur so aus den sich öffnenden Fingern. Einverstanden, Carabu?

Und wenn du mal aufschaust, um wohlig zu spüren, wie sanft entspannt dein Nacken ist, da siehst du nicht unsereins, fahrend, reitend, gehend, tragend, schleppend, redend, du siehst nur Bewegung von rechts nach links durch dein Blickfeld und Bewegung zugleich von links nach rechts und Bewegung querdurch: das hebt sich auf, verwischt sich in deinen Augen, die ebenso lässig wie rund in den Höhlen ruhn.

Dein Tag als sanfte Mulde. Dein Oberkörper gelegentlich wiegend, du pendelst dich ein in deine Zeit: Zeit, nicht schneller als dein Atem, der langsam ist, langsamer wird; Zeit, nicht schneller als dein Herzschlag, der langsam ist, langsamer wird; Zeit, nicht schneller als die sehr runden Vokale, die du vor dich hin summst mit halb geöffneten Lippen: Zeit lassen, viel Zeit lassen für einen Vokal, der sich öffnet, weitet, der sich schließt.

Manchmal, besonders nachts, fragt sich Mrs. Worrall, ob sie nicht tatsächlich mal in den fernen Orient reisen soll. Diese Frage beschleunigt und verlangsamt ihren Herzschlag. Und sie entwickelt ein Motiv, das alles rechtfertigt: als Missionsgehilfin nach China segeln!

Schon sieht sich Mrs. Worrall in einem Missionshaus, das einen fernöstlichen Innenhof hat mit einem kleinen Teich, in dem Bambus, Riedgräser und Seerosen wachsen, auf dem orientalisch buntgefiederte Enten schwimmen, denen sie das Quaken abgewöhnen wird. Viel Personal wartet auf den Wink der erfahrenen englischen Hausfrau, die bald ihre Kleidung den lokalen Gegebenheiten anpaßt, ohne original englische Lebensart aufzugeben: Pumphosen sind wirklich praktisch, und wenn chinesische Schuster nur chinesische Schuhe reparieren können, warum nicht gleich chinesische Schuhe tragen?

Äußerlich rasch orientalisiert, jedoch mit unverwüstlich englischer Nüchternheit, inspiziert Mrs. Worrall Hütten des Dienstpersonals. Auch begleitet sie, da unentbehrlich, den ihr zugeteilten Missionar auf weiteren Reisen, sieht sich umgeben von Bambusstämmen, Reisfeldern, Wasserbüffeln, von kegelförmigen Hüten und Bergen, von langhalmigen Gräsern, blanken Schwertern, gefräßigen Krokodilen, schäumenden Amokläufern.

Der ferne Orient der Mrs. Worrall wird nachts von Stunde zu Stunde bunter: warum sich nicht zum Fest eines Mandarins einladen lassen, schon um die Landessitten besser kennenzulernen? Bei so einem Festessen sind die Gänge zahlreicher als die Finger an zwei Händen, der Tee ist grün, der Schnaps ist warm, die Musik schmeichelnd: gleich schwellen die Lippen der Mrs. Worrall, gleich werden ihre Brüste so groß und fest wie die von Carabu, und wenn sie nach dem Essen vor den Männern tanzt, sieht sie es in seidenen Pluderhosen hochwachsen. Schnell läßt sie das alles wieder runterklappen und gründet reumütig einen Kindergarten für fernöstliche Heidenkinder.

Dennoch: so eine Nacht färbt noch den folgenden Tag ein. An einem nieselnassen englischen Aprilmorgen versteht sie, weshalb Carabu manchmal so fernöstlich geheimnisvoll melancholisch dreinschaut – sind die Farben der Gebäude und Gewächse nicht von jahrhundertealtem Firnis überzogen, erzeugt durch unablässiges Grauwetter? Und wie sacktuchgrob erscheinen ihr die Kleider, die sie trägt: auf eine Haut, die nicht bloß mit biederer englischer Kernseife gewaschen, sondern mit duftenden orientalischen Essenzen gepflegt wird, hergestellt auf Eselsmilchbasis, auf solch eine Haut gehört Seide, die alle Härchen knistern läßt; dieses Prickeln überträgt sich auf das innere Gewebe, schließlich auf die inneren Organe. Nun kann sie verstehen, weshalb der Orient, wie sie mal gelesen hat, eine verjüngende Wirkung ausübt.

Täglich älter hingegen erscheint ihr der Friedensrichter: sie glaubt seine Gelenke knarren zu hören, wenn er morgens aus dem Bett steigt. Und öfter als sonst verläßt sie das Haus: der Hund, den sie an der Leine ausführt, zerrt manchmal als junger, gezähmter Leopard an der Kette.

Friedensrichter Worrall und Gemahlin haben sehr viele Verwandte und Bekannte, seit Prinzessin Carabu aus Javasu bei ihnen wohnt. Aus Bristol reisen die an und aus dem nahen Kurort Bath. Man will die Fremde sehn, ihre orientalische Kleidung, die sie sich inzwischen geschneidert hat, genau wie auf Bildern. Man will ihre Sprache hören, die so rätselhaft klingen soll, und statt eins sagt sie eze, in englischer Aussprache, statt zwei duce, trua statt drei, und das geht so weiter mit tan, zennee, sendee, tam, nunta, berteen, tashman, das heißt zehn.

Vor allem aber will man Carabu tanzen sehn: gibt es im Orient nicht unglaublich gelenkige Tänze zu einer Musik, die einem süß die Plomben aus den Zähnen saugt? Carabu wird gebeten zu tanzen, wenn sich wieder einmal nahe Verwandte, entfernte Verwandte, Bekannte, durch Bekannte vermittelte Unbekannte im Haus des Friedensrichters von Almondsbury, Gloucestershire, versammelt haben; Carabu ist anstellig, freundlich, sie tanzt. Die Musik dazu muß man sich denken: kleine Handtrommeln – als schlüge man mit flachen Händen auf nackte Pobacken – und Saiteninstrumente, deren Schwingungen schamlos laszive Resonanz finden. Carabu tanzt lautlos; unter dem Kleid im orientalischen Schnitt zwei orientalisch üppige Brüste, ihre Lippen halb geöffnet, sinnlich orientalisch, ihre geschwärzten Augenlider klappen orientalisch langsam auf und zu: Carabu tanzt, Carabu aus Javasu tanzt.

Ein Mann namens Lia

Ist er nicht ein entzückends Mädchen?« Ja, da seufzen die Frauen, wenn ihnen das hübsche Kind in hellem Kleid vorgeführt wird, und es macht einen so bezaubernden Knicks und gibt mit so brav gesenktem Blick reihum die Hand, das Händchen, das süße kleine Händchen, und auf Wunsch verteilt es auch Küßchen, mit weichen Lippen. Und die Haut flaumig, die Augen groß, die Haare lockig! Jeder will es mal streicheln, mal kraulen, mal küssen: »Was für ein entzückendes Mädchen, wie heißt es denn?« Heißt ein entzückendes Mädchen etwa Charles? Ein entzückendes Mädchen heißt zum Beispiel Geneviève. Geneviève als entzückender Name für ein entzückendes Mädchen. Da ist Grazie. Da ist vorläufig Keuschheit. Da ist jedenfalls Weiblichkeit. »Geneviève!« ruft es die Mutter. Der Vater ist vielbeschäftigt, er läßt die Frauen das Kind nennen, wie sie wollen: »Von mir aus Geneviève.« Ein Onkel, der nur Geneviève, Geneviève hört, sagt selten: Charles. Wenn die Mutter das Kind einmal anschreit, ihm einen Klaps hintendrauf gibt, da heißt es allerdings auch mal: Charles! Ist das Kind lieb, so ist es die liebe Geneviève.

Soll ein Mädchen mit Mädchen oder mit Jungen spielen? Im Garten in Tonnerre bei Dijon, Burgund, spielen öfter Mädchen als Jungen mit dem Mädchen. Mädchen werden für das Mädchen eingeladen. Je mehr Mädchen für ein Mädchen eingeladen werden, desto weniger Jungen kommen zu dem Mädchen. Höchstens Bekannte oder entfernt Verwandte bringen zum Besuch noch einen Jungen mit. Ist der Junge allein im Garten mit dem Mädchen, so spielen sie gemeinsam. Ist der Junge im Garten mit mehreren Mädchen, so hält der Junge ein bißchen Abstand: Mädchen bleiben gern unter sich, sagen Eltern den Jungen und natürlich den Mädchen, also wollen Mädchen lieber unter sich bleiben und Jungen ebenfalls. So kommt das Kind bald am besten mit Mädchen zurecht.

Etwa siebenjährig sind Mädchen besonders entzückende kleine Mädchen, wenn sie entsprechend angezogen werden. Mit zehn sind sie noch einen Hauch entzückender, und Mädchenkleidung steht ihnen ausnehmend gut; sie spüren das, suchen morgens selbst das

Kleidchen aus, das sie anziehen wollen, und eine Mutter hat keinen guten Tag vor sich, wenn das ausgesuchte Kleidchen nicht angezogen werden darf; das weiß jede Mutter, die sich mehrere Kleider für ein Mädchen leisten kann.

Weil das entzückende Kind so entzückende Mädchenkleider trägt, muß es auf einen so entzückenden Mädchennamen wie Geneviève hören. Und weil es auf einen so entzückenden Mädchennamen wie Geneviève hört, muß es entsprechend entzückende Mädchenkleider tragen. Es würde ja einen merkwürdigen Eindruck machen, wenn die Mutter das Kind Besuchern vorführen will, sie ruft: »Charles!« und es kommt ein entzückendes Mädchen in entzückendem Kleid. Das gäbe Anlaß zu Gerede; deshalb muß er prompt auf den Mädchennamen reagieren, muß er Mädchenkleider tragen, die ihm entzückend zu Gesicht stehen, muß er Gäste mit einem entzükkenden Knicks begrüßen und nicht mit einer Verbeugung. »Mach mal einen Knicks ... Ja, das war schön, mach gleich noch einen Knicks ... Wie macht unser Kind einen Knicks? ... Das war kein guter Knicks, mach einen schöneren Knicks ... Du mußt schöne Knickse machen, ein liebes Mädchen macht schöne Knickse ... Bist du ein liebes Mädchen? Bist du unser liebes kleines Mädchen? Dann zeig mal, wie du nachher deinen schönen Knicks machst.« Geneviève sieht, daß Jungen eine kleine Verbeugung machen und die Hand ausstrecken, um die größere Hand etwas zu drücken. Das ist Jungenart. Hingegen Mädchenart ist es, einen Knicks zu machen und die Hand drücken zu lassen. Nach Mädchenart macht er einen Knicks, läßt sich die Hand drücken.

Mädchenhafte Mädchen lieben Mädchenspiele. Geneviève darf beispielsweise nicht Bockspringen: Anlauf, Beine spreizen und rüber! Erstens, wie sähe das aus? Zweitens wäre es auch technisch nicht möglich: das Kleid, der Rock bremsen beim Sprung. Also kein Bockspringen, das paßt nur zu Jungen. Mädchen spielen lieber mit Puppen. Dauernd kriegen sie Puppen geschenkt, dauernd spielen sie mit Puppen, und wenn sie mal nicht mit den Puppen spielen, sagen die Mütter, die Tanten, die Schwestern: »Nun spielt doch mal mit euren Puppen!« Also findet er es ganz selbstverständlich, daß man mit Puppen spielt, wenn man Geneviève heißt und Mädchenkleider trägt. Und wenn man schon so sichtbar Mädchen ist, muß man sich auch in jeder Hinsicht wie ein Mädchen aufführen. Beispielsweise keine zu weiten Schritte machen: kleinere und zartere Gehbewegungen unterscheiden ein Mädchen vom Jungen. Und nicht eine Hand in die Tasche stecken oder nachäffend in eine Rockfalte. In mädchenhafter Weise müssen sich Mädchen bewegen und verhalten: wie man das macht, lernen sie von den Müttern.

Damit Geneviève selbst dann Geneviève bleibt, wenn es mal sehr eilig wird, übt eine Mutter auch den Notfall ein: Nicht hinstellen, einen Schnibbel rausholen und lospladdern! Es wird dafür Sorge getragen, daß Geneviève solche Möglichkeiten gar nicht erst zu sehen bekommt, etwa bei Jungen auf Besuch im Garten: in diesem Fall sofort abwenden! Und falls es dich draußen mal überraschen sollte, unbedingt in die Hocke gehn: dann sind Rock oder Röcke ausgebreitet wie eine Glocke, und in der Mitte, etwas gedämpft, das Pieseln. So machen das die kleinen Mädchen. So macht das unsere Geneviève.

Was für ein entzückendes Mädchen er ist: hört auf den Namen Geneviève wie eine Geneviève, begrüßt Gäste mit einem Knicks wie eine Geneviève, trägt entzückende Mädchenkleider wie eine Geneviève, macht mit anderen Mädchen Mädchenspiele wie eine Geneviève, läßt mädchenhaft Wasser wie eine Geneviève – wenn schon Geneviève, dann auch richtig Geneviève!

Die Gräfin ist eine von etwa hundert Frauen, die sich im Alter rühmen, genau zu wissen, daß Geneviève Deon de Beaumont entgegen allen Gerüchten ein Mann war. Mit Entschiedenheit schließt sie freilich aus, daß hier mehr als zwei oder drei Frauen intime Kenntnisse erwerben und besitzen konnten. Sie selbst freilich – doch davon später.

Gräfin Rochette, Hofdame zu Versailles: ihre Position versetzte sie in die glückliche Lage, Mitteilungen sammeln zu können über den Freund, der sich 49 Jahre seines Lebens Charles nannte und der 34 Jahre lang einen weiblichen Namen trug – erst Geneviève, dann, zur Vereinfachung: Lia.

Und die Gräfin zählt sämtliche Vornamen des Mannes auf, der ihr nah war: Charles Geneviève Louis Auguste André Thimothée. Und sie fügt eine weitere authentische Angabe hinzu: 1728 wurde er in

Tonnerre geboren. Trotz seiner überwiegend männlichen Vornamen kleidete ihn seine Mutter bis zum Alter von sieben oder zehn Jahren als Mädchen. Nach dieser Phase wurde er zum Jungen geformt.

Ein Junge kann auf vielfältige Weise zu einem Jungen erzogen werden. Beispielsweise wird auf den Sonntagstisch des Internats ein Erziehungskuchen gestellt: lassen Jungen sofort die Hände vorschnellen, und jeder reißt sich einen Brocken raus, und der wird gegen seitlichen Zugriff geschützt, während die rechte Greifhand oder bei Linkshändern die linke Greifhand gleich wieder zum Kuchen zuckt? Eine Erziehung, die einen Jungen zu einem Jungen machen will, fordert von ihm, daß er wartet, bis der Kuchen in gleichmäßige Stücke aufgeteilt ist. Selbst bei gleichmäßig geschnittenen Stücken sind aber nicht alle Stücke gleich groß und gleich dick: nimmt ein Junge sich nach rascher Prüfung ein zufällig dickeres Stück? Nein, er verzichtet auch darauf, weil er lernen muß, darauf zu verzichten, wie schon seine Lehrer lernen mußten, darauf zu verzichten, und so nimmt sich ein gut erzogener Junge nach Möglichkeit ein Stück, das etwas kleiner ausgefallen ist. Daran hat er zwar keinen größeren Spaß, aber er weiß, daß eine Lehrperson zuschaut, und so bringt ein kleineres Stück etwas mehr ein, umgerechnet. Daß ein Junge rechnet, ist ja typisch, im Gegensatz zu Mädchen. Also bringt man Jungen das Rechnen besser und ausführlicher bei als Mädchen, und wenn die später etwas schlechter rechnen, merkt man gleich, daß Jungen das Rechnen mehr liegt. Ein Junge kann das Rechnen auch gut gebrauchen, wenn er für den König einmal Festungsbauer oder Festungsbelagerer wird, oder wenn er in der Verwaltung arbeitet. Charles wird durch das Erlernen der Rechenkunst mehr zum Jungen als ein Junge, der das Rechnen nicht erlernt.

Ein Junge ist auch außerhalb der Rechenstunden Junge, das zeigt sich zum Beispiel beim Sport. Er darf mit einem Degen umgehen, das dürfen Mädchen nicht, die würden sich damit höchstens die Brustwarzen pitschen. Er darf auch breitbeinig im Sattel sitzen, das dürfen Mädchen nicht; Männer führten den Damenreitsitz ein, in dem Damen seit jeher reiten.

Charles wird mit jeder Degenübung, mit jeder Reitübung mehr

zum Jungen. Auch Lauf- und Springübungen machen ihn mehr zum Jungen. Noch weitaus mehr macht ihn zum Jungen, daß er bei diesen Übungen siegen will, weil man ihm beibringt, daß ein Junge bei solchen Übungen Siegeswillen zeigen muß. So läuft ein Jungenkörper neben einem anderen Jungenkörper und will unbedingt vor ihm das Ziel erreichen. Wenn zwei Mädchenkörper nebeneinander laufen, will ebenfalls ein Mädchenkörper zuerst das Ziel erreichen, aber das ist Nachäfferei. Denn es ist typisch für einen Jungen, daß er im Wettkampf siegen will, so wie er später in richtigen Kämpfen siegen will. Dazu haben Frauen keine Gelegenheit, also ist ihre Lauferei nur eine halbe Sache. Charles wirft, springt, läuft, ficht, reitet. Jede dieser Übungen macht einen Jungen zu einem echteren Jungen, und einen bereits echten Jungen zu einem Jungen, der wiederum einen Grad echter ist. Wenn sich das kaum noch steigern läßt, ist er Mann.

Ein Junge zeigt auch außerhalb der Unterrichtsstunden, die ihn erst zum Jungen, dann zum Mann erziehen, daß er ein echter Junge ist. Ein Junge sammelt Dinge, wie sie nur ein Junge sammelt: beispielsweise Messer. Wenn viele Jungen im Collège Mazarin Messer sammeln, so wird auch Charles Messer sammeln. Diese Messer lassen sich auf Bäume werfen: wenn viele Jungen Messer auf Bäume werfen, so wird auch Charles sein Messer auf Bäume werfen. Wenn viele Jungen in Freistunden schnitzen, einen Holzprügel zwischen den Knien, so hat auch Charles einen Holzprügel zwischen den Knien und schnitzt. Mädchen hingegen haben keine Holzprügel zwischen den Knien und schnitzen: wie sähe das aus?! Mädchen werfen keine Messer auf Bäume: wie sähe das aus?! Weil Charles tut, was ein Mädchen nicht tut, wird er mehr und mehr zum Jungen.

Es gibt andauernd neue Möglichkeiten, das zu beweisen: beispielsweise auf einen Baum klettern, hoch in die Spitze, dann schaukeln, ein großer Pendel von unten nach oben, und wenn man nah genug an den nächsten Baumwipfel heranschwebt, greift man über, hängt, schwupps, im andren Baumwipfel. Das soll ein Mädchen mal nachmachen! Die kämen mit ihren Röcken gar nicht so hoch. Die könnten mit ihren Händchen gar nicht fest genug zupacken, die würden abrutschen oder weggeschnellt, schreiend im Flugbogen. Wenn man hingegen als Junge mal irgendwo runterknallt, schreit man seinen Schmerz nicht hinaus wie ein Mädchen, man beherrscht sich, beißt die Zähne zusammen, reißt sich am Riemen. Mädchen haben keinen Riemen, also können sie sich nicht dran reißen, schon sind sie im Nachteil.

Und Gräfin Rochette leitet über von den Kinderjahren zur Zeit der Jugend und des Studiums. Charles, als junger Mann: von kleiner Statur, schlank bis schmal, weiche Körperformen, kaum Bartwuchs – verräterische Einzelhaare konnten notfalls ausgezupft werden.

Er studierte Jurisprudenz in Paris, promovierte in bürgerlichem und kanonischem Recht. Vor seiner Anstellung in der Verwaltung des Parlaments lernte er eine weitere Rolle – die Gräfin macht hier freilich nur Andeutungen.

Auch ein künftiger Beamter interessiert sich während der Dienstzeit theoretisch und nach Dienstschluß praktisch für junge Frauen. Charles läßt sich von diesbezüglichen Erfahrungen berichten. Auch bei ihm erwartet man denn, daß er diesbezügliche Erfahrungen weitergibt: man erzählt, um sich erzählen zu lassen.

Um von Erfahrungen erzählen zu können, muß Charles Erfahrungen machen oder erfinden. Welche Erfahrungen er macht oder erfindet, hängt ab von allgemeinen Vorstellungen über Erfahrungen, die zu seiner Zeit als Erfahrungen gelten. Männer erfinden beispielsweise als Voraussetzung erotischer Erfahrung, daß Frauen, zumindest im Erotischen, die führende Rolle spielen: also muß ein Mann einer Frau dienen.

Nach dieser Spielregel muß eine junge, verheiratete Frau, die auf sich hält, einen Kavalier haben, der ihr auch bei der Toilette aufwartet. Und ein Mann, der auf sich hält, sucht eine junge, verheiratete Frau, wartet ihr auch bei der Toilette auf. Und ein Ehemann, der auf sich hält, läßt zu, daß seiner Frau ein Kavalier auch bei der Toilette seine Aufwartung macht.

Also sucht Charles eine junge Frau, die verheiratet ist und in Abwesenheit ihres Gatten Dienste von ihm fordert: solch eine junge Frau nimmt gern die Dienste eines jungen Mannes an, der ihr in Abwesenheit ihres Gatten aufwarten will. Ihr Täschchen tragen; auf Treppen zart und sichernd ihren linken Ellbogen anfassen; einen

Sonnenschirm oder Regenschirm über sie halten; den Arm schützend um sie legen, während man durch eine enge Straße geht; ihr Kühle zuwedeln, wenn es warm ist; sie warm einpacken, wenn es kühl ist, etwa in der Kutsche.

Dafür lassen es die Spielregeln zu, daß der junge Mann der jungen Frau bei der Toilette assistiert. Er darf ihr ein feuchtes Tuch reichen, mit dem sie Gesicht und Hals reinigt. Er darf ihr anschließend ein trockenes Tuch reichen. Er darf ihr eine Puderquaste reichen, mit der sie Gesicht und Hals pudert. Er darf ihr ein Pinselchen reichen, mit dem sie Augenbrauen nachzieht. Er darf ihr Parfumflacon öffnen. Er darf sie während seiner Aufwartung in der Corsage oder in einem Negligé sehen. Das Negligé ist zu Beginn seiner Dienstzeit ziemlich streng geschlossen, wird sich aber im Lauf der Dienstzeit ein wenig öffnen. Auch das gehört zu den Spielregeln; sie fordern Geduld.

Charles ist geduldig. Er sitzt in einem Sessel: enge Kniehose mit hellen Strümpfen, ein Bein über das andre geschlagen; so wartet er, bis sie hinter der Spanischen Wand die Corsage angelegt hat. Wenn sie hervortritt, springt er auf. Sie dreht ihm den Rücken zu, er darf die Schnur durch die gereihten Löcher ziehen, darf dabei mit den Fingerspitzen an den Wirbeln ihre Rückenhaut berühren, darf die Schnüre sehr straff anziehen und ihrem Körper damit eine neue Form geben, darf die Schnüre verknoten, während sie die Brüste in den Corsagenkörbchen zurechtschiebt. Dann darf er zum Schrank gehen und das Kleid herausholen, das sie wünscht. Sie läßt ihre Entscheidung beeinflussen von Jahreszeit, Tageszeit, Wetter, Absicht und Laune. Er darf das ausgewählte Kleid am ausgestreckten rechten Arm hängen lassen, darf es mit sanfter Armbewegung aufbauschen lassen, darf es in Schlüsselbeinhöhe vor seinen Körper halten, und seine linke Hand streicht es glatt. Dabei sieht die junge Frau, daß seine Hand haarlos und weich ist; solch eine Hand macht glatte Stoffe noch glatter.

Wenn das Kleid all ihren Erwartungen entspricht, läßt er sie druntertauchen; ihre Hände kommen aus den Ärmelöffnungen, ihr Kopf kommt aus der Halsöffnung hervor, er zieht niederkniend das Kleid an ihrem Körper herunter, streift es mit seinen unbehaarten Händen glatt, zupft es zurecht. Sie dreht sich vor ihm und dem Spiegel und zur Kontrolle gleich noch einmal. Um sicherzugehen, ein drittes Mal. Weil sie Zeit hat, ein viertes Mal. Weil es ihr Spaß macht, ein fünftes Mal. Und noch ein sechstes Mal zur Gegenprobe. Dann behält sie das Kleid entweder an, oder er folgt ihrem Wink, kniet hin, zieht vorsichtig das Kleid herab. Während sie mit weitem Schritt aus der Kleidglocke heraussteigt, saugt er mit offnem Mund das Flair von fernem Urin und feinem Parfum ein.

Er steht auf, hängt das Kleid in den Schrank: es würde zum Wetter passen, aber nicht zur Tageszeit; es würde zur Tageszeit passen, aber nicht recht zum Wetter; es würde zu Wetter und Tageszeit passen, aber nicht zu den Leuten, bei denen sie zum Tee eingeladen ist oder die sie zum Tee eingeladen hat; es würde zu Wetter, Tageszeit, Jahreszeit und Besuchern passen, aber irgendwie hat sie keine rechte Lust, es anzuziehen. Das versteht ein Charles auf Anhieb, gleich sucht er ein Kleid aus, das alle gegenwärtigen Bedingungen erfüllt. Rasch wählen seine Augen unter den Farben. Ebenso rasch wählen seine Fingerspitzen unter den Stoffen, registrieren weiche oder wärmende oder glatte oder rauhe Oberflächen. Er achtet auf Schnitt und Besatz, auf Borten, auf Bänder, auf Tressen, auf Schnallen, auf Rüschen, auf Schleifen. Er sieht den Unterschied zwischen geknüpften Fransen, einfachem und doppeltem Durchbruch, zwischen Reticellaspitze, Tüllspitze, Arabeskenspitze.

Nicht alle Frauen sind bei ihrer Wahl so glücklich wie die junge Frau, der Charles als Kavalier dient. Er ist höflich, zurückhaltend, geschickt, geschmackvoll, verständnisvoll. So darf er nicht bloß die Corsage schnüren, er darf die Verschnürung auch wieder lösen. Sie zieht dann die Corsage hinter der Spanischen Wand aus und zeigt sich in einem Negligé. Und er sieht die roten Streifen durchschimmern, die Stäbe in ihr Fleisch gepreßt haben. Wenn sie sich zur Seite dreht oder sich vorbeugt, öffnet sich das Negligé und zeigt zumindest eine der bräunlichen Brustwarzen.

Sie beugt sich am Spiegel vor, senkt ein wenig die Oberlider, um schärfer schauen zu können, ist mit einer Brauenlinie nicht zufrieden: gleich darf er das Pinselchen nehmen und die Linie nachziehen. Er spürt ihren Atem an seinem Hals. Sie spürt seinen Atem an ihrer Stirn. Seine Hände sind ruhig, geschickt. Er sieht, wenn er beim Schminken hinabblickt, wie sich ihre Brüste beim Atmen heben und senken: zwar ein weithin bekanntes Phänomen, doch er betrachtet es trotzdem gern. Sie läßt auch zu, daß seine sehr sanften Lippen die Haut über ihren Schlüsselbeinen berühren, dann zum Brustansatz herabgleiten. Dabei spürt sie, was sie schon gesehen hat: er hat kein stoppliges Kinn, keine kratzigen Wangen. Sie verwehrt ihm dennoch, daß er bis zu den Brustwarzen weiterküßt: kein endgültiges Verbot, aber sie muß zeigen, daß sie Regie führt. Das akzeptiert er.

Auf Wunsch bringt er wieder ein Kleid, das ihr voraussichtlich gefallen wird. Je öfter seine Vorschläge mit ihren Wünschen übereinstimmen, desto häufiger darf er Vorschläge machen. Er hält das Kleid am ausgestreckten rechten Arm, schwenkt ihn vor und zurück, um dem Stoff Bewegung zu geben, hält das Kleid mit einknickendem rechten Arm vor den Oberkörper, streicht über den Stoff. Sie zögert: eigentlich müßte sie noch das voraussichtliche Wechselspiel von Haut und Stoff sehen; das ist aber nicht möglich, solange dort, wo der Ausschnitt ihre Haut zeigen wird, die Rüschen seines Hemds sind, der Westenrand, das Jackenrevers. Er folgt ihrer Andeutung, zieht Jacke, Weste, Hemd aus. Sie sieht, daß sein Oberkörper sehr glatt ist: keine Haare auf der Brust, nicht mal zwischen den Warzen. Die Schultern nicht schmal, aber sanft gerundet. Auch auf den Unterarmen kaum Haarwuchs. Das scheint ihr günstig für seine Vorführung. Er hält das Kleid an den bloßen Oberkörper, es liegt kühl und glatt auf der Haut, er streicht mit der Linken über den Stoff. Sie läßt ihn das Kleid wegnehmen und sieht, daß seine Brustwarzen Knötchen bilden. Sie wüßte gern, welche Impulse von hier ausgehen, wenn man sie streichelt oder küßt, mit der Zungenspitze.

Nun sieht Gräfin Rochette den Zeitpunkt gekommen, ihr Geheimnis zu lüften.

Ein Gönner, Beschützer vermittelte Charles den Zugang zum Hof. So konnte er an einem Hofball teilnehmen. Um den als galant geltenden König galant auf eine Probe zu stellen, wurde Charles als junge Hofdame verkleidet. So konnte er auch, nach dem Ball, leichter mitgenommen werden in die Gemächer der Marquise de Pompadour, der damaligen Maitresse des Königs. Sie machte, als erfahrene Frau, den Jüngling zum Mann. Noch in der selben Nacht schlief er mit ihr, Gräfin Rochette.

Sie muß hier freilich hervorheben, was Charles auch wiederholt von sich selbst sagte, was er über sich schrieb: sein »ruhiges Temperament«, seine »natürliche Kälte«. Dies hatte ihn, bis dato, von der beglückenden, nun gleich verdoppelten Erfahrung ferngehalten. So konnte wiederholt das Gerücht aufkommen, er sei weiblichen Geschlechts. Sie aber, Gräfin Rochette, kann bezeugen: er war ein Mann, wenn auch kein feuriger.

Und sie kann ebenso glaubhaft berichten, daß Charles mit 28 im Reich geheimer Diplomatie einen heiklen Auftrag erhielt: seine russische Mission.

Die Gräfin erläutert kurz: Um 1755 wollte König Louis die beinah eingefrorenen Beziehungen zu Rußland verbessern – den letzten französischen Gesandten hatte Zarin Elisabeth auf Vorschlag eines ihrer Favoriten in der Schlüsselburg einsperren lassen. Auch Friedrich der Große suchte Kontakt mit dem Zarenhof; Louis wollte ihm zuvorkommen. So wurde der schottische Chevalier Douglas nach Petersburg geschickt; in seiner Begleitung Charles.

Etwa zu dieser Zeit, eventuell auch mit Blick auf die geheime Mission, dürfte ihm König Louis den adelnden Apostroph verliehen haben: aus Deon wurde d'Eon. Und er wurde als junge Frau ausstaffiert. Auf diese Weise sollte er, unter Umgehung franzosenfeindlicher Herren, direkt auf die Zarin einwirken und ihr nach erfolgreicher Vorarbeit ein Handschreiben des Königs überreichen: Louis brachte persönliche Gefühle ins Spiel und schlug eine Allianz gegen Preußen vor.

Zum Ablauf des Geschehens: Douglas wurde der Zugang zum Kreml durch den englischen Gesandten verwehrt; Lia d'Eon de Beaumont jedoch fand das Vertrauen des Vizekanzlers Woronzow; er vermittelte ihr einen Posten als Vorleserin der Zarin.

In einem Brief, der in die Hände der Gräfin geriet, schrieb er über die erste Vorlesestunde am Bett der Elisabetha Petrowna, Tochter Peters des Großen: »Die Zarin lag da mit bläulichen, geschwollenen Lippen. Ihr Gesicht glänzte von jenem flüssigen Firnis, den Leidenschaft aufträgt, wenn das Feuer der Lust im Innern lodert und Laszivität durch alle Poren dringt. Als ich ihren nackt herabhängenden Arm, ihre unanständig entblößte Brust, ihr unordentlich hängendes Haar, als ich sie vor Wollust ächzen sah, glaubte ich eine trunkene

Bacchantin vor mir zu haben. Ich erinnerte mich an alles, was mir Woronzow von der Kaiserin und ihren Orgien erzählt hatte. Ich dachte, daß diese Frau, welche da vor mir lag, Gott weiß wie viele Männer in ihren Armen empfangen hatte, daß ihr Mund, ihr Hals, ihr Busen von Soldatenküssen befleckt waren ... Ich scheute zurück vor dieser kaiserlichen Ruine, die von so viel Schmutz besudelt, von so vielen Ausschweifungen verwüstet war.«

Die Gräfin weiß ebenfalls zu berichten: Die Hofdamen schliefen jeweils zu zweit in einem Bett, d'Eon mußte das Lager mit der jungen Woronzow teilen, der späteren Prinzessin Askow. Und Gräfin Rochette brachte in Erfahrung: Die junge Woronzow sei in jeder Hinsicht sehr weiblich gewesen, während ihre Bettgenossin, ihr Geheimnis hütend, keusch, ja prüde erschienen sei.

Nun liegt Charles jede Nacht mit einer Frau im Bett und muß weiterhin als Frau erscheinen – da heißt es vorsichtig sein. Nicht, daß er sich als Frau mit der Woronzow ins gemeinsame Bett legt und als Mann wieder aufsteht. Das würde die geheime Mission erheblich erschweren, denn Hofdamen halten nie dicht.

Würde Charles als Mann in dieses Bett eingewiesen, er könnte zufrieden sein. Denn die junge Woronzow ist eine attraktive Frau, das sieht man auch beim Waschen. Sehr viel wäscht sich die Woronzow nicht, aber wenn sie sich wäscht, sieht man deutlich, was sie wäscht. Charles wäscht sich aus Sicherheitsgründen noch seltener, dann auch weniger als die Woronzow. Wenn er sich mal richtig waschen muß, weil bereits die Haut zu jucken beginnt, am Rücken, unter den Hoden, wäscht er sich beispielsweise, während alle essen. Riechen Männer, wenn sie riechen, nicht anders als Frauen, wenn die riechen?

Daß er sich in Anwesenheit der Woronzow nur mal Gesicht, Hals, Hände wäscht, und auch das nicht immer, so was fällt im Palais nicht sonderlich auf, niemand wäscht sich hier regelmäßig. Auch nicht Zarin Elisabeth, die sich von Hofdamen kratzen läßt. Nicht nur, weil ungewaschene Haut nach einiger Zeit zu jucken anfängt: sie ist nervös. Seinerzeit hatte sie mit gut bezahlten Offizieren die schlafende Zarin Katharina in ihrem Zimmer überrascht, hatte sie verhaften und einsperren lassen, um selbst Zarin zu werden; nun hat sie Angst, eine andere Frau könnte das nachahmen und sie mit bezahlten Offizieren ebenfalls im Schlafzimmer überraschen, sie festnehmen und einsperren lassen. Deshalb läßt Elisabeth dauernd Zwischenwände einreißen, neu hochziehen, und ebensooft werden Türen verlegt. Häufig wechselt sie das Schlafzimmer, manchmal schon nach wenigen Stunden Schlaf, um jede Planung zu erschweren. Manchmal kann sie aber trotz aller Vorkehrungen nicht ruhig schlafen, dann ruft sie eine oder mehrere Hofdamen. Die müssen sich an ihr Bett setzen und sie kratzen, an den Oberarmen, am Rükken. Und zwar tüchtig, damit sie richtig abgelenkt wird!

Beispielsweise sitzt an ihrem Bett neben der Frau eines Admirals und der Frau eines Ministers und der Tochter des Vizekanzlers auch Demoiselle Geneviève aus Frankreich und kratzt. Dabei spricht sie aufgrund des königlichen Auftrags werbend von Frankreich. Erst erzählt sie kratzend von französischer Landschaft, zur Einführung. Dann erzählt sie kratzend von Schlössern in dieser Landschaft. Dann erzählt sie kratzend von Menschen in Schlössern dieser Landschaft. Dann erzählt sie kratzend von Festen der Menschen in Schlössern dieser Landschaft. Dann erzählt sie intensiv kratzend von hohen Herren auf Festen in Schlössern dieser Landschaft. Dann erzählt sie eindringlich kratzend vom König, der über die Herren der Schlösser der Landschaft herrscht. Ein schönes Land. Und prächtige Schlösser. Und freundliche Menschen. Und prunkvolle Feste. Und mächtige Fürsten. Und ein guter König. Das reibt sie der Zarin ein. Die anderen Hofdamen hören zu. Sehr genau hört die Woronzow zu, sie möchte endlich Genaueres über ihre zurückhaltende Bettgenossin erfahren.

Denn: sobald sich Lia ins Bett legt, dreht sie sich zur Wand. Sobald sie einschläft, legt sie sich auf den Bauch, bleibt so die Nacht über liegen. Nie kommt es vor, daß Lia versehentlich die Woronzow berührt. Nie scheint sie so zu träumen, daß sie unbedingt die nächstliegende Person streicheln muß. Wenn das der Woronzow passiert, kann sie immer nur Lias Rücken streicheln. Die Woronzow legt es sogar ein bißchen auf Träume an, bei denen man nichts dafürkann, wenn eine Hand dorthin greift, wo es warm und weich ist – Lia aber liegt stets auf dem Bauch.

Nicht immer schläft man gleichzeitig ein; dann plaudert sie mit

Lia, die ihr den Rücken zudreht: Auf der anderen Seite könne sie nicht liegen, da würde ihr sofort der Arm einschlafen, würde ihr bald die Schulter weh tun.

Na ja, das ist eine Erklärung. Weshalb aber ist diese Französin derart zurückhaltend, wenn die Woronzow über Liebe sprechen will? Warum hört man nichts von Liebeserlebnissen der Geneviève? Weder von ihr selbst noch über andere am Hof? Es muß doch einen Grund oder Gründe haben, weshalb Geneviève sich da heraushält. Kurz: was ist los?

Lia mag nun erzählen, was in solchen Fällen schon mal erzählt wird: Sie wurde Opfer einer verabscheuungswürdig nachdrücklichen geschlechtlichen Forderung ... Seither ihre Zurückhaltung.

Nun atmet die Woronzow auf: endlich eine Erklärung! Und der Ansatz zu einer Geschichte! Einer Geschichte mit rotem Faden ...

Nachdem Lia dies preisgegeben hat, gehört sie mehr zu den Frauen als zuvor. Denn selbstverständlich erzählt die Woronzow den anderen Hofdamen vertraulich von der schlimmen Erfahrung der Geneviève oder Lia. Nun wissen Frauen um ein Geheimnis von Lia als Frau. Sie geben ähnliche Geheimnisse preis: kaum ist etwas erzählt, so erzählen andere Entsprechendes. Und es verbindet diese Frauen eine momentane Abneigung gegen Männer.

Hofdamen sitzen auch beisammen, wenn die Zarin mal regiert oder wieder einen Günstling bei sich hat: dann klöppeln sie beispielsweise, weil man in jenem Land zu jener Zeit gern klöppelt. Lia läßt sich zeigen, wie man in Rußland klöppelt; sie habe selbstverständlich auch in Frankreich geklöppelt, dort würde man freilich anders klöppeln, sie wolle aber von nun an so klöppeln, wie man in Rußland klöppelt.

Die Hofdamen zeigen ihr gern, wie man in Rußland klöppelt, wollen dann zum Vergleich sehen, wie man in Frankreich klöppelt, aber das will sie, sagt sie, lieber noch nicht zeigen, weil sie sonst durcheinanderbringt, wie man in Frankreich und wie man in Rußland klöppelt; erst wenn sie so klöppeln kann wie die anderen hier, will sie zeigen, wie man in Frankreich klöppelt – sie hofft, wenn sie erst mal so gut wie die anderen Damen klöppelt, wird keine mehr fragen, wie man in Frankreich klöppelt.

So klöppelt sie mit gedrechselten Klöppelstäben, wenn andere

Frauen klöppeln. Je länger Geneviève mit ihnen klöppelt, desto mehr fühlt sie sich als klöppelnde Frau. Ihre Hände sind zum Klöppeln nach russischer Weise sehr geeignet, finden die anderen Damen, und sie sieht ihre Hände auch bald unter diesem Gesichtspunkt: klein, elastisch, da geht das Klöppeln leicht von der Hand.

Beim Klöppeln sprechen Frauen: über Klöppelmuster; über Position und Perspektiven diverser Günstlinge am Hof; über die Innenausstattung von Schlössern in Frankreich; über Berichte von Kammerzofen zum Zustand von Bettlaken; über Schnittweisen, Futterstoffe, Besatzartikel. Lia kann einen ganzen Schrank voller Kleider beschreiben, zeigt den klöppelnden Hofdamen, wie Stoffe fallen, Falten liegen.

So was will auch die Zarin wissen, die sich gern ablenken läßt: Geneviève geht vor ihr auf und ab, zeigt, wie französische Kleider fallen oder sich bauschen, beispielsweise beim Tanzen. Gleich muß sie Tanzbewegungen vorführen, die am französischen Hof in Mode sind. Die Zarin vergißt dabei, daß es sie juckt, vergißt die Möglichkeit eines Putschs. Geneviève berichtet, geschickt überleitend, von der Rolle französischer Männer beim Tanz, ein paar gute Worte dann zu französischen Männern im allgemeinen, und sie hebt in diesem Zusammenhang den König hervor, wieder einmal, vermerkt keinen Widerspruch bei der Zarin, spricht weiter über den König.

Nun scheint das Ziel erreichbar, fast greifbar! Nun darf nicht mehr der geringste Zweifel entstehen! Öfter als sonst hängt Lia gestrickte Wolleinlagen im Zimmer auf. Die Woronzow hat zwar noch nie gesehen, wie Lia die auswäscht, aber sie sind unübersehbar aufgehängt. Das führt wieder zu Fragen, von Frau zu Frau. Zum Beispiel abends im Bett. Ja, Blutungen nach jener Vergewaltigung, und später kamen die natürlichen Blutungen unregelmäßig, mal nach zwei, mal nach sechs Wochen – und dann auch nicht jeweils für vier oder fünf Tage, sondern manchmal zehn, elf Tage lang! Dabei dauernd das Ziehen, das bekannte: da nickt eine Frau. Dazu die Kopfschmerzen, die bohrenden: da nickt die Woronzow.

Aber nun blutet Geneviève ja nicht pausenlos, es könnte also schon mal ein Liebhaber rein. Die Woronzow würde ihr gern einen Liebhaber vermitteln: manche Männer warten nur auf solche Vermittlung, sogar einflußreiche.

Aber Lia kann es sich nicht leisten, einen einflußreichen Mann zurückzuweisen, das könnte die Mission gefährden, also winkt sie von vorn herein ab.

Warum nur? Muß doch einen Grund haben! Fragen, wiederholte Fragen, Geneviève muß den Blutungen noch etwas hinzufügen: Nach jener verabscheuungswürdigen Gewalttat mußte ein wenig genäht werden, dabei wurde etwas zuviel Faden verwendet vom wohlmeinenden Arzt, seither paßt nichts mehr so recht herein. Und Lia bittet in diesem heiklen Punkt um äußerste Verschwiegenheit. Die Woronzow wird dies also nur flüsternd weitererzählen.

Frauen bringen Frauen in fraulichen Belangen Verständnis entgegen: weil Lia keine Rivalin sein kann, sind ihr die Hofdamen jetzt stärker als zuvor fraulich verbunden. Lia fühlt sich mehr und mehr als Frau am russischen Hof.

Und Gräfin Rochette weiß zu berichten, daß Charles, Geneviève mit seiner geheimen Mission (Le Secret du Roi) erfolgreich war – obwohl er der Zarin gegenüber erhebliche Aversionen zu überwinden hatte. Er schuf die Grundlagen für eine Verständigung mit Frankreich: brachte nach Versailles ein Schreiben der Zarin, in dem sie um Entsendung eines Geschäftsträgers bat; der solle dann gleich den Entwurf eines Vertrages mitbringen.

Dazu wurde Chevalier Douglas ernannt. D'Eon durfte ihn wieder begleiten, diesmal als Mann. Um auffallende Ähnlichkeiten mit der Vorgängerin zu erklären, wurde er als Bruder von Demoiselle Lia de Beaumont ausgegeben.

Die Aufgabe des Schotten wurde später vom Marquis de l'Hôpital übernommen; die Rochette bezeichnet ihn als freundlichen alten Lebemann. Und berichtet, daß er Charles »ma chère Lia« nannte und »ma belle de Beaumont«.

Die Zarin unterzeichnete den Vertrag. Charles wollte die Erfolgsmeldung persönlich überbringen; mit allseits bestaunter Geschwindigkeit ritt er von St. Petersburg nach Versailles. Dabei zeigte er männliche Härte: nicht mal ein Beinbruch konnte ihn aufhalten.

Der dankbare König ernannte Charles zum Dragonerleutnant, schenkte ihm eine goldene Tabatiere, ließ ihn durch seinen Leibchirurgen behandeln. Die Gräfin berichtet weiter, daß Charles nach Petersburg zurückkehrte, um auf eine Erweiterung des Vertrags und auf eine Seekonvention hinzuarbeiten. In dieser Zeit, so die Gräfin, verliebte sich Charles in die junge Nadège Stein; sie wurde schwanger, und die eifersüchtige Zarin verbannte sie nach Sibirien. Mehr als diesen einen Satz scheint der Gräfin die Geschichte nicht wert. Und sie fährt fort, im offiziösen Bericht: Charles war am Hof auch diesmal erfolgreich. Und doch: als man l'Hôpital nach drei Jahren Dienstzeit zurückrief, ernannte man nicht d'Eon zu seinem Nachfolger, sondern Comte de Breteuil, einen reichen, jungen Aristokraten.

Charles gab die diplomatische Tätigkeit auf, verließ Rußland und übernahm das Kommando über eine Dragonerkompanie; sie stand unter dem Oberbefehl des Maréchal de Broglie, der damals an der Weser kämpfte – der Siebenjährige Krieg.

Bei einem vorbildlichen Dragoneroffizier wird vorausgesetzt, daß er ein erprobter Reiter ist, der im Gelände keinerlei Hindernisse kennt: Charles reitet viel, um ein erprobter Reiter zu sein, der im Gelände keinerlei Hindernisse kennt; vorbildlich bringt er seinen Schwerpunkt mit dem Schwerpunkt des Pferdes in Übereinstimmung; auch bei schwierigen Geländeabschnitten sucht er nicht Halt an den Zügeln; seinem sicheren Sitz dienen als Grundlage die beiden Gesäßknochen und der Spalt; zwischen seiner Hand und dem Pferdemaul besteht gute Verbindung; er sitzt in Mittelpositur. Darauf achtet er selbstverständlich bei seinen Leuten, wenn er sie übungsweise an sich vorbeireiten läßt, um sie von vorn, von der Seite, von hinten zu mustern, wie das ein Dragoneroffizier tun soll: manche Soldaten vergessen während eines Krieges, was sie im Frieden eingeübt haben – ein guter Offizier vergißt das nie.

Ein vorbildlicher Dragoneroffizier zeichnet sich weiterhin aus durch sorgsame Planung und Vorbereitung von Aktionen: sorgsam studiert Charles Landkarten, soweit sie vorliegen, sorgsam läßt er jeweils das Attackenfeld erkunden. Er muß wissen, also will er wissen, wo er in breiter, wo er nur in schmaler Front durchkommt, wo gedeckte Übergänge möglich sind, wo eine Attacke durch natürliche Geländehindernisse aufgehalten werden könnte. Eine senkrecht hochgehaltene Lanze bedeutet: Hier gangbar; eine waagrecht hochgehaltene Lanze: Hier ungangbar. Leider kann Charles nicht auch Geländeabschnitte erkunden lassen, die der Feind besetzt hält – da hofft er beim Angriff auf das Glück, das Reiter Reiterglück nennen. Er weiß, daß dieses Glück den Tapferen gehört: also ist er tapfer, um das Glück zu haben, das den Tapferen gehört.

Um tapfer sein zu können, muß ein Dragoneroffizier über eine Truppe verfügen, die schlagkräftig weil ausgeruht ist, wenn er sie zum Kampf führt. Also läßt Charles für Frische und Ausgeruhtheit vor allem der Pferde sorgen. Der kleine Chevalier in der eleganten Dragoneruniform kann, wie das bei echten Dragoneroffizieren der Brauch ist, abends plötzlich in requirierten Stallungen auftauchen und Fütterung wie Pflege kontrollieren. Dabei läßt sich ein vorbildlicher Dragoneroffizier nichts vormachen. Er steckt überall seine Nase und seine Finger rein. Vor allem, wenn es um die Fütterung der Pferde geht, von deren gutem Futterzustand bekanntlich das Leben, die Sicherheit, der Erfolg seiner Soldaten, mithin seiner Einheit abhängen: also greift er tief in die Säcke, zu deren Lieferung die Bevölkerung gezwungen wird, holt unter einer täuschenden Oberschicht von dünnschaligem, goldgelbem Hafer beispielsweise Körner mit schwarzen Spitzen heraus. Oder er muß den Hafer als feucht, als schimmlig bezeichnen, wirft zum Beweis eine Handvoll in einen Wassereimer, und siehe da, der gute Hafer geht unter, der schlechte schwimmt. Weil Charles so rasch und sicher ist im Beurteilen von Hafer, beurteilt er gern bei jeder Gelegenheit Hafer, wird so im Beurteilen von Hafer noch rascher und sicherer: ein richtiger Dragoneroffizier ist im Beurteilen von Hafer sehr rasch und sehr sicher.

Selbstverständlich prüft er nicht bloß das Futter, wenn er Stallungen inspiziert: ein verantwortungsbewußter und erfahrener Dragoneroffizier schaut auch rasch mal in die Krippen, weil bei schmutzigen Krippen Infektionen möglich sind, die man im Krieg wahrhaftig nicht brauchen kann. Und er fühlt nach, ob ein Nagel vorsteht oder ein Holzsplitter, daran könnten sich Pferde verletzen. Und er schaut mit der Laterne nach Druckstellen, gibt Ratschläge zur Behandlung, sofern er Druckstellen entdeckt. Und ein Pferd, das den Rotz hat, läßt er sofort absondern, schon bei geringsten Anzeichen; als Reiter weiß Charles genau, worin sich akuter und chronischer Rotz unterscheiden. Wenn er nach einer Inspektion den Stall verläßt, stellt er seine Laterne in den Eimer neben der Türe. Das tut jeder Reiteroffizier. Charles sieht gern, wenn man registriert, wie er die Laterne in den Eimer stellt.

Wie weit ein Dragoneroffizier ein echter Dragoneroffizier ist, erweist sich besonders deutlich bei Kampfhandlungen. Wenn er seine Truppe beispielsweise gegen feindliche Kavallerie einsetzt, muß er folgendes beachten, und das tut er auch: beim Kampf Kavallerie gegen Kavallerie entscheidet vor allem der schnelle, wuchtige Anprall. Deshalb muß die Attacke im Galopp erfolgen. Ein Reiteroffizier weiß natürlich, daß dieser Galopp nicht zu lang sein darf: eine Einheit, deren Pferde durch zu langen Galopp ausgepumpt sind, hat keine große Stoßkraft. Es liegt in der Entscheidung des Offiziers, wann die Truppe vom Trab in den Galopp übergeht: nach kurzem Galopp hat eine Attacke die größte Durchschlagskraft. Deshalb führt Charles seine Truppe so geschickt an den Feind heran, daß der ihn erst möglichst spät entdeckt; dann gibt er das Zeichen zum Galopp und legt die Lanze ein: hinter ihm hundertfacher Hufschlag, dröhnend; seine Dragoner schreien, um sich Mut zu machen und dem Feind Angst einzujagen; Charles schreit nicht, ein Offizier muß sich nicht erst Mut machen.

Die feindliche Kavallerie weiß nun so gut wie seine eigene herangaloppierende Kavallerie, daß man sich nicht im Stand angreifen lassen darf, also beginnt die feindliche Kavallerie ebenfalls zu galoppieren: so galoppieren zwei Einheiten aufeinander zu. Charles vorne, obwohl es vorn am gefährlichsten ist, aber ein Reiteroffizier muß dort sein, wo es am gefährlichsten ist. Beim Zusammenprall zweier Kavallerieeinheiten entsteht eine Vielzahl dumpfer, klatschender, klirrender Geräusche. Pferde bumsen sich gegenseitig um. Männer stoßen und bohren sich gegenseitig aus den Sätteln. Charles sieht das Weiße in den Augen von Gegnern, sieht aufgerissene Nüstern, großzähnige Mäuler: das alles ist einem Reiteroffizier bekannt, darauf achtet er nicht weiter, er behält den jeweiligen Gegner im Auge, kämpft, wie er das gelernt hat: den Oberkörper in den Lanzenstich legen, ohne das Gesäß zu lüften, ohne die Füße in die Steigbügel zu stemmen, ohne sich am Zügel festzuhalten. Sobald ein Gegner auf dem Boden liegt, ihn noch mal anreiten, dann eine Pferdelänge vor ihm die Lanze niedersausen lassen. Stiche mit Auflaufen; Stiche mit beiden Händen vorwärts; aktive Stiche. Den Gegner umkreisen, das Pferd dabei nur mit Gewichts- und Schenkelhilfen führen, Kandare weniger anstehen lassen als Trense, beide Arme frei haben, zustechen. Durch geschickte Finten den Gegner hinter sich herlocken, dann durch eine Kurzkehrtwendung auflaufen lassen, rums!

Nach dem Sieg eine Siegesfeier. Sich als Mann schlagen, sich als Mann feiern lassen: Mann unter Männern. Ein Männeressen: womöglich ein requiriertes Spanferkel am Spieß und davon männliche Portionen verputzen – so klein er ist, so viel kann er verdrücken. Er läßt den Dreck auf dem Gesicht, vorerst; Staub und Dreck machen sein Gesicht männlicher. Die anderen Gesichter sind dreckig und stopplig noch dazu. Männergesichter. Männliche Schnäpse. Männerwitze: Stuten und Weiber, Männer wie Hengste. Natürlich wollen sie nach ein paar weiteren Schnäpsen Weiber zurechtreiten. Bei solchen Ankündigungen lacht Charles, lächelt; er kennt in dieser Hinsicht keine Schwäche. Wer keine Schwächen zeigt, erscheint stärker. Aber sonst hat er, wie jeder echte Dragoneroffizier, Spaß an Späßen, da macht er mit, da läßt er sich nicht lumpen. Mann unter Männern.

Am nächsten Morgen war Schnaps Schnaps und Dienst ist wieder Dienst. Ein vorbildlicher Dragoneroffizier läßt seine Einheit nach einem Gefecht Übungen durchführen, um sie neu zu formieren. Auf tänzelndem Pferd sitzen, in der Dragoneruniform, in staubbedeckten oder matschbespritzten Stiefeln, und laute Befehle geben, mit energischen Handzeichen; so entspricht sein Bild dem Vorbild. »A droite!« brüllt er besonders gern, weil französische Kavallerieoffiziere dies mit möglichst heller Stimme rufen, das haben die Soldaten noch von der Ausbildung her im Ohr. Weil Charles das noch heller, damit schneidender rufen kann als seine Vorgänger und Kollegen, läßt er seine Einheit oft nach rechts schwenken. Doch er weiß, daß Richtungswechsel möglichst nach beiden Seiten abwechselnd erfolgen müssen, es können nicht bloß Schwenks nach rechts vollzogen werden, weil die besser zu seiner Stimme passen. Bei »à gauche!« gibt er ein energisches Handzeichen, denn hier muß ein französischer Kavallerieoffizier seine Stimme senken, und das klappt bei

Charles nicht so recht: an sein Handzeichen aber hat er den Trupp gewöhnt, diesem Wink folgt man aufs Wort. Männer lieben knappe Befehle, weil sie gelernt haben, daß Männer knappe Befehle lieben.

Der männlichste Befehl ist der Angriffsbefehl. Bei der Durchführung des Angriffs zeigt ein Dragoneroffizier Mut und Kraft, überrascht den Feind durch mutige Attacken an der Spitze seiner Einheit, weil seine Waffengattung schnelle, rücksichtslose Attacken fordert. Dafür wird er mit dem Ludwigskreuz dekoriert. Diese hohe Auszeichnung läßt Charles herausragen, auch als Mann.

Und Gräfin Rochette setzt den Bericht fort. Überleitend betont sie erneut, daß sie nur als Hofdame ihre Auskünfte über die teils privaten, teils geheimen Vorgänge einholen konnte. Und sie nennt ihr Motiv für das aktive Interesse: seit der frühen Begegnung habe sie eine Art Zuneigung bewahrt zum »Kleinen«.

Historische Ereignisse, die Rückwirkungen hatten auf seine Vita: Zwei Jahre nach d'Eons Rückkehr aus Rußland starb Zarin Elisabeth; ihr folgte Peter III., Ehemann der Großherzogin Sophie von Anhalt-Zerbst, das mit Preußen verbunden blieb. Der Aristokrat de Breteuil hatte als Botschafter versagt, man ernannte Charles d'Eon de Beaumont zu seinem Nachfolger. Jedoch: Zar Peter wurde von einem Liebhaber seiner Frau ermordet; Zarin Katharina II. kündigte sofort den Vertrag von Versailles. Es hatte in dieser Lage keinen Sinn mehr, daß Charles wieder nach St. Petersburg reiste.

So begleitete er, am Ende des Siebenjährigen Krieges, Botschafter Duc de Nivernais nach London, als Sekretär. Der Botschafter wußte nicht, daß Charles, auf persönliche Weisung des Königs, auch als Geheimagent tätig sein sollte, mit dem speziellen Auftrag, über den Bau militärischer Anlagen an der englischen Küste zu berichten, selbstverständlich chiffriert.

In seiner offiziellen Mission, der Unterstützung der Verhandlungen mit dem englischen Hof, war Charles so erfolgreich, daß Nivernais darauf bestand, d'Eon solle die Nachricht über die Unterzeichnung des Friedensvertrages durch George III. nach Versailles überbringen. Der Empfang dort war sehr schmeichelhaft.

Als man Nivernais später von London abberief, wurde Charles für die Übergangszeit zum Ministre plénipotentiaire am Hof von

St. James ernannt; er leitete von Juni bis Oktober die französische Botschaft. Gräfin Rochette sieht allen Grund, auf ihren »Kleinen« stolz zu sein. Dies erst recht bei den folgenden Ereignissen.

Ein richtiger Mann ist auch Abenteurer. Um Abenteurer zu werden, muß er Abenteuer bestehen. Um Abenteuer bestehen zu können, die ihn zum Abenteurer machen, braucht er beispielsweise einen Gegenspieler mit Macht und Einfluß. Wer solch einen Gegner nicht hat, muß ihn sich verschaffen.

Charles als kommissarischer Botschafter in London. Er gibt Feste, die viel Geld kosten, speziell für die berühmte französische Küche, nach der sich eingeladene Engländer die schmalen, von dauerndem Wind und häufigem Regen oft rauhen, wenn nicht gar splissigen Lippen lecken, weil es hier endlich mal keine laffen Hammelbraten gibt und keine grünlichen Minzsoßen und keine steifen, unheimlich schwer verdaulichen Puddings, die man aus lauter Verzweiflung oft anzündet, aber sie wollen einfach nicht wegbrennen: bei d'Eon gibt es Austern, Hummer, Artischocken, Forellen, Kalbsmedaillons, zarte Filets, kräuterreiche Soßen und laszive Nachspeisen. Seine vom guten französischen Essen weitgehend zufriedengestellten Gäste will er zusätzlich zufriedenstellen durch Musiker, die in weißen Perücken, in Seidenanzügen bei Kerzenlicht spielen, dazu durch Zierdamen, weil die Franzosen bekanntlich nicht nur gutes Essen lieben, sondern auch die Anwesenheit überwiegend junger Frauen. Und bei all diesen Angeboten und Darbietungen selbst der Mittelpunkt sein, möglichst glanzvoll, deshalb viel Geld ausgeben für Garderobe, zum Beispiel für dunkelblaue Jacken mit goldenen Tressen, goldenen Knöpfen. So sieht ein Botschafter aus, ein Mann mit militärischer Vergangenheit, so sieht vorläufig aber noch kein Abenteurer aus.

Damit er den Abenteuern näher kommt, die ihn zum Abenteurer machen, muß er dem französischen Außenminister Praslin einen Brief schreiben, in dem er auf die durch hohe Aufwendungen zur gebührenden Repräsentanz seines Landes prekär gewordene finanzielle Lage hinweist und um rasche, entschiedene Hilfe bittet. Nach Absendung dieses Gesuchs muß er weiterhin Schulden machen für elegante Kleidung, großzügige Feste. Schließlich ein Schreiben des französischen Außenministers; er weist hin auf die niedrige Geburt des Antragstellers, rät zu entsprechend bescheidenem Lebenswandel; im übrigen werde die Botschaft in Kürze durch Comte de Guerchy übernommen. Da kann man natürlich sauer werden!

Weil ein Gentleman nur mit den Waffen kämpft, mit denen er attackiert wird, geht d'Eon schriftlich zum Gegenangriff über. Sich für einen langen Abend im Arbeitszimmer einschließen; im Schreibsekretär mit vielen Fächern und Schubladen geheime Fächer und Schubladen öffnen, Briefe herausnehmen, durchlesen; die brauchbaren Briefe sortieren: Geheimschreiben des Königs, beispielsweise zur Spionagetätigkeit in England, Schreiben des Außenministers, etwa zur Verhandlungsführung. Und nun in einem scharfen Schreiben auf die soeben zusammengestellten, im Fall einer Veröffentlichung politisch äußerst brisanten Dokumente hinweisen. Und gleich noch einen bösen Brief schreiben an den Botschafter, der vom Außenminister angekündigt wurde. Die beiden Schreiben signieren, versiegeln und einem durch mehrfaches Glockengeräusch geweckten Diener übergeben zu sofortigem Expedieren. Dann eine Flasche edlen französischen Rotwein trinken.

Natürlich wird d'Eon gespannt sein auf die Stellungnahmen der beiden angeschriebenen Herren. Mit wahrscheinlich hochgezogenen Brauen und sicherlich knappen Begleitworten überreicht der neu eingetroffene Botschafter ein Schreiben von Außenminister Praslin, der Charles nach Paris zitiert – da kann er sich wohl denken, was ihn erwartet. Die Wirkung dieses Schreibens wird freilich durch ein anderes Schreiben aufgehoben, das Charles von einem Begleiter des neuen Botschafters unter vier Augen überreicht wird: ein Brief des Königs, der ihm befiehlt, nicht nach Frankreich zurückzukehren, sondern mit den geheimen Dokumenten, die das Verhältnis zwischen Frankreich und England stark belasten könnten, in London zu bleiben und dort weitere Befehle abzuwarten.

Damit ist die für einen Abenteurer notwendige Ausgangslage zum Erleben von Abenteuern gegeben: Spieler und Gegenspieler in einer Stadt, in einem Gebäude, und jeder will den anderen loswerden.

Dazu setzt der Gegenspieler erst einmal Gerüchte in Umlauf: er sagt allen, die es hören wollen – und es gibt viele, die so was gern hören – daß d'Eon oben Dragoner, unten Frau sei. »Really?« Jawohl, oben Dragoner, unten Frau. »Are you sure?« Oben Dragoner, unten Frau, eventuell sogar Jungfrau. »What did you say?« D'Eon kann doch nur eins von beiden sein: wetten, daß er –? Gut, wetten wir! Engländer wetten gern. Es werden in London zahlreiche Wetten abgeschlossen: wetten, daß er ein Mann ist, wetten, daß sie eine Frau ist, wetten, daß sie ein Mann, wetten, daß er eine Frau ist, wetten, daß es ein Mann, eine Frau ist? Um Ale wetten, um Guineas wetten, um sonstwas wetten. Werden viele Wetten abgeschlossen, so schließt man bald noch mehr Wetten ab: schon wettet ein guter Teil der Londoner Bevölkerung. Der Botschafter freut sich: jetzt kann sich d'Eon kaum noch auf Empfänge wagen, man wird bei ihm ständig auf Brust und Hose schielen. Und auf der Straße wird man ihn mit Absicht versehentlich rempeln, »pardon, sorry«, und schnell mal nach oben oder unten greifen. Man wird Trupps aufstellen, die ihn einfangen sollen, dann wird ihm die Hose aufgeknöpft, und je nachdem, was man drin findet oder nicht, ist die Wette verloren beziehungsweise gewonnen.

Eine abenteuerliche Situation: ein Mann gegen eine Stadt. Ein Mann, der schon mal das Haus verlassen muß; eine Stadt, die darauf lauert, daß er sich zeigt. Da warnt er die Stadt: Jeder, der ungefragt in seine Nähe kommt, wird durchstochen!

Täglich mit dem Degen trainieren: rasche Attacken, Paraden, Attacken, Paraden, Attacken. Zusätzlich einen Dolch am Gürtel tragen, falls der Degen zerbricht oder aus der Hand geschlagen wird. Eine sorgsam geladene Pistole mit sich führen. Nicht zu nah an Häusern entlanggehen, flutsch kann man in einen Flur gezerrt werden, ein Knebel in den Mund gedrückt, Hände tasten ihn ab. Sich in unregelmäßigen, damit den Gegner verwirrenden Abständen rasch umdrehen, weil Gefahr oft von hinten naht. Immer größere Ohren kriegen, immer dünnere Trommelfelle. Selten die Hand vom Degengriff lassen: bei verdächtigem Geräusch gleich ziehen, mit dem Rücken an die nächste, türlose Wand, mit dem scharfen Metall die hundertachtzig Grad absichern, rufen, daß man jeden niedersticht, augenblicklich, der noch einen Schritt näher kommt.

Am besten wäre natürlich, man könnte seine Qualitäten als Fechter an geeignetem Partner unter Beweis stellen; einen Angreifer durchbohren, einen Zettel an der Leiche befestigen: Charles was here. Aber auch ohne solch ein Beweisstück wirkt er in dieser Situation überzeugend männlich: würde etwa eine Frau mit Degen, Dolch, Pistole durch eine feindliche, dazu oft noch finstre Stadt gehen? Beweist das nicht hinreichend seine Männlichkeit? Was wollen die denn noch mehr?

Sie wollen ihr Spiel. Sie wollen wissen, ob sie ihre Wetten gewonnen haben. Sie hören nicht auf, zu wetten und zu reden. Er will das Gerede endlich aus der Welt schaffen, ein für allemal: tun, was garantiert nur ein Mann tun kann! In die Londoner Börse gehen, wenn sie am vollsten ist, lauter Männer, die brüllen und schon dadurch männlich wirken, mittenreingehen in dieses Männergebrüll, das sich rasch verändert, weil man ihn sofort erkennt. Mit seiner hellen, trompetenscharfen Stimme bringt er die Börse zum Schweigen, fordert mit blankem Degen alle, wie sie hier stehen, Mann für Mann, zum Duell heraus, er will sie sämtlich besiegen. Ringsum Gemurmel: solch ein Angebot haben sie auf der Börse nicht erwartet, da sagen die Börsianer »gestrichen Brief«; sein Ruf als Fechter ist wirklich zu gut, keiner will sich hier besiegen lassen, das könnte sich als geschäftsschädigend erweisen, kommt nicht in Frage.

Dieses unprofilierte Gemurmel hört sich Charles eine Zeitlang an. Dann fragt er, wann endlich der erste vortritt, dreht sich auf der Stelle, den Degen etwas angehoben, schaut Mann nach Mann scharf an: gleich senken die meisten den Blick, wollen nicht auffallen, nicht drankommen. Daraufhin stellt er laut und deutlich fest, daß keiner der Anwesenden Manns genug ist, ihm Paroli zu bieten; somit haben sich alle als unmännlich erwiesen, und er geht als sehr männlich aus der Probe hervor. Das muß er aber nicht mehr hinzufügen, das zeigt schon diese Szene, die er sich gut ausgedacht hat. Und es folgt ein Abgang, wie er zu dieser Szene paßt: er geht, den blanken Degen in der Hand, mit soldatischem Schritt zum Ausgang, vor dem Männer zurückweichen, um Mißverständnisse auszuschließen. Sobald er die Börse verlassen hat, atmet er auf, mit Recht. Das wird sich herumsprechen! Jetzt wird London wohl das Maul halten.

Indeed, es kuscht ziemlich. D'Eon dreht sich auf der Straße nur noch selten um. Späht kaum noch in Eingänge, an denen er vorbeigeht. Zwar bleiben die Pistole geladen, der Dolch geschärft, der Degen gespitzt, aber seine Hand pendelt beim Gehen neben dem Degengriff, hält ihn nicht mehr warm. Der Mann, der furchtlos durch die Stadt fährt oder geht, die ihn mit vielen Augen begafft, mit vielen Ohren behorcht, sich aber nicht an ihn heranwagt. Seine männlichen Schritte. Seine männliche Bewaffnung. Sein männliches Abenteuer in der Börse. D'Eon als Mann.

Diese Entwicklung sieht der böse Botschafter gar nicht gern. Das wurmt ihn, nagt an seinem Herzen, das verdüstert seine Tage, verdunkelt zusätzlich seine Nächte, das laboriert in ihm und will irgendwie raus. Tun, was er sicher mal irgendwo gelesen hat, was man nach seinem Versuch wiederum lesen wird, diesmal in Verbindung mit dem Namen Guerchy: als ehemaliger Botschafter darf d'Eon an einem Botschaftsempfang teilnehmen, man serviert ihm zuerst die gleichen Getränke wie anderen Gästen, bis man ihn mit diskretem Hinweis in einen Salon lockt, wo jemand ihm Bericht erstattet über neue englische Maßnahmen zur Küstensicherung, für so was interessiert er sich ja. Er konzentriert sich auf eine Lageskizze, sieht nicht, wie der Botschafter gezielt mit dem Augenlid zuckt oder mit kleinem Finger einen Wink gibt, auf den ein Diener mit vorher genau besprochener Ausführung reagiert: d'Eon wird Wein serviert, der reichlich mit Opium versetzt ist. Das hat prompt die Wirkung, für die es bekannt ist: dem Chevalier wird so komisch zumute, so mulmig, die Augäpfel bekommen rasch das Vielfache ihres Gewichts, in den Armen und Beinen spürt er wortwörtlich, was es heißt, bleischwere Glieder zu haben, und ehe er sich erkundigen, ehe er schimpfen, geschweige denn eine Waffe ziehen kann, ist er ein Gegenstand geworden, über den andere nach Belieben verfügen können.

Darauf hat man auch nur gewartet: zwei Männer, dazu bereitgestellt, schlingen sich je einen seiner Arme um die Nacken und bringen ihn mit auf dem Boden nachschleifenden, auf der Treppe nachklappenden Füßen zu einer Sänfte, die diskret bereitsteht. Sie verstauen ihn, tragen ihn weg zu einem Bestimmungsort, der aller Voraussicht und Erfahrung nach d'Eon nie mehr in seinem Leben bekannt wird, dazu ist die Themse zu tief.

Die Bewegungsweise in einer Sänfte wird entweder als wiegend oder als ruckend empfunden. Bei geübten Sänftenträgern ist sie wiegend, daher gewohnt, damit einschläfernd. Bei ungeübten und durch einen besonderen Auftrag verständlicherweise noch nervösen Sänftenträgern ist sie ruckend, damit ungewohnt, deshalb gar nicht einschläfernd. Da bumst der Kopf irgendwo gegen. Da stoßen die Knie irgendwo spitz an. Da schicken viele Berührungsstellen Nervenimpulse ins Hirn und lassen das Bewußtsein langsam zu Bewußtsein kommen. Ein sicherheitshalber stets mitgeführtes, ziemlich kleines, deshalb glücklicherweise nicht entdecktes Terzerol zum Beispiel läßt sich, wenn auch mit bleischwerer Hand, aus Jakkenfalten ziehen und am verhangenen Rückfensterchen auf die Kante legen, den schattenhaften Oberkörper dahinter visiert man unter bleischweren Lidern an, und mit sehr schwachem, weil gleichfalls überschwerem Zeigefinger zieht man den Hahn durch: der enge Raum hart aufgesetzt, Charles schreit mit steifen Lippen, klobiger Zunge hinaus, um den zweiten Sänftenträger zu verscheuchen, der rennt aber sowieso schon los, weil er nicht weiß, ob der Scheintote dadrin eine zweite Pistole abfeuern kann. D'Eon atmet tief durch, es riecht stark nach Pulver, das wirkt belebend. Er öffnet die Sänfte, schaut kurz auf den toten oder verwundeten Körper, kriegt nun weiche Knie, kriecht auf diesen weichen Knien von der Sänfte weg, schiebt sich nach einigen hundert Yards den Zeigefinger mit Pulvergeschmack tief in den Rachen, muß würgen, kann endlich kotzen, fühlt sich gleich ein bißchen wohler, bewegt sich mit etwas härteren Knien fort und braucht sehr lange, bis er das Zimmer erreicht, das er unter Pseudonym gemietet hat. Dort legt er sich erst mal ins Bett und fühlt sich infolge Opiumeinwirkung reichlich elend. Ein verschwiegener, weil gut bezahlter Arzt kuriert ihn mit Aderlässen und Klistieren. Eine Frau aus dem Volk päppelt ihn auf.

Sobald Charles nach vierzehntägiger Bettruhe wieder auf den Beinen steht, erfährt er, was man ihm in der Zwischenzeit vorenthalten hat: Der böse Botschafter ist der Meinung, d'Eon müsse trotz mißlungenen Attentats irgendwie kaputtzukriegen sein, und so hat er mit der Unterwelt Kontakt aufgenommen, hat einen Preis ausgesetzt von sage und schreibe fünftausend Goldstücken für das Herbeischaffen des toten oder lebendigen d'Eon. Glücklicherweise ist sein Aufenthaltsort unbekannt, sonst hätten geeignete Männer ihn und seine Briefsammlung längst ausgehoben.

Charles meißelt in seinem Zimmer sogleich Löcher unter die Fenster und neben die Türen, verschafft sich Sprengpatronen, verbindet sie mit Zündschnüren, steckt die Patronen in die Wandlöcher, schiebt zurechtgemeißelte Steinstücke nach und verkeilt sie zur Erhöhung der Sprengwirkung mit kräftigen Hammerschlägen. Alle Zündschnüre kommen zusammen in der Zimmermitte, in die er die flache Kiste mit den Dokumenten stellt, über die er das Bett schiebt: notfalls lassen sich hier die zusammengedrehten Schnüre gleichzeitig anzünden.

Und Gräfin Rochette leitet über zum Schlußakt des Lebensdramas ihres »Kleinen«.

König Louis XV. starb; sein Nachfolger wollte die Affaire d'Eon beenden und schickte Beaumarchais in geheimer Mission nach London. Er sollte die Papiere sicherstellen, die Charles noch immer unter Verschluß hielt, sollte ihn zur Rückkehr nach Frankreich bewegen. Dort werde er eine angemessene Pension erhalten, unter der Bedingung, daß er seine Identität hinter einem Pseudonym verberge und als Frau in der Provinz untertauche.

Die Gräfin sieht sich in der glücklichen Lage, diese Begegnung durch Briefzitate belegen zu können. D'Eon schrieb nach dem ersten Treffen mit Beaumarchais von der wechselseitigen »natürlichen Neugierde zweier außerordentlicher Tiere«. Und Beaumarchais, in einem Brief an den König: »Wenn man bedenkt, daß diese Kreatur, die so verfolgt wurde, einem Geschlecht angehört, dem man alles verzeiht, so wird das Herz von zartem Mitgefühl bewegt. Ich wage Ihnen zu versichern, Sire, wenn man diese erstaunliche Kreatur zart anfaßt, so wird es gelingen, sie, obwohl sie seit zwölf Jahren vom Unglück geplagt ist, leicht unter das Joch zu führen.«

Freilich, so betont die Gräfin: Beaumarchais war nicht restlos davon überzeugt, daß sein Gegenüber eine Frau war – Gerüchte stifteten Verwirrung. Beaumarchais drängte darauf, »oculo vel manu«, visuell oder manuell zu prüfen, welchem Geschlecht d'Eon angehöre; Charles bestand auf einem Kompromiß: bei gelöschten Lichtern solle die peinliche Probe allein durch Betasten vollzogen werden (»à passer seulement la main«). Dazu kam es allerdings nicht, d'Eon konnte sich entziehen.

La Chevalière kehrte 1777 (also mit 49 Jahren) nach Frankreich zurück. Die Gräfin weiß, daß Marie Antoinette sogleich »corsetières et couturières« vermittelte. Man stellte Lia de Beaumont bei zahlreichen Empfängen vor. Die Gräfin weiß sogar zu berichten, daß auch Voltaire sie einlud.

Nach einem Jahr etwa ließ das Interesse an der Chevalière nach, Charles war mit seinem Leben nicht mehr zufrieden. Als der amerikanische Unabhängigkeitskrieg begann und Frankreich diese Erhebung gegen England unterstützte, schrieb er dem Außenminister, er könne die Königliche Ordre nicht länger befolgen: »Ich kann während eines Krieges nicht in Röcken bleiben.« Eine Antwort blieb aus; er zog wieder Männerkleidung an, wurde bald darauf verhaftet und im Château von Dijon eingesperrt. Nach kurzer Zeit ließ man ihn frei unter der Bedingung, daß er sich in seine Region zurückziehe und bis zum Lebensende Frauenkleidung trage.

In den folgenden Jahren lebte Charles als Frau in Dijon. Über diese Zeit weiß die Gräfin nichts Präzises zu berichten. Was ihr zu Ohren kam, hält sie für ein Gerücht: Nadège Stein sei wieder aufgetaucht, nach der Verbannung in Sibirien; der gemeinsame Sohn sei während der überaus strapaziösen Reise gestorben; Nadège solle mehrere Jahre mit Lia zusammengelebt haben.

Fest steht wiederum, daß La Chevalière 1785 nach London reisen durfte. Die Gräfin weiß, weshalb: er wies hin auf die brisanten Dokumente, die dort weiterhin versteckt lagen, im »eisernen Koffer«, bei einem Mann seines Vertrauens. So erhielt er ein üppiges Reisebudget; den größten Teil verspielte er.

Als vom Geld nichts mehr übrig war, suchte La Chevalière eine neue Einnahmequelle, entsann sich früherer Fechtkünste, trainierte wieder und forderte den inoffiziellen Weltbesten im Florettfechten, Chevalier St. George, zu einem Duell heraus. Der Zweikampf fand statt im Carlton House, in Anwesenheit des Prince of Wales. Die Gräfin kennt die Reproduktion (Radierung) eines Gemäldes, auf dem die kleine, füllige, fast sechzigjährige Person in festlichem Kleid und mit weißem Spitzenhäubchen den vierzigjährigen Chevalier attackiert. In einer Tour de force siegte La Chevalière und wurde gefeiert: der Prince of Wales schenkte ihr ein Paar Pistolen.

D'Eon ging auf Tournee; volle Häuser in Oxford, Brighton, Birmingham und so weiter für La Chevalière und ihre Truppe. Bis es die Schaufechterin in Southampton erwischte: der Degen des Kontrahenten zerbrach und verletzte sie erheblich. Zwei Jahre mußte d'Eon im Bett liegen.

Zu Beginn der Französischen Revolution bezeichnete sich Charles als Republikaner, gab den adelnden Apostroph auf, bat 61jährig die Assemblée Nationale, in die Republikanische Armee aufgenommen zu werden. Die neue Regierung sah in ihm nur den Aristokraten d'Eon, enteignete ihn und strich die Bezüge.

In den folgenden Jahren wurde Deon von englischen Freunden unterstützt; dennoch einige Monate Schuldgefängnis. Schließlich lernte er Mrs. Mary Cole kennen, geborene Französin, Witwe eines englischen Maschinenbauers. Deon und die Cole lebten in den nächsten fünfzehn Jahren zusammen, führten gemeinsam den Haushalt. Mrs. Cole kannte Deon während dieser Zeit nur als Frau, daran gab es für sie keinen Zweifel bis zum Tod.

Der Arzt und Priester Elysée untersuchte am 21. Mai 1810 die verstorbene Deon, um die Todesursache festzustellen. Als er den prekären Casus aufdeckte, rief er mehrere Zeugen zum Totenbett – einer von ihnen erstattete der Gräfin Bericht.

Der Arzt schrieb im Totenschein, der Körper weise eine ungewöhnliche Rundheit in der Ausformung der Glieder auf, der Bartwuchs sei gering, die Kehle in keiner Weise männlich, die Schultern seien breit, Arme und Hände die einer kräftigen Frau, die Hüften sehr schmal und die männlichen Zeugungsorgane in jeder Hinsicht gut geformt.

Soweit die Mitteilungen der Gräfin Rochette.

Wenn man bereits achtzehn Jahre als Frau gelebt hat, ist man Frau genug, um als Frau mit einer Frau leben zu können. Wenn man noch weitere Jahre als Frau mit einer Frau lebt, hört man nur noch auf einen Rufnahmen wie *Lia*.

Während des Zusammenlebens mit der ebenfalls alternden Mrs. Cole erweist sich Lia in fast jeder Hinsicht als Frau. Alte Frauen schließen sich zusammen, weil sie sich verstehen, weil sie gemeinsam die Zeit besser rumkriegen, weil sie sich notfalls von Frau zu Frau helfen können.

Wie richtig das ist, kann sich bestätigen, wenn Witwe Cole beim nächtlichen Wasserlassen etwas klickern hört im Topf und dementsprechend erschrickt: etwas Hartes! Und das kann nicht von außen in den Topf gefallen sein – ihr großes, weiches Gesäß schließt ihn fast luftdicht ab. Und doch hat es geklickert – gedämpft, aber hörbar. Sie beleuchtet den Topf mit einer Kerze, sieht im Urin etwas wie ein Steinchen. Gleich huscht sie zu Lia, weckt sie. Deon ist auch nachts als Frau erkennbar: in diesem Alter tragen Brüste kaum noch auf, das baumelt weich, verbirgt sich unter festem Altfrauennachthemdstoff – ruckzuck kann er als Frau vor den Augen einer Frau aufstehen, ohne Vorkehrungen. Lia leuchtet in den Topf, greift in den lauwarmen Urin, holt mit Daumen und Zeigefinger das Steinchen heraus, weil die Cole es nicht anfassen will: das ist ihr unheimlich, das kam aus dem eigenen Körper, aus dem bisher noch nie ein Stein gefallen war. Daß aus einem Körper Steinchen fallen können, Körner, grießiges Zeug, das hat sie schon gehört, das ist bekannt: nun liegt so ein Steinchen auf der Tischplatte, von zwei Kerzen beleuchtet. Mary Cole erinnert sich jetzt an Schmerzen in der Nierengegend, die kamen wie angeflogen und waren bald wieder verflogen – dazu die Begleiterscheinungen des Steinchens! Wo einmal ein Steinchen war, kann bald ein zweites Steinchen heranwachsen, und damit entstehen wieder Schmerzen, das sieht sie schon kommen. Deon will ihr das ausreden. Darauf sagt die Cole, was man in solch einer Situation halt sagt: »Du willst mich ja bloß beruhigen!«

Lia bringt Mary ins Bett, setzt sich an den Bettrand, hält eine feuchte Hand. Nie mehr im Leben will Mary Pipi machen, das nächste Mal schon kann so ein Steinchen sich irgendwo reinklemmen, scharfkantig, und man zerreißt die Bett-Tücher vor Schmerz, zerkratzt die Wände, beißt sich ins eigne Fleisch.

Lia redet ihr gut zu: Es ist ja nicht gesagt, daß. Am nächsten Morgen holt Lia den Arzt. Der bestätigt, was man sich schon dachte, und hinterläßt Anweisungen: Wenig Fleisch, viel Gemüse; Sitzbäder, warme Umschläge, kalte Güsse; dreimal täglich einen Löffel Wegtritt.

Diese Anweisungen werden befolgt. Und wenn sie nicht helfen? Für diesen Fall haben alte Frauen zusätzlich ihre Hausmittelchen, man will ja nichts unversucht lassen. So gießt Deon zehn Liter kochendes Wasser auf zwei Pfund Buchenholzasche, läßt das einen Tag und eine Nacht stehen, rührt öfter mal um, seiht es durch, gibt der Cole jeden Morgen ein Glas davon auf nüchternen Magen. Danach einen Löffel Rettichsaft, auch abends vor dem Schlafengehn. Dann Kräuterumschläge: Lia kocht Hafergrütze, Leinsamen, zerstampft Kartoffeln, streut Kräuter und Kamillenblüten, streicht den Brei in ein Tuch, hält die Breischicht ans Auge, um die Temperatur zu prüfen, bei alten Frauen zeigen die abgebrühten Hände schon längst nicht mehr zuverlässig die Temperatur an, legt das Tuch mit der Brei-Seite der Cole auf den Rücken, setzt sich neben sie. Spricht mit ihr, häkelt, spricht, während sie häkelt. Sie hört bei solcher Gelegenheit, daß man Mary zu Lia beglückwünscht: »So eine gute Hilfe!« Je länger sie Mary helfen wird, desto öfter wird sie zu hören bekommen, sie sei ein Glücksfall für die Cole. Lia wird immer mütterlicher, je länger sie die Cole bemuttert.

Wenn es längere Zeit nicht mehr im Nachttopf klickert, wächst entweder ein großer Stein heran, oder ein Steinchen fiel unbemerkt ins Plumpsklosett, oder man hat Glück. Aber manchmal ist ein Ziehen in der Nierengegend, das typische Ziehen in der Nierengegend, und Mary fühlt sich gar nicht wohl. Dann wieder tagelang kein Ziehen in der Nierengegend, und Mary und Lia fühlen sich beide wohl. Sitzen in der Sonne, auf Stühlen, vor dem Haus, beide dicklich, beide mit weißen Häubchen, und sie lassen sich warmscheinen, wenn es vorher kühl war. Andere alte Frauen, die vorbeikommen, bleiben bei diesen alten Frauen stehen: fortgesetzte Gespräche.

Wenn zwei alte Frauen allein wohnen und allein spazierengehen, weil eine von ihnen ärztlich verordnete Bewegung braucht, die der anderen nicht schadet, so schaffen sie sich gern einen Hund an: ein Hund, der sie begleitet, läßt alte Frauen schon aus größerer Entfernung als alte Frauen erscheinen, die, weil sie allein gehen, einen Hund zur Begleitung und zu eventuellem Schutz mitnehmen. Diesen Hund kaufen sie am liebsten als jungen Hund, weil der noch nähere Beziehung zu den alten Frauen entwickeln kann, ihnen aufs Wort gehorcht und notfalls nur sie beschützt und nicht diejenigen, die sich an alte Frauen heranmachen, um ihnen wegzureißen, was ihnen lieb ist, oder um sich an ihnen schändlich zu vergehen.

Dieser jung erworbene Hund ist erst ein tapsiges Plüschknäuel;

das nehmen alte Frauen gern auf den Schoß. Sie streicheln und streicheln das Fell, streicheln und streicheln den Kopf. Lia, die seine Erziehung übernimmt, weil ihre Stimme weiter trägt, betastet mehrfach die Ohren – schon findet der Zahnwechsel statt, und doch hält der Hund die Ohren noch immer nicht steif: gerade aber die spitzen, leicht sich drehenden Ohren zeigen den wachsamen Schäferhund an. Einmal richten sich die Ohren ein wenig auf, nach kurzer Zeit aber klappen sie wieder runter. So nimmt Lia ein Küchenmesser, schneidet einen Span von einem Brennholzscheit, fitscht ihn zurecht auf die Länge zwischen Ohrspitze und Ohrwülsten, bindet ihn mit langem Faden vorsichtig ans Ohr, das nun steht. Das gleiche beim zweiten Ohr. Beide Frauen sehen zu, wie der Hund mit steifen Ohren durch das Zimmer läuft: nun ist der Hund als Wachhund schon besser zu erkennen. Wenn seine Ohren, durch die Holzstäbchen ermuntert, endlich allein stehen, ist der Hund ein richtiger Hund. Erst von jetzt an macht er die beiden alten Frauen wirklich zu zwei alten Frauen mit Hund.

Wenn Mary und Lia mit ihrem Hund Besuche machen bei vorzugsweise älteren Frauen, so sprechen sie über den Hund und über den Stein, der aus Mary fiel. Lia wickelt ihn aus einem Stoffstreifen, legt ihn auf eine abwägende Handfläche; so wird er weitergereicht, bis er in Lias Handfläche zurückkehrt; sie wickelt ihn sorgsam ein, steckt ihn in eine Rocktasche, unsichtbar in einer Falte: Lia hat gern Taschen im Rock, eine rechts und eine links, für Schneuztuch, Geld, Schlüssel. Nach den Themen Hund und Stein sprechen die alten Frauen über Gesundheit und Krankheit. Wer bei solch einem Gespräch hinzukommt, hört Vorurteile über alte Frauen bestätigt: Dauernd sprechen sie über Gesundheit und Krankheit. Lia kann auf solch eine spöttische Bemerkung mit einem Spruch alter Leute antworten: »Jugend denkt nur an das Kauen, Alter auch an das Verdauen.« Da nicken alte Frauen. Und wenn eine andere alte Frau sagt, daß Jugend nur ans Kauen denkt, Alter auch an das Verdauen, so nickt wiederum Lia. Alte Frauen wiederholen Sprüche, die zu alten Frauen passen. Auch Sprüche, die zu alten Frauen passen, machen alte Frauen zu alten Frauen.

Alte Frauen essen gern, was ihnen schmeckt und was ihnen bekommt. Im Hinblick auf den Allgemeinzustand von Gebiß und

Magen-Darm-Kanal löffeln alte Frauen gern Suppe. Und so sitzen da Mary und Lia und schaben Möhrchen, zerschneiden Kohlrabiköpfe, fitschen Bohnen, entblättern Weißkraut, werfen alles in kochendes Wasser, schütten es nach einiger Zeit ab, gießen eine kräftige Fleischbrühe auf das blanchierte Gemüse.

Beim Essen sitzt Lia auf der vorderen Stuhlkante, ohne sich anzulehnen, weil eine Frau stets auf dem Sprung sein muß, für den Fall, daß etwas gebraucht wird. Vor vielen Jahren hatte Charles sich noch angelehnt, hatte die Beine ausgestreckt, doch als Lia sitzt er wie Mary auf der vorderen Stuhlkante, ohne sich anzulehnen, kennt das gar nicht mehr anders.

Alte Frauen essen gern auch mal Süßes: andere Befriedigung ist kaum noch möglich, also muß Liebe in den Magen gehen. Wenn das Gebiß Bräune, Brüche, Lücken zeigt, darf das Süße freilich nicht mehr hart sein, es beißt sonst in die Zähne, saugt an den Zahnwurzeln: Lia macht das Süße weich, bereitet Cremes, die ihre Spezialität sind; gleiten sanft hinunter, liegen leicht im Magen, verhärten nicht den Kot. Einen halben Liter süßen und fetten Rahm schlägt Lia gemeinsam mit Mary zu festem Schaum, abwechselnd pümpeln und rühren sie, dann streut Lia Zucker drauf, zermanscht Erdbeeren oder Himbeeren, vermischt sie mit dem Schaum, und sie leppern den süßen, fetten Obstbrei.

Für besondere Anlässe bereiten die beiden alten Frauen einen Creme-Punsch aus Zucker, Milch und Rahm. Andere alte Frauen leisten da gern Gesellschaft: der süße Punsch von Lia! Lippenleckend kommen sie zum Haus: was naschen und nippen ... Außerdem hat man bei Lia Spaß. Wenn die ein bißchen getrunken hat, geht sie mit großen Schritten aus sich heraus, nimmt beispielsweise den Degen von der Wand, macht unter den weiten Altfrauenröcken einen Spreizschritt, hebt den linken Oberarm waagrecht an, winkelt den linken Unterarm hoch zum weißen Altfrauenkäppchen, attakkiert mit raschen Bewegungen den Ofen, daß es nur so klatscht und klirrt. Und weil das überhaupt nicht zu einer alten Frau paßt, müssen die alten Frauen furchtbar lachen: »Ausgerechnet Lia, nein, das paßt wirklich nicht zu ihr!« Durch ihr Gelächter bestätigen sie Lia, daß sie zu ihnen gehört.

Während alte Frauen die Gespräche alter Frauen führen, machen sie gern Handarbeiten. Alte Frauen lieben Handarbeiten mehr als junge Frauen, die haben weniger Zeit und Sitzfleisch, haben noch Pfeffer im Hintern. Lia und Mary aber sitzen breitbeinig auf Stühlen und halten ihre Hände in Bewegung. Die eine Frau näht lieber, die eine strickt lieber, die eine häkelt lieber. Lia zum Beispiel häkelt Bettjäckchen , weil die Betten von Jahr zu Jahr nachweislich kälter werden. In der rechten Hand die Häkelnadel, die linke Hand leitet den Faden und hält die Arbeit. Feste Maschen häkelt Lia schon längst nicht mehr: sie liebt durchbrochene Arbeiten in der Stäbchen-Technik. Weil sie gut häkeln kann, kommen schon mal alte Frauen und fragen nach Häkelmustern, die Lia gern vorführt und beschreibt. Sie zeigt dabei die Geduld einer alten Frau: »Das kann jede lernen, man muß nur wollen; ich hab's ja auch gelernt!« Da lachen die Besucherinnen: »Kunststück, die kann's ja sowieso!« Häkeln, das paßt zu einer alten Frau. Häkeln paßt zu Lia.

Alte Frauen führen ein ruhiges und gleichmäßiges Leben, schon wegen der Gesundheit. In der Sonne sitzen oder im Schatten, breitbeinig und mit Handarbeiten. Spazierengehen, langsam, in Begleitung eines Hundes, der an der Leine zerrt, wenn fremde Männer näher kommen. Auf Besuch oder mit Besucherinnen über Gesundheit und Krankheit sprechen.

Alte Frauen helfen auch alten Frauen, wenn es darum geht, die Gesundheit zu erhalten oder wiederherzustellen. Wenn Mary mal wieder ein Ziehen in der Nierengegend verspürt, und der Urin kommt nur tröpfchenweise, und sie hat Schmerzen, so gießt ihr Lia einen Tee auf, von dem sie selbst mittrinkt, kann ja nichts schaden. Auch macht sie Mary ein warmes Sitzbad, danach einen Kräuterumschlag: das treibt den Urin bestimmt raus. Und wenn Mary keine Verdauung hat, bereitet Lia ein Klistier vor: wärmt einen dreiviertel Liter Wasser, rührt drei Eßlöffel Öl rein, einen Eßlöffel Kochsalz, raspelt mit einem Messerrücken reichlich Seifenspäne, verrührt sie. Dann etwas Öl auf die Metalltülle, und die Spritze wird gefüllt. Mary zieht das Hemd hoch, kniet hin, legt den Kopf auf die Unterarme, so bildet der Po den höchsten Punkt des Körpers. Wenn Lia nun prüfend Luft einzieht, riecht es nach alten Fischen, die zu lang in einem feuchten Korb gelegen haben. Zwischen die wabbligen Backen schiebt Lia mit leicht drehenden Bewegungen die Spritzentülle und preßt die körperwarme, leicht gesalzene, seifige Flüssigkeit langsam in den Mastdarm, läßt sie über einer Schüssel später wieder heraussickern, und beide sind sie zufrieden. Bald lassen sich auch andere Frauen von Lia Klistiere geben, weil sie das so einfühlsam und vorsichtig macht, wie das eben nur eine Frau kann.

Plötzliche Entfremdung

Georg Friedrich Brandes, ein junger Maler: auch er reist nach Italien. Große Strecken wandert er, wie das im 18. Jahrhundert üblich ist: zu Fuß durch die Schweiz; in Oberitalien fährt er wieder mit der Post; über die Apenninen läuft er zu Fuß, eine Straße auf einem Hangrücken, kahles, ödes Bergland, davon ist auch er enttäuscht. Florenz: kein längerer Aufenthalt hier, er will möglichst rasch nach Rom. Seinen Kollegen, Bekannten, Freunden dort hat er zweimal geschrieben: der erste Brief noch aus Dresden, die Reise ankündigend, der zweite Brief bereits aus München, über die Reise berichtend.

Von Florenz mit einem Vetturin nach Rom, durch Siena, am Trasimenischen See entlang, dann die Campagna. Schließlich fern die Kuppel des Petersdoms. »Ecco Roma!« ruft der Vetturin, »Ecco San Pietro!« Beschleunigt der Trab. Die Campagna unbewohnt, nur gelegentlich eine Ruine, ein Mauerrest, eine Schafherde.

Endlich die Porta del Popolo. Paßkontrolle, sie dauert lang, der Torschreiber findet sich in den Papieren nicht zurecht, muß einen Kollegen heranziehen, umständliche Verhandlung, es wird bereits dunkel, als Brandes endlich den Passierschein erhält. Er läßt sich zu einem Gasthof fahren. Keine Freunde, Bekannten, Kollegen zum Empfang, er konnte den Ankunftstermin nicht nennen, aber die Freunde, Kollegen freuen sich, sie hatten ihm einen Brief entgegengeschickt nach Siena, postlagernd: Man will ein Fest veranstalten. Auch wurde ein Café genannt, in dem man sich treffen, in dem er nach seiner Ankunft zumindest Nachricht hinterlassen kann: Café Greco.

Im Gasthof ist gerade noch Zeit zum Essen, er ist der letzte Gast. Erschöpfung nach der Reise, er legt sich schlafen, will die Freunde gleich am nächsten Morgen aufsuchen. Früh wacht er auf, geht sofort ans Fenster, Rom im ersten Tageslicht: die morgenleere, taukühle Via Condotti, an ihrem Ende der Pincio mit der Kirche Trinità dei Monti, über der Spanischen Treppe.

Rasch zieht Brandes sich an, verläßt den Gasthof, geht zum Café Greco. Er ist der erste Gast, bestellt einen Kaffee, stippt Brot, sieht endlich einen jungen Mann, einen Bekannten auf das Café zukommen: Gerhard Lipsius, Historienmaler – freudige Erregung!

Brandes steht auf, als Lipsius eintritt, begrüßt ihn, aber Lipsius nickt bloß zurück, geht an die Theke: zwischen zwei Zuckerdosen stecken mehrere Briefe, er schaut die Post durch, öffnet einen Brief, liest ihn, der Padrone bringt caffè an seinen Tisch.

Brandes geht zu ihm hinüber, fragt Lipsius, ob er, Brandes, sich so sehr verändert habe? Bei Lipsius jedenfalls könne er das nicht sagen, auf den ersten Blick erkenne er ihn wieder.

Lipsius bestätigt, daß er Lipsius sei, muß jedoch bei Brandes bedauern: Er kenne Brandes sehr gut, gemeinsam hätten sie studiert, anderthalb Jahre lang, sie seien gute Bekannte, eigentlich Freunde. Dieser Brandes habe sich in einem Brief aus Dresden angekündigt, in einem zweiten Brief aus München – man freue sich auf seine Ankunft im gesamten Kollegen- und Freundeskreis; das habe man ihm auch nach Siena geschrieben, postlagernd.

Brandes bestätigt, daß er diesen Brief erhalten hat, seinen Inhalt kennt.

In diesem Fall, so Lipsius, müsse er von Brandes über das Schreiben informiert worden sein.

Er selbst sei Brandes, sagt Brandes mit freundlichem Nachdruck.

Daß er nicht Brandes sei, das sehe man auch auf den zweiten Blick, entgegnet Lipsius, beinah scherzhaft.

Brandes fällt nicht gleich eine Antwort ein, da will Lipsius das Gespräch weiterführen, aus Höflichkeit: Er ist gekommen, um einen Brief abzuholen, auf den er bereits längere Zeit gewartet hat; in diesem Lokal werden fast alle Briefe an deutsche Maler abgegeben, jeder sucht sich hier seine Post heraus, es ist noch nie zu Mißbrauch gekommen, selbst Briefe mit Wechseln sind sicher. Und Lipsius steht auf, er muß noch arbeiten; wenn Brandes eintrifft, wird man für einige Zeit kaum noch zum Arbeiten kommen, da wird gefeiert, da werden Ausflüge unternommen! Er steckt den Brief ein, nickt Brandes zu, geht hinaus.

Brandes, nach kurzem Zögern, läuft ihm nach, hält ihn auf der Via Condotti an: Lipsius hat ihn offenbar im Café nicht erkannt, das etwas gedämpfte Licht, aber hier draußen, hier muß er ihn doch erkennen! Er jedenfalls erkenne Lipsius als den alten Lipsius wieder: er habe sich überhaupt nicht verändert, nur die Gesichtsfarbe sei etwas frischer geworden. Da könne er, Brandes, sich in der Zwischenzeit eigentlich auch nicht bis zur Unkenntlichkeit verändert haben – er sei weder entschieden dicker noch auffallend dünner geworden, habe keine Blattern gehabt und ganz bestimmt seien gleich geblieben Gesicht, Augen, Stimme – ob Lipsius ihn wirklich noch nicht erkenne? Und er schaut ihn lächelnd an.

Lipsius lächelt kurz zurück, schaut Brandes nun genau an, geht sogar um ihn herum, muß bedauern: Er kenne Brandes sehr gut, jeder Gesichtsausdruck sei ihm noch gegenwärtig, auch nach den fünfviertel Jahren, die sie sich nicht mehr gesehen hätten; er habe in Dresden in der Nachbarschaft von Brandes gewohnt, sie hätten gelegentlich sogar gemeinsam an Bildern gearbeitet, wobei Brandes ihm zuweilen Hochwälder und Gebirge in die Historienbilder gemalt habe, die Landschaftsmalerei als Stärke von Brandes; aufgrund dieser wirklich intensiven, langjährigen Bekanntschaft, ja Freundschaft könne er mit voller Bestimmtheit sagen, daß er hier nicht dieser Brandes sei; vielleicht liege eine zufällige Namensgleichheit vor; der echte, der mit Ungeduld erwartete Brandes aber sei er auf keinen Fall: »Guten Morgen!« Und Lipsius wendet sich nach freundlichem Kopfnicken ab, geht. Brandes bleibt auf der Straße stehen, schaut ihm nach: unverwechselbar der weit ausgreifende Schritt, die locker pendelnden Arme. Warum erkennt Lipsius ihn nicht?

Brandes geht in das Café zurück, setzt sich an einen Tisch, hockt reglos, eine Zeitlang. Dann erkundigt er sich beim Wirt nach einem Privatzimmer. Der kann einen Hinweis geben: Ein Haus, in dem ein anderer deutscher »pittore« wohne, die Zimmer sauber und preiswert.

Der Wegbeschreibung folgend geht Brandes die Spanische Treppe hinauf, dann zur Via Porta Pinciana, fragt nach dem Palazzo Guarnieri. Ein großes Gebäude mit abblätterndem Verputz; er steigt hinauf zum dritten Stock, dort öffnet eine ältere Frau, Witwenschwarz. Ja, sie hat noch ein Zimmer zu vermieten, billig, drei Scudi im Monat, der Herr aus Deutschland kann es gleich besichtigen.

Ein weiter, hoher Raum; einige Stühle, ein Tisch, ein Bett, eine dreiarmige Messinglampe, Terrakotta-Boden, die meisten Platten freilich wacklig, Bruchlinien. Und das Fenster, das er nun öffnet, hängt locker im Rahmen, schlackrig im Scharnier. Aber der Ausblick! Der kleine Gartenplatz der Via Malta, eine Weinlaube, einige Orangenbüsche, tatsächlich mit Orangen im Laub. Und in der Ferne die Kuppel von San Pietro. Ja, hier will er bleiben!

Brandes fragt die Frau nach dem Namen des Kollegen. Kronenfeld? Sein Freund Walter Kronenfeld?! Da will er gleich hinübergehen, auch wenn der Maler noch im Bett liegt, wie er hört, sich jedenfalls noch nicht gezeigt hat.

Anklopfen. Der Aufforderungsruf. Die Klinke niederdrücken, die scharrende Tür öffnen, im Bett richtet sich jemand auf, schaut erstaunt zu Brandes, will die Arme hochreißen, sichtbare Freude, rasch aber verändert er das Gesichtsbild, entschuldigt sich, er habe den Herrn im ersten Moment mit jemandem verwechselt, mit einem Freund: mit wem er so früh am Morgen die Ehre habe?

Brandes geht näher auf das Bett zu, nennt seinen Namen.

Kronenfeld schaut erstaunt, aber nicht erfreut zu ihm auf: Brandes? Er will Brandes sein, Georg Friedrich Brandes?! Niemals ist er dieser Brandes, mit dem er befreundet ist und auf dessen Ankunft er bereits ungeduldig wartet!

Brandes stellt sich an das Fenster, Kronenfeld soll ihn bitte mal im Licht betrachten! Das tut er auch, vorgebeugt im Bett sitzend, muß auch jetzt bedauern: Mit Bestimmtheit, mit voller Bestimmtheit könne er sagen, daß der Besucher nicht Georg Friedrich Brandes sei.

Brandes betont sehr, daß er Brandes sei, erinnert an gemeinsames Zusammensein, an gemeinsame Erlebnisse: zum Beispiel eine Bootsfahrt auf der Elbe. Und er nennt Einzelheiten: ein Hund, der an das Boot heranschwamm, ein riesiger Sonnenhof mit spektralen Lichtbrechungen, zwei Flaschen Rotwein.

Kronenfeld bestätigt, daß ihn diese Erlebnisse und Eindrücke mit Brandes verbinden, sehr plastisch habe er das noch vor Augen, aber er, der Brandes zu sein vorgebe, sei trotz dieser erstaunlichen Kenntnisse nicht der originale Brandes. Auch nicht, wenn er ihn länger betrachte – und sein Blick gelte als klar, unbestechlich. Im übrigen möchte er nun aufstehn: sein neuer Zimmernachbar wolle gewiß sein Zimmer einrichten, Kronenfeld möchte ihn also nicht länger aufhalten. Er muß zweimal »Auf Wiedersehn« sagen, dann erst geht Brandes. Vorher aber fragt er noch, wo sich der Freundes- und Kollegenkreis des Brandes zum Mittagessen treffe: im Lepre.

Brandes kehrt in sein Zimmer zurück, geht über klappernde Fliesen zum Fenster, schaut hinunter zur Weinlaube, zu den Orangenbäumchen, entdeckt jetzt auch Zitronenbüsche, schaut hinüber zur Kuppel des Petersdoms. Sind die Freunde noch schlaftrunken? Oder ist da Nachwirkung von Alkohol – ein Fest am Vorabend? Aber Lipsius wirkte frisch, ausgeschlafen, und Kronenfeld hört er im Nebenzimmer singend mit Kanne und Waschschüssel hantieren.

Brandes läßt seinen Koffer aus dem Gasthof holen, verteilt Kleidungsstücke im Schrank auf Fächer, legt sein Malerzubehör auf den Tisch. Eigentlich hatte er an seinem ersten Morgen in Rom einen Streifzug machen wollen, aber das schiebt er nun auf; bis zur Mittagsstunde räumt und kramt er herum, läßt Bodenplatten klappern, steht zwischendurch am Fenster, richtet den Blick auf die ferne Domkuppel: dies ist San Pietro, ohne Zweifel, oft genug hat er die Kuppel auf Zeichnungen, auf Stichen gesehen, dies ist San Pietro, soviel ist sicher, dies ist San Pietro.

Gleich nachdem es zwei Uhr geschlagen hat, verläßt er das Zimmer. Von Lipsius benachrichtigt, trifft sich der Kollegen- und Freundeskreis früher als sonst im Lepre: man wartet auf Brandes, der für sie nicht Brandes sein wird, zumindest für einige Tage. Denn an einem der Abende zuvor hatte man, in Weinlaune, einen Spaß ausgeheckt: So tun, als sei Brandes nicht Brandes – mal sehn, wie er sich verhält! Und zur Belohnung später ein großes Fest!

Vorfreude am Tisch, an dem bereits acht Kollegen sitzen. Brandes geht sofort auf sie zu, erwartet Willkommensgrüße, er selbst erkennt wenigstens fünf aus der Runde wieder, alte Bekannte, Freunde auch, alle fünf kann er mit ihren Namen anreden, das tut er auch, wird aber mit aufgesetztem Erstaunen gemustert: er wolle *Brandes* sein? Brandes betont, er sei *Brandes*, aber da lacht man entweder oder schüttelt den Kopf: niemals sei er Brandes!

Er zieht seinen Passierschein aus der Jackentasche, der ist ausgestellt auf Signore Brandes, reicht seinen Paß dazu, ausgeschrieben auf Georg Friedrich Brandes, läßt beide Dokumente herumreichen: jedem erscheinen die Papiere zweifellos echt, aber mehr als Namensgleichheit, zufällige Namensgleichheit will man nicht anerkennen.

Dennoch bittet man Brandes an den Tisch, als *Gast*, nicht als originalen Brandes, auf den man mit Ungeduld wartet. Und man erzählt Brandes Anekdoten von zufälliger Namensgleichheit, das Erstaunlichste komme hier vor!

Danach beginnt Brandes zu erzählen: von sich als Brandes und von seinen Freunden als seinen Freunden, und was ihn mit denen verbinde, auch mit einem weiteren, der nachkommt und nicht glauben, einfach nicht glauben will, daß der Neue in der Runde Brandes sei – wie das denn zu erklären sei, will er wissen, er kenne Brandes sozusagen auswendig, habe Brandes seinerzeit in Dresden besucht, habe sogar bei ihm gewohnt – aber dieser junge Mann hier sei nie im Leben Brandes, dafür könne er bürgen!

Brandes hält dagegen, was ihn mit dem zuletzt Hinzugekommenen verbindet. Das kann der nur bestätigen, er findet es erstaunlich, höchst erstaunlich, wie gut der Besucher informiert ist, aber der hat vielleicht den echten Brandes unterwegs getroffen, hat sich von ihm beim Wandern etliches erzählen lassen, etwa auf dem Apennin, auf dem es nach gemeinsamer Erfahrung kaum interessante Ausblicke gibt. Das bestätigt auch Kronenfeld, der nun verspätet hinzukommt, er hatte noch etwas zu erledigen.

Brandes erklärt der trinkenden, speisenden Runde immer eindringlicher, daß er mit dem Brandes identisch sei, völlig identisch, von dem andauernd die Rede ist. Aber man glaubt ihm nicht. Ja, man wird, verabredungsgemäß, etwas frostig: Was er mit seiner Behauptung, Brandes zu sein, letztlich zu erreichen gedenke? Wolle er sich damit in ihr Vertrauen einschleichen? Ihr Vertrauen gehöre dem echten Brandes, dem gehöre es voll und ganz, Brandes sei bei allen hier beliebt, man werde ihm deshalb einen Empfang bereiten, wie Brandes ihn niemals erwarte oder erhoffe, für andere Freunde würde man solchen Aufwand kaum treiben, für Brandes aber sei kein Aufwand zu groß, er sei wirklich außerordentlich beliebt in diesem Kreis, werde sofort wieder den Mittelpunkt bilden, wie schon in Sachsen.

Brandes verläßt die Gaststätte als erster, hat sich freilich noch erkundigt, wo sich die Runde abends trifft. Nachdem er etwa hundert

Meter vom Lepre entfernt ist, hört er heftiges, sich steigerndes Gelächter, hört es noch weit in die Straße herein, geht rascher, will das aus dem Rücken haben.

Er geht den Corso entlang, geht zum Kapitol, geht zum Campo Vaccino, registriert Antikes, registriert Bauten der Renaissance, aber Begeisterung entwickelt sich nicht, kein Anhaften der Aufmerksamkeit an Details, kaum präzises Sehen, vielmehr begnügt er sich, was ihn selbst erstaunt, mit flüchtigem Eindruck, er geht weiter, über die Engelsbrücke zur Engelsburg, dann hinüber zum Vatikan, zum Petersdom, den er anschaut, von außen: Brandes sagt sich, dies sei ein großartiger Anblick, das redet er sich ein, aber er bleibt auch hier nicht lange – weiter, nur weiter, mit möglichst raschen Schritten.

Schon früh am Abend geht er zur Piazza Barberini, wirft einen Blick in die Osteria del Tritone, aber noch sind Freunde und Bekannte nicht eingetroffen; er schlendert, sich zum Schlendern zwingend, hinüber zum Pizzicarole, sieht hier zwei Kollegen, mit denen er bereits im Lepre gegessen hatte, sie erkennen ihn wieder, aber nicht als Brandes, sondern als ›Brandes‹, fordern ihn dennoch auf, sich anzuschließen. Weil es in der Osteria kein Abendessen gibt, nur Wein und Brot, kaufen sie Schinken und Käse, das tut auch Brandes. An einem Maronenstand füllen sie sich die Jackentaschen mit heißen Eßkastanien; auch hier schließt Brandes sich an. Wenn sie ihn ansprechen, meiden sie seinen Namen – sonst sind sie freundlich, sehr freundlich. Aber Brandes gehört nicht zu ihnen, auch wenn sie nun gemeinsam zur Osteria gehen.

Hier trifft sich die Mittagsrunde vom Lepre, hier kommen weitere Kollegen hinzu. Rechtzeitig hat man auch sie instruiert: daß man in Brandes jemanden zu sehen habe, der sich zwar als Brandes auszugeben versuche, sonst aber recht sympathisch sei.

Während des gemeinsamen Pokulierens fragt man ihn, weshalb er sich als Maler Brandes ausgebe, weshalb er sich, kurz gesagt, verstelle. Weil er den Grund der ›Verstellung‹ nicht plausibel machen kann, hört man in seinen ›verworrenen‹ Erklärungen Bestätigungen für eine Verstellung.

Um ihn zu ›beruhigen‹, kündigt man ihm an, man werde ihn mit Brandes bekannt machen, dem *originalen* Brandes, sobald der hier in Rom eintreffe, der Gast dürfe auch teilnehmen am gloriosen Empfang, den man für ihn, für Brandes, vorbereite: »Sie sind herzlich dazu eingeladen.«

Schmerzhafter als diese Einladung ist für Brandes das Wörtchen *Sie*: jeder Satz, in dem er so angesprochen wird, bestätigt, daß er nicht zu ihnen gehört. Und fast jeder andere Satz demonstriert, daß die anderen zusammengehören, eng: es war ihm früher nie aufgefallen, wie oft in einem Kollegenkreis, Freundeskreis *du* gesagt wird; sie stehen auf dem Duzfuß, und er wird abgerückt, ausgeschlossen durch das formelle *Sie*. Hörbar eine Barriere, und die wächst mit jeder Wiederholung.

Als seine Aufmerksamkeit fast nur noch auf das *Sie*, das *du* gerichtet ist, beide Laute anschwellend, andere Wörter aufsaugend, da sagt er, daß er gehen will, gehen muß. Das wird in diesem Kreis bedauert, alle fordern ihn auf, länger zu bleiben, man habe sich fast völlig an ihn als den anderen Brandes gewöhnt. Diese Unterscheidung, die freundlich gemeint ist, fördert seinen Entschluß, nun wirklich zu gehen.

Damit er nicht lange Erklärungen abgeben muß, behauptet Brandes, er habe noch eine gewisse Verabredung. Das gibt großes Oho und Hoho: kaum in Rom, schon ›zarte Bindungen‹! Mit dieser Erklärung ist man zufrieden, man gönnt so was dem Brandes, diesem zweiten Brandes, er muß nur versprechen, daß er am nächsten Mittag zur gemeinsamen Tafel in den Lepre kommt.

Da sagt er zu, wenn auch mit Vorbehalt, weist hin auf eine mögliche zweite Verabredung, die sich aus der ersten ergeben könnte. Das steigert das Hoho und Oho der Brandes-Freunde, die ihn als zweiten Brandes um so herzlicher einladen, er kann den ›Hinderungsgrund‹ ja mitbringen. »Vielleicht«, sagt Brandes, »mal sehn…» Und er weiß, er wird nicht zum Mittagessen in den Lepre gehen. Denn dort wird man sich wieder duzen, wird damit Zusammengehörigkeit zeigen, und er wird durch das *Sie* erneut ausgeschlossen. Hatte er geahnt, daß er so verletzbar sein könnte durch eine Anrede? Aber: rufen ein *du* und ein *Sie* nicht jeweils eine hörbar verschiedene Auswahl von Wörtern hervor? Hier die vertraulicheren Wörter, die unter Duzfreunden ausgetauscht werden, dort die offizielle Sprache, die auf das *Sie* baut. Nein, es ist nicht nur die Anrede!

Brandes geht also früher. Er trinkt in einer Trattoria noch einige Gläser Wein, um schlafen zu können, aber dann liegt er doch wach, wartet auf die Rückkehr von Kronenfeld: wie lange bleiben sie beisammen, diese Duzfreunde? Je länger er warten muß, Zeitablauf betont von fernen Viertelstundenschlägen, desto stärker scheinen seine Adern aufgebläht von leichter, fast gasförmiger Substanz – wie soll er da Schlafschwere finden?! Es würde ihn kaum wundern, wenn er montgolfierenleicht vom Bett abheben, in die Luft schweben würde, umgeben von huschendem Elmsfeuer, das in den Ohren knistert.

Erst als er hört, daß Kronenfeld zurückkehrt, wächst Schwere in seine Arme, in seine Beine, in den gasig leichten Brustraum: nun können sie sich nicht mehr duzen! Gegen Morgen schläft Brandes ein, aber viel zu bald wieder schnellt er aus dem Schlaf.

Er will an diesem Tag arbeiten – dazu ist er nach Italien gekommen. Er nimmt Skizzenblock und Stifte mit, wandert zum Torre del Quinto hinaus in die Campagna, will hier zeichnen: ein Ruinenstück, ein Baum, eine Gruppe mit Schafen als Bildvordergrund, der Tiber in der Bildmitte und Hügelkonturen hinausgereiht in den Bildhintergrund. Doch nur dieser Wunsch nimmt Konturen an: die Landschaft gemeinsam mit Kollegen betrachten, mit denen er befreundet ist, und was man sieht, teilt man sich mit, man tauscht Ansichten aus, wortwörtlich »Ansichten« über die Landschaft, über Details dieser Landschaft, jeder seiner Freunde sieht sie anders, und damit verändert sich zumindest in Akzenten das eigene Wahrnehmen, das eigene Übertragen in ein Bild, und indem er wiederum seine Ansichten mitteilt, kann er Akzente setzen für die Freunde, seine Hinweise wirken ein auf ihr Gestalten; und erst auf dem Rückweg lösen sich die Gespräche ab vom unmittelbar Gesehenen, es werden Themen erörtert, die sich auf das Sehen allgemein beziehen, auf das Zeichnen allgemein; auch solche Erörterungen können zurückwirken auf die eigenen, spezifischen Beobachtungen, und so wächst Gegenwart, gemeinsame Gegenwart ...

Aber nun spürt er, durch die Landschaft gehend, daß seine Aufmerksamkeit nirgendwo anhaftet, er nimmt nur flüchtig, ja: flüchtig wahr. Gehen, das sich beschleunigt: Hügelflanken hinab im Eilschritt, Hügelflanken hinauf in raschem Schritt, über Hügelkuppen hinweg mit ausgreifenden Schritten: rotbraune, sonnenverbrannte Hügel; Weite und Leere. Er zwingt sich, langsamer zu werden, zwingt sich, auf einer Hügelkuppe zu sitzen, ruhig zu werden im Sitzen, die Landschaft gegenwärtig werden zu lassen: Hügellinien, Flußlinie, Horizontlinie, doch im Sitzen staut sich Bewegungswut auf, er rennt den Hügel hinunter, staubiger, rötlicher Boden, rennt den nächsten Hügel hinauf, rennt über den Hügelkamm, rennt wieder hinunter: die Landschaft für ihn ein Hinauf, das ihn anstrengt, ein Hinab, das ihn beschleunigt, und der Tiber nur ein Aufblinken, Lichtreflex, bald wieder verdeckt von einem Hügel, Hügelumriß, den er als Linie nicht wahrnimmt, als Angebot einer Linie, die er auf dem Skizzenblock fixieren könnte – da ist nur etwas, das sich schrägt, auf dem Hitze flirrt, die ihn austrocknet, ausdörrt. Nicht nur seine Schuhe überzogen von rotbraunem Staub, der pudert seine Hose, sein Hemd, sein Gesicht, seine Lippen, die splissig werden, rauh, und es juckt in den Augenwinkeln: rennen, Hügel hinauf, über Hügelkämme, Hügel hinab, Bewegung, nur noch Bewegung, ein Mauerrest: vorbei, rasch vorbei, ein Ölbaum, knorrig verwachsen: weg, weiter, ein Aufblinken des Flusses: weg, vorbei, weiter, Hügel hinauf, über Hügelkämme, Hügel hinab, handhohes, dorniges Gestrüpp, staubiger Boden, er läuft weiter, läuft weiter, kehrt erst am Abend in die Stadt zurück, die Skizzenblätter leer.

Die Große Kombinatorische Kunst

Lesen über Ramón Lull oder Raimundus Lullus, geboren um 1232 auf Mallorca, gestorben 1316 auf einem Schiff. Artikel über ihn in fast jedem Lexikon. Er wird vor allem als Erfinder der Ars magna combinatoria gewürdigt, der Großen Kombinatorischen Methode, auch Lullische Kunst genannt, Lullisches System, Lullisches Spiel. Nachwirkungen bis hin zu Leibniz: seine *Dissertatio de arte combinatoria*.

Lesen, erst auf englisch, später auf deutsch, daß der junge Ramon Llull (katalanische Schreibweise seines Namens) am Hof von Mallorca aufwuchs, als Page des Königssohns.

Angedeutetes ausführen, ausgestalten: Ramon steht dienstbereit hinter dem jungen Herrn, sieht nur dessen Hinterkopf, das rechte Ohr, die rechte Wange, die beim Kauen Muskelstränge modelliert, die Auswulstung zeigt, wenn sich die Kaumasse in die rechte Backentasche schiebt, und sobald die Wange flach und ruhig wird, gibt Ramon als Page einem Diener einen Wink; schon wird eine Schüssel, eine Schale, eine Platte hereingetragen, der Page legt dem Königssohn auf den Teller, was die Wange wieder auswulstet, denn Jakob schiebt sich große Portionen in den Mund, das beobachtet Ramon wiederholt, ebenso das Verkleinern dieser Portionen durch Kaubewegungen – zumindest sieht er das an der rechten Wange des Prinzen; würde Ramon zwei, drei Seitenschritte nach links gehen, könnte er das an der linken Wange beobachten, er muß aber, wie das bei Pagen üblich ist, seitlich hinter dem Königssohn stehen, während der kaut, was er sich in den Mund schiebt, was Ramon ihm vorgelegt hat, was ein Diener auf einen Wink Ramons herangetragen hat: rhythmisch wulstet sich die Wange aus, immer die rechte, wobei die Größe der Auswulstungen mit der Zahl der Kaubewegungen jeweils abnimmt, um nach reingeschobener Gabel wieder deutlich zu werden: sehr viel Zeit hat Ramon für das Beobachten dieses Vorgangs; er kann, zum Beispiel, feststellen, daß selbst das Ohr, wenigstens das rechte, beim linken kann er es nicht beurteilen, aber das rechte Ohr scheint am Kauvorgang beteiligt, wird in Mitbewegung versetzt, das linke Ohr des Königssohns hingegen könnte während des Kauvorgangs zusammenschnurren, verhutzeln, abfallen, ohne daß er, Ramon, das wahrnehmen würde. So mag sich der Wunsch entwickeln, diesen einseitigen Anblick zu ergänzen durch korrespondierende Ansicht: Ohrensymmetrie, Wangensymmetrie.

Lesen, daß Ramon Seneschall wurde, daß er höfische Umgangsformen erlernte, an höfischen Vergnügungen teilnahm.

Angedeutetes ausführen, frei ausgestalten: Neben einer Hofdame sitzen, zuerst sitzen, gewöhnlich links von ihr, und so sieht er ihre linke Seite, was eine wertvolle Ergänzung für ihn ist, und hier zieht zuerst ihr Ohr den Blick an, wobei sich seine Aufmerksamkeit auf das Ohrläppchen konzentriert, dieses Anhängsel sehr zarten Fleischs, vormals von der Knorpelform des Ohrs wie abgeschmolzen, um sich, der fließgünstigen Ohrmuschelknorpelform folgend, am unteren Rand des Ohrs zu sammeln: Fleisch, das nicht von Muskelsträngen modelliert, nicht von Auswulstungen verändert wird, Fleisch, das sich nicht bewegen, das nicht einmal anschwellen kann, etwa im Erregungszustand der Hörwahrnehmung, es hängt einfach da: diese äußerst zarte, widerstandslose Fleischform berührt Ramon mit sehr sensitiver Zeigefingerkuppe, und zwar zuerst dort, wo die Knorpelkante der Ohrmuschel übergeht in das weiche, leichte, glatte Fleisch, und er läßt seine durch diese erste Berührung erotisch bereits beträchtlich aufgeladene Zeigefingerkuppe weitergleiten, millimeterlangsam an der vom Zeigefingerdruck keineswegs veränderten Ohrläppchenform entlang bis zum untersten Punkt, an dem er die Zeigefingerkuppe einschwenken muß, um dem nun wieder ansteigenden Verlauf der Ohrläppchenlinie zu folgen bis in jenen unerhört intimen Winkel zwischen Ohrläppchenansatz und schmalem haarwuchsfreiem Hautstreifen hinter dem Ohr, übergehend in die leicht beflaumte Halshaut, auf die Ramon erst später reagiert, weil er noch nicht alle Genußmöglichkeiten des Ohrläppchens durchgespielt hat: die sehr zarte Haut- und Fleischform des Ohrläppchens ist es denn auch, die er später noch vor sich sieht, wenn er sich als jungen Hofmann sieht, der ein Ohr vor sich sieht: die Frauen und Mädchen, die sein Blickfeld durchqueren, hin und her, sie werden zu Trägern von Ohrläppchen, die erregend unbedeckt sind: immer wieder sieht er sich mit seiner sensitiven Fingerspitze an diesen in jeder Hinsicht passiven Fleisch- und Hautgebilden entlangstreichen, lustvoll quälend langsam; noch lustvoll quälend intensiver ist dann die Berührung dieses auch bei älteren Frauen noch immer glatten, faltenlosen, sanften Stückchens Fleisch mit den Lippen, die es umfassen, die Unterlippe zwischen Halsnakkenhaut und Ohrläppchen, die Oberlippe sanft aufgelegt, und Ramon tastet nun den Umriß mit der Zungenspitze ab, ein Vorgang, der ihn dem anschließenden Akt näherbringt: dann scheinen sich die Ohrläppchen abzulösen, die Ohrmuscheln aufzulösen in der ekstatischen Verschmelzung, Vereinigung.

Lesen, weiterlesen: Um seine erotischen und sexuellen Aktivitäten einzugrenzen, verheiratete man Ramon mit der Tochter eines Adligen; zusätzlich wurde ihm die Verwaltung des landwirtschaftlichen Besitzes seiner Frau auferlegt.

Angedeutetes ausführen, frei ausgestalten: Die rechte Zeigefingerkuppe nun als Teil der Hand, der Schreibabläufe vorgegeben sind. Beispielsweise das Wort Getreide schreiben, auf katalanisch, darunter links eine Gewichtszahl, daneben rechts den Namen des Pächters, der dieses Getreidedeputat abgeliefert hat. Unter der Gewichtszahl, dem Namen zugeordnet durch gleiche Schreibhöhe, notiert seine Hand eine zweite Gewichtszahl, schreibt daneben, weiter rechts, einen zweiten, diesem Deputat ebenfalls durch gleiche Schreibhöhe zugeordneten Pächternamen, schreibt unter die zweite Gewichtszahl eine dritte, ordnet ihr einen weiteren Namen zu, schon gleitet die Schreibhand von der sich bildenden Namensreihe hinüber zu der sich bildenden Zahlenreihe links, trägt hier erneut eine Zahl ein, gleich hebt die Schreibhand wieder ab, gleitet in flachem Bogen über die Papierfläche, setzt rechts auf, fügt der Namensreihe einen weiteren Namen hinzu, vier Namen jetzt gestaffelt, die werden zur Namenssäule, parallel zu den Zahlen; schon hebt die Schreibhand wieder ab, setzt links auf, eine Zahl, hebt ab, schwebt, bleibt in der Schwebe.

Denn: Ramon dürfte spüren, sich dessen bewußt werden, wie sich seine Lebensform verfestigt, ja verhärtet: längst glaubt man, mit ihm rechnen zu können, längst scheint er verfügbar, hier könnte nur ein Ausbruch, ein Aufbruch befreiend wirken.

Noch aber verharrt er in gewohnter Umgebung, löst er sich nicht aus dem festen Kreis, jedoch: in die Auflistung mit Zahlen links und

Namen rechts oder mit Namen links und Zahlen rechts will sich die Schreibhand nicht länger einordnen, sie will freierer Bewegung folgen: Ramon schreibt erste Gedichte.

Keins seiner Gedichte einrücken in diese Lebenserzählung, auf deren Form Ramons kombinatorische Methode einwirkt; nur einen Titel nennen: *Die treulose Füchsin.* Die huscht gleich wieder aus diesem Text heraus. Und gleich einen anderen Titel entwerfen, außerhalb der Chronologie, der besser in diese Erzählung passen würde: *Die Antwort des Meeres.* Blicke aufs Meer von seiner Insel aus, vom Königspalast, vom Berghang seiner späteren Einsiedelei; Fahrten, die sich wiederholen werden auf dem Mittelmeer; Schiffbruch, beinah abschließend. Und wieder, als Variation: Meer, das seinem Denken in den Inseljahren Weite gibt; Meer, das ihn trägt; Meer, das ihn umtost, umschäumt. Weitere Varianten: Wellenzeile um Wellenzeile um Wellenzeile vom Horizont heran zum Ufer, das sandig, steinig oder felsig ist; Wellenzeilen, die sich bilden, sich auslöschen; Meer, dessen Weite zur Erfahrung wird auf langen Reisen; Wellen, die ihn heben, senken, heben, senken; sanfte Wellen, die ihn wiegen, rauhe Wellen, die sein Denken stören; Wellen schäumend, brausend, gischtend, tosend. Zeichen, die sich nicht ordnen, nicht zuordnen lassen: Meer als Spiegelfläche, Meer mit Wellenzeilen, Meer mit Gischtfahnen. Antwort des Meeres: leider kein Gedicht von ihm überliefert unter diesem Titel.

Ramon Llull: noch nicht Raimundus Lullus. Verschiedene Lebensformen entwickelten sich bis zu seinem dreißigsten Lebensjahr. Erster Rückblick? Wuchs aus der Lebensform des Pagen heraus, wuchs in die Rolle des Seneschalls, des Hofmanns, des Höflings hinein; mußte diese Lebensform aufgeben und die Rolle des Familienvaters übernehmen, sich mit der Tätigkeit eines Agronomen bescheidend, des landwirtschaftlichen Verwalters; ließ sich auch darauf nicht festschreiben, begann zu dichten.

Diese Wechsel mußten Folgen haben: so, wie er die mallorquinische höfische Welt als Seneschall sah, so konnte er sie als Verwalter kaum noch sehen; so wie er die mallorquinische Welt als Agronom sah, so kann er sie als Dichter kaum noch sehen. Die Veränderungen, Neuansätze dürften Reflexionen ausgelöst haben – im Wechselspiel von katalanischen Wörtern und lateinischen Begriffen?

Solch ein Wechselspiel voraussetzen und nachvollziehen: in freier Wahl Wörter und Begriffe einsetzen wie Page, Seneschall, wie Zufall, Zusammenhang. Oder Begriffe wie Möglichkeit und System kombinieren mit den Bezeichnungen Agronom und Dichter. Konsequent fortgesetztes Nachdenken über ein Leben unter dem Aspekt der Veränderungen, Neuansätze: Wörter wie Page und Seneschall können gleichermaßen auf Begriffe treffen wie Möglichkeit und System; die Bezeichnungen Agronom und Dichter ließen sich ebenso kombinieren mit den Begriffen Zufall, Zusammenhang. Wie er das als Agronom gewohnt war, könnte er solche Leitwörter und Begriffe tabellarisch ordnen:

Page	Seneschall	Zufall	Zusammenhang
Agronom	Dichter	Möglichkeit	System

Reflektierend könnte er versuchen, die Beziehung zu verstehen zwischen Page, Seneschall und: Zufall, Zusammenhang, könnte auch versuchen, die Bezeichnungen Agronom, Dichter gedanklich in Verbindung zu setzen mit den Begriffen: Zufall, Zusammenhang. Da könnte sich bald die Frage stellen: Ließen sich die tabellarisch aufgelisteten Wörter und Begriffe nicht auf leichtere, auf direktere Weise einander zuordnen? Zum Beispiel, indem man Wörter, Begriffe in Bewegung versetzt? Kombinationen, gedankenschnell?

Und Einschnitt, Zäsur: die Bekehrung! Frei ausgestalten, was in englischer oder deutscher Lebensskizze nur angedeutet ist unter den Stichworten Mystik (Muslim Sufi mysticism) oder Ekstase (visionäre Lichterscheinung).

Es könnte so beginnen: Lichthelles Flirren zugleich vor und hinter seinen Augen, außerhalb und innerhalb des Kopfs, und rasch schmilzt das Kopflicht vibrierend herab ins Rückenmark, wächst hinein in die Arme, in die Fingerspitzen, mit immer feineren Lichtkapillaren, füllt den Brustkorb, die Bauchhöhle mit Licht, schießt lichthell auch in die Hoden ein, wächst beidseitig die Beine hinunter, verteilt sich in Lichtkapillaren bis in die Zehenspitzen; diese Lichtfüllung, als Auswirkung der Lichtfülle draußen, zeitigt Rückwirkungen auf das, was er draußen sieht. Beispielsweise, wenn er seinem Blick Festigkeit verleihen will, und er starrt auf das Tischbein rechts vor ihm, so ist auf dieses Tischbein kein Verlaß mehr, denn es schießt

Licht auch in das Holz, Licht, von außen hereindringend, von innen zugleich herausschwingend, und dieses Licht wächst den Holzfasern nach, füllt Risse und Schrunden, umfließt Einwüchse von dunklem Astholz, die der Umwandlung in Lichtsubstanz mehr Widerstand leisten, aber langsam beginnen auch diese verhärteten Holzknoten zu glühen, selbstverständlich rauchlos: immer weniger holzhaltig das Tischbein, das er fixiert, um nicht allzu rasch von sich abgesogen, aus sich herausgehoben zu werden, bereits mit Lichtvibrieren angefüllt bis in die Haarspitzen, bis in die beinah schwebeleichten Fingerspitzen, die fast zu sprühen scheinen: er wagt nichts zu berühren, weil Licht überschießen könnte, alles in vibrierender Lichtmasse verschmelzend, mit deutlicher Fließbewegung hin zur intensivsten Lichtverdichtung, die schließlich sogar Klang wird, Sprechklang. Ramon aber fixiert weiterhin das Tischbein, auch wenn sich nun Astholzknoten in besonders hell pulsierendes Licht verwandeln, in Lichtaugen, in denen zerschmilzt, zerschwingt, was er sich an Bildern vor Augen führt, um Halt, Festigkeit zu finden: Ohrläppchen werden ohne Zischen, ohne Rauchentwicklung aufgelöst in diesem Vibrationslicht; auch Zahlenkolonnen, Namensreihen sofort aufgelöst in dieser tischbeinlangen, rauchlos entholzten, unvergleichlich hellen Lichtschwingung. Trotz der sichtbaren Entmaterialisierung des Tischbeins bleibt der Tisch ruhig stehen, obwohl vorn rechts Bücher gestapelt sind, griffbereit: der Tisch schrägt sich nicht vor, wie Ramon feststellt – freilich nur an der Grenze des Blickfelds, denn allzu genau will er auf die Tischfläche nicht schauen, sonst könnte auch sie sich umwandeln in schwingende Lichtmaterie: diesen Vorgang will er möglichst klein halten, begrenzen; allzusehr schon hat sich in seinen Adern, Äderchen, Kapillaren das schwingende, flirrende Licht ausgebreitet, macht die Hand lichtporös, und es soll Lichtaustausch stattfinden zwischen dem, was bisher Außen war, und dem, was bisher Innen war, ein Verfließen, Verschwingen, Verpulsen: Ramon aber will in sich bleiben, die Lichtquelle draußen soll draußen pulsen, er macht die Augen zu.

Infolge dieser Verweigerung muß sich die Erscheinung viermal wiederholen: jeweils wird er angefüllt, füllt er sich an mit vibrierendem Licht, fünfmal verwandelt sich das in den Zwischenphasen wieder aus Holz bestehende Tischbein in Lichtschwingung, ohne daß sich der Tisch rechts nach vorne neigt, obwohl Ramon hier noch mehr Bücher stapelt, nützt alles nichts: fünfmal diese Lichterscheinung, die sich mit Sprechklang verbindet, Wörter bildend, an ihn gerichtet – beim fünften Mal erst wird die gewünschte Wirkung erreicht.

Nach dieser wiederholten Offenbarung wird Ramon Llull katalanische oder spanische oder lateinische Begriffe zusammenstellen, die in diesem Erzähltext ihre Entsprechungen suchen auf Probe und Widerruf: Schauen, Betrachten, Erschließen, Erkennen, Innewerden, Wesensschau.

Lesen, daß Ramon den neuen Anfang auch nach außen hin sichtbar machte: er verkaufte den landwirtschaftlichen Besitz, sicherte mit dem Erlös den Unterhalt der Familie, pilgerte auf den Montserrat, wie das zu jener Zeit üblich war. Dann wieder zurück nach Mallorca, dort studierte er, vor allem Heidensprachen wie Türkisch, Arabisch, Tatarisch, er wollte Missionar werden. Nachdem diese Vorarbeiten geleistet waren, neun Jahre lang, zog er sich freilich auf den Randa zurück, Bergkegel in der Ebene, lebte hoch am Hang als Einsiedler.

Angedeutetes frei ausgestalten: Die flächenweise von Macchie bewachsene, mit Steinen und Felsbrocken bestreute Bergflanke; weit der Blick hinaus, bis aufs Meer; sein Blick aber verkürzt sich, sucht einen Fixpunkt, findet einen Stein: erst probeweise, bald gewohnheitsmäßig richtet sich der Blick auf diesen Stein, der auffallend rund sein dürfte. Ramon schaut ihn an, um möglichst wenig zu sehen: der Stein bewegt sich nicht, hält dennoch den Blick fest. Nur an den Grenzen des Blickfelds Bewegung: langsam, lautlos vorbeiziehende Wolken … gelegentliche Windstöße in Olivenblättern, in Macchieflächen … Der Stein etwa zwei Spannen im Durchmesser: kristalline Einschlüsse, Anhauch von Flechtenrotbraun?

Macchie Wind Grün Wolken Licht
Wind Oliven Wolken Silber Laub
Der Stein
Wind Grün Wolken Licht
Wind Oliven Wolken Silber
Stein

Grün Wolken Licht
Wind Oliven Wolken
Der Stein
Wolken Licht
Wind Oliven
Stein
Licht
Wind
Der Stein
liegt
da
Windoliven
Wolkenlicht
Stein
Windolivenwolken
Grünwolkenlicht
Der Stein
Windolivenwolkensilber
Windgrünwolkenlicht
Stein
Windolivenwolkensilberlaub
Macchiewindgrünwolkenlicht

Lesen, daß Ramon in den Einsiedlerjahren auf dem Randa sein Großes Kombinatorisches System entwickelte, die Ars magna combinatoria: Holzscheiben von unterschiedlichem Durchmesser auf eine

Achse

geschoben; in gleichgroßen Sektoren an den Scheibenrändern: Begriffe oder Zeichen; in der Reihenfolge ihres Erscheinens auf der Horizontalen werden sie abgelesen und in Verbindung gebracht.

Gedankenspielend nachvollziehen, mitvollziehen ...! In seinem Sinn erfinden ...! Beispielsweise könnten philosophische Begriffe eingetragen sein am Rand der untersten, der größten Scheibe: Zufall, Existenz, Determination, System, Zusammenhang, Möglichkeit – etcetera. Auf einer zweiten Scheibe mit kleinerem Durchmesser könnten, ebenfalls am Rand, Wörter für Tätigkeiten und Berufe

Ramons eingetragen sein – unter der Voraussetzung, daß Reflexion ansetzt im Bereich der Erfahrung.

Indem man nun eine der Scheiben einen Wortabschnitt weiterdreht, verändert sich die Beziehung der Begriffe, der Bezeichnungen, die sich jeweils auf Höhe der Achse ablesen lassen. Dabei dürfte es für das kombinierende Denken hilfreich sein, wenn nur jeweils die Zeile der auf gleicher Höhe stehenden Wörter und Begriffe zu sehen ist, die Wortscheiben insgesamt aber verdeckt bleiben: Sehschlitze in die Tiefenperspektive möglicher Kombinationen.

(Achse)

Zufall	Page	Seneschall	Zusammenhang
Möglichkeit	Page	Seneschall	System
Möglichkeit	Agronom	Dichter	System
Zufall	Agronom	Dichter	Zusammenhang

(Achse)

Wörter, Begriffe nicht mehr in Kolonnen untereinanderschreiben: da ist nun die Achse, in Sichthöhe eingelassen in einer Wand oder auf einem Gerüst, auf diese Achse gesteckt zwei Scheiben von verschiedenem Durchmesser, in gleichmäßigem Abstand Wörter an den Rand geschrieben. Und es wiederholt sich: die größere oder die kleinere Scheibe um einen Wortsektor weiterdrehen, vorwärts oder rückwärts, schon entsteht eine neue Kombination von Wörtern, Begriffen und damit die Herausforderung, diese Wörter, Begriffe in eine Beziehung zu setzen, die Sinn ergibt. Was vorher nicht bedacht war, bringt nun Stichworte ein zur Reflexion. Die Wortscheiben denken vor, Ramon vollzieht denkend mit. Doch er hat die Wortscheiben erdacht. Hat Gott ihn zu diesem Gedanken, zu dieser Konzeption inspiriert? Auch Inspiration als Begriff auf einer der Scheiben?

Nach erstem Erproben dieses Spielsystems verläßt Ramon den Berg Randa, bleibt aber auf Mallorca. Weil er sich nicht mehr um die Familie gekümmert hat, wurde von seiner Frau mittlerweile ein Kurator bestellt zur Verwaltung des Vermögens. So kann er in Ruhe eins seiner vielen Werke zu schreiben beginnen: *Llibre de Contemplació*. Schreibt das Wort Betrachtung, schreibt sicherlich das Wort Schauen, das Wort Versenken, das Wort Erschließen, schreibt wahrscheinlich das Wort Erkennen, das Wort Innewerden, schreibt das Wort Wesensschau, setzt wahrscheinlich das Wort Betrachtung mit dem Wort Schauen in Beziehung, könnte in einem anderen Satz Wörter einander zuordnen wie Versenken und Erschließen, kombiniert in einem nächsten Satz Wörter wie Erschließen und Wesensschau, verbindet durch zuordnende Wortfolge die Begriffe Erkennen und Innewerden, verbindet in weiteren Sätzen das Schauen und Erkennen mit dem Innewerden, ordnet den Wörtern Schauen, Erkennen, Innewerden wiederum das Wort Betrachtung zu, kombiniert sie in weiteren Satzfolgen mit den Begriffen Erschließen und Versenken, stellt in späteren Sätzen neuen Bezug her zwischen den Wörtern Innewerden und Erschließen, den Wörtern Wesensschau und Betrachtung, nimmt einordnend, zuordnend die Begriffe Versenken, Erkennen, Innewerden, Wesensschau hinzu und weitere Wörter, Begriffe, schreibt so ein Buch, das ihn als Autor bekannt macht, auch am Hof.

Lesen, auf deutsch und englisch: Der Königssohn, dem Ramon als Page gedient hatte, er war mittlerweile König; als Jakob II. berief er Ramon Llull, der sich in lateinischen Schriften Raimundus Lullus nennt, an den Hof in Montpellier.

Hier vielleicht, eventuell, möglicherweise der Wunsch nach ausgleichender, zwischendurch einmal ausgleichender Einfachheit, und er steht seitlich hinter dem König, sieht, wie sich die Wangen auswulsten, rhythmisch, wobei die Größe der Auswulstungen mit der Zahl der Kaubewegungen jeweils abnimmt, um sich nach reingeschobener Gabel wieder auszuprägen? Und er gibt, sobald der König nicht mehr mit vollen Backen kauen kann, dem Diener einen Wink, schon wird eine Schüssel, eine Schale, eine Platte hereingetragen, und er selbst, Ramon, legt dem König vor, was die Wange wieder auswulstet? Und er ist es zufrieden, wenigstens für die Länge einer Mahlzeit, diesen sich wiederholenden Prozeß zu verfolgen? Etwas Sichtbares wahrnehmen mit der Genauigkeit, mit der er Begriffe kombiniert zu jeweils neuen Sinnfiguren? Die Konturen und die Figurationen: müßte hier nicht zuweilen ein Ausgleich erfolgen, eine Ergänzung stattfinden?

Nur kurze Zeit kann es sich, könnte es sich Ramon einfacher machen, rasch ist er wieder gefordert: Zuhörer bilden einen Kreis um ihn. Vorführend, erläuternd hebt er die rechte Hand, der Zeigefinger zeichnet in die Luft gedachte Kreise von unterschiedlichem Durchmesser, alle auf der gemeinsamen Achse, die sein Zeigefinger umschreibt, und diese Scheiben, so könnte er sagen, lassen sich auswechseln, je nach Begriffsfeldern, Wortfeldern, in denen er sich scheibendrehend, wörterkombinierend bewegen will.

(Achse)

Möglichkeit	Erkennen	Einswerden	System
Zufall	Erkennen	Einswerden	Zusammenhang
Zufall	Innewerden	Wesensschau	Zusammenhang
Möglichkeit	Innewerden	Wesensschau	System
Determination	Innewerden	Wesensschau	Existenz
Determination	Durchdringen	Erschließen	Existenz
Determination	Versenken	Betrachten	Existenz
Determination	Erkennen	Einswerden	Existenz

(Achse)

Wenn er nun, so könnte er weiter erläutern, die kleinere Scheibe austauschte gegen eine Scheibe mit (beispielsweise) biographischen Schlüsselwörtern, so ergäben sich wiederum völlig neue Kombinationsmöglichkeiten, Korrespondenzen und Korrelationen, die zu überraschenden und zugleich wahrscheinlichen Entdeckungen, Erkenntnissen führen könnten, denn: in Gottes vollendeter Ordnung der Schöpfung hänge alles zusammen.

Und wer hört ihm dabei zu? Herren sind rar am Hof von Mallorca, etliche sind beteiligt an Kämpfen auf der Iberischen Halbinsel: Fortsetzung der Reconquista. So werden es mehr Damen als Herren sein, die seinen Ausführungen folgen. Geneigt? Damit Zuneigung weckend?

Er wird als Doctor illuminatus bezeichnet, ist aber nicht zum Priester geweiht. Was also sollte ihn daran hindern, eins der lauschenden, womöglich hingebungsvoll lauschenden Ohren mit der Zeigefingerspitze zu berühren, erst die Ohrmuschel, dann das Ohrläppchen, dieses Anhängsel sehr zarten Fleischs, vormals von der Knorpelform des Ohrs abgeschmolzen, um sich, der fließgünstigen Form folgend, unten am Ohr anzusammeln: Fleisch, das sich nicht bewegen, das nicht einmal anschwellen kann, etwa im Erregungszustand der Hörwahrnehmung – hängt einfach da. Immer wieder streicht er mit der Fingerspitze an diesem in jeder Hinsicht passiven Fleisch- und Hautgebilde entlang, lustvoll quälend langsam; noch lustvoll quälend intensiver dann die Berührung des auch bei älteren Frauen noch immer glatten, faltenlosen, sanften Stückchens Fleisch mit den Lippen, die es umfassen, die Unterlippe zwischen Halsnakkenhaut und Ohrläppchen, die Oberlippe sanft aufgelegt, und auch diese schwebeleichte Zärtlichkeit führt zu einer Wiederholung des Akts, der auf Wiederholung angelegt ist?

Nur dies über Ramons erneuten Aufenthalt am Königshof lesen: Daß er hier erfolgreich für die Gründung einer mallorquinischen Schule zur Ausbildung von Missionaren plädierte. Dreizehn Franziskanermönche als die ersten Schüler, die Zahl wuchs allerdings kaum mit den Jahren, das änderte auch nicht eine nachträgliche päpstliche Empfehlung. Doch Ramon gab nicht auf.

Sprachen der Heiden lehren: Ramon selbst sprach und schrieb auch Arabisch. Einwirken auf die Sprachen der Heiden: das Wort Allah ersetzen durch deus, dios, eventuell durch dio oder dieux. Missionieren, Bekehren auch durch Vorführungen des Kombinatorischen Systems; auf diese Weise die Überlegenheit der christlichen Weltordnung ad oculos demonstrieren; gebildete Muslims schätzen bekanntlich Ratio und Logik.

Sieben Kardinaltugenden
Recht Unrecht Sünde Schuld
Sieben Todsünden
Drehung der Höllenräder Buchstaben des Gesetzes
Sieben Schöpfungstage
Tugend Laster Trost Gewißheit
Sieben goldene Leuchter
Wahre Beweggründe Sündhafte Handlungen
Sieben Planeten
Recht Laster Trost Schuld
Sieben Plagen

Demonstrationen, Deduktionen. Kombinationen, Korrelationen. Sein Lehren, sein Unterrichten. Jedoch: nicht in alle Zukunft auf Mallorca bleiben, Sprachen lehrend, Scheiben drehend, der Fünfzigjährige könnte spüren, sich dessen bewußt werden, wie sich seine Lebensform verfestigt, ja verhärtet: eine Zäsur setzen! Ramon gibt das Unterrichten auf, wird selbst Missionar.

Er bricht auf, nimmt einen Stock mit aus sehr altem, fast steinhartem Ölbaumholz; der Griff als Silberknauf; den poliert seine Hand, solange er den Stock schwingt; dieser polierte Silberknauf spiegelt die Umgebung, wenn der Stock angelehnt wird, spiegelt zuerst einen Teil des Segels, das auf dieser Silberkugel zusätzlich gewölbt erscheint, spiegelt auch sphärisch verzerrte Seile, spiegelt auch Körper, die in der Mitte eingekrümmt scheinen, sich nach oben wie unten ausdehnend.

Der Knauf:

Bäume gespiegelt, die im Reitrhythmus hin- und herzucken, Olivenhellgrün, Zypressendunkelgrün und zuweilen ein Minarett, krummgezogen, mit einem für Ramon erfreulich winzigen Halbmond obendrauf, auch Häuser entlanggespiegelt, zuckend im Reitrhythmus, kaum aber Wolken.

Knauf:

Ruhig das Bild, wenn Ramon den Stock zwischen den Knien hält beim Gespräch, da reihen sich im Knaufraum Gesichter in gleicher Sitzhöhe, über den kleinen Köpfen vergrößerte Turbane und jeweils einer der Münder geöffnet, geschlossen, geöffnet in rascher Sprechbewegung. Scheiben gedreht.

Der Knauf:

Und wieder im Reitrhythmus Ölbaumäste verzerrt, wenn Ramon durch Olivenwälder reitet, und Hauswände gewölbt, wenn er durch Dörfer und Städte reitet, und Felsspitzen vorkragend, wenn er durch Bergtäler reitet, und Wolken gespiegelt, aber nicht sichtbar verformt, wenn über dem Reiter Wolken stehen oder ziehen; doch längere Zeit wird in diesem Knauf nichts gespiegelt als Himmelsblau ohne Wolken, ohne Baumäste, ohne Hauswände, Bergwände.

Knauf:

Und wieder Männer gespiegelt in einem Kugelraum, die Gesichter umhüllt von Burnusweiß, Burnushellbraun, Münder öffnen sich, schließen sich, öffnen sich, umgeben von Barthaarschwarz. Scheiben gedreht.

Der Knauf:

Und wieder Bäume gespiegelt, vorzugsweise Palmen, hin- und herschwingend nun im weicheren Kamelreitrhythmus.

Knauf:

Und wieder Steinhänge, Sandhänge gespiegelt, der Knauf überzieht sich mit Staub, der Knauf von Sand poliert, der hart vorbeifegt.

Der Knauf:

Und wieder Gesichter aufgereiht im Kugelraum. Und Scheiben, die gedreht werden.

Knauf:

Und weit ausfächernde Bäume, zuweilen auch sehr hohes Gras, Halm für Halm in sphärischer Krümmung, oben enorm zugespitzt: Elefantengras. Denn mittlerweile ist Ramon auf seiner Missionsreise über Palästina und Ägypten nach Abessinien gekommen.

Sieben Planeten
Trost Gewißheit Recht Unrecht
Sieben Plagen
Buchstaben des Gesetzes Wahre Beweggründe
Sieben goldene Leuchter
Sünde Schuld Tugend Laster
Sieben Schöpfungstage
Sündhafte Handlungen Drehung der Höllenräder
Sieben Todsünden
Trost Schuld Tugend Unrecht
Sieben Kardinaltugenden

Reisebewegung jahrelang, dann findet er wieder hinein in eine Lebensform, mit der er vorzugsweise identifiziert wird: die eines Mannes, der sich auf das Verfassen von Schriften und Büchern konzentriert. Der Reisende wird fürs erste seßhaft: mietet sich ein in Montpellier.

Lesen, daß Roman Llull ein neues Buch schrieb mit dem Titel *Blanquerna*. Eins der Kapitel: *Llibre d'Amic e Amat*. Und hier, so läßt sich denken, finden sich Wörter ein wie Nahsein und Fernsein, wie Freiheit und Bindung, wie Sehnsucht und Erfüllung, wie Freud und Leid, wie Weinen und Lachen, wie Sprechen und Schweigen. Solche Wörter stellen Beziehungen zwischen sich her, Liebender und Gedanken, Geliebte und Fernsein, und mit diesen Bezugslinien, eingefaßt in Sätze, verbinden sich weitere Bezugslinien, und die weiten sich aus zu Bezugsfeldern, die sich kapitelweise gruppieren zu seinem Roman.

Schreibend will sich Ramon aber nicht aufs Schreiben festlegen, festlegen lassen, auch nicht durch einen Erfolg, wie ihn dieses Buch bringt: wieder einmal eine Umgebung, einen Personenkreis verlassen, eine Zäsur setzen. Und damit: was ihm wichtig war, wichtig schien, es rückt von ihm ab. Spricht längst nicht mehr die Sprache eines Seneschalls, lange nicht mehr die Sprache eines Agronomen, nicht mehr die Sprache eines Lehrers, er reist nach Rom, sucht das Gespräch mit hohen Kirchenherren, spricht etwa so: Das Land der Mauren erst erobert, wenn die Heiden nicht mehr Allah sagen, vielmehr, mit zunehmender Selbstverständlichkeit: Deus, dios, dio, dieux, je nach Sprache der Missionare; notfalls gelten auch god und Gott. Und er bittet um Förderung seiner Missionsschule.

Ramon aber findet damit keine Resonanz, reist weiter. Und die postulierte Scheibe mit biographischen Leitwörtern wird zu einem bereits bekannten Segment zurückgedreht: Raimundus Lullus an der Universität zu Paris, er lehrt, auf Latein, die Ars magna combinatoria, auch: Ars magna et ultima, Ars generalis, bezeichnet sie als kompendiarische Methode der Wahrheitsfindung, als Ars compendiosa inveniendi veritatem.

Pater
terra   potestas   principatus   mare
Filius
flumen   propheti   archangeli   mons
Sanctus Spiritus
fauna   angeli   apostoli   flora
Deus omnipotens

Die »logische Kombinatorik« mitspielen, weiterspielen: Wörter, Begriffe, auch Zeichen rücken aufeinander zu, finden sich ungesucht, bleiben auf gleicher Höhe möglicher Erkenntnis, steigen auf, sinken ab, neue Wörter, Begriffe, auch Zeichen rücken nebeneinander, es bilden sich Wortklammern, Begriffsverbindungen, Zeichenkombinationen, lösen sich auf, scheinen sich zu verlieren, können wieder auftauchen, sich in neuen Zeilengruppierungen finden. Dieses kombinatorische Spielsystem lehrend, könnte er sich von Studenten erweiternde Begriffe zuspielen lassen durch Scheibendrehungen; Stichworte als Themen für Gedankenvariationen, ein Wechselspiel variierender Wortbegegnungen. Sprachmodell, Spielmodell der Schöpfung!

Pater
terra propheti archangeli mare
Filius
fauna propheti archangeli flora
Sanctus spiritus
fauna angeli apostoli flora
Deus omnipotens

Wurde der Kreis von Studenten größer, so ließen sich zusätzliche Scheiben auf die Achse stecken, und es bildeten sich komplexere Figurationen, Sinnfiguren: Lernen von Zusammenhängen. Leuchten die kombinierten Begriffsverbindungen ein, so könnte auch ein Gefühl von Glück entstehen: Elevation der Erkenntnis. Eigenhändig könnte er dies befördern. Und hat dabei ein Student die Hand im Spiel: verbindendes Glück der Erkenntnis! Gemeinsame Begeisterung!

Und Ramon bereitet sich wieder auf eine Reise nach Frankreich vor, auf Verhandlungen mit König Philipp, genannt Le Bel, bekannt durch seinen Drang zur Expansion.

Eine kurze Ruhephase vor Beginn der Reise? Und Ramon hält sich an der Küste auf, läßt Wellenzeile um Wellenzeile um Wellenzeile heranziehen, sich auslöschen vor seinen Augen, zu seinen Füßen? Doch in den Nächten schwemmen die Wellen heran: Muscheln, tote Fische, Stränge von Seegras, Knäuel von Tang, zuweilen Treibholz: Zeichen, die das Meer am Strand auslegt, und er deutet sie beim Morgengang? Toter Fisch hier, daneben ein Tangbüschel, herumgestreut Muscheln, und er könnte ein Stück Treibholz dazulegen? Kleines Strandbild, dem er bald den Rücken kehrt, denn wichtiger sind ihm Gedankengänge? Die setzt er fort, läßt zwischendurch den Blick wieder ausruhn auf der horizontweiten Fläche? Wellenzeile nach Wellenzeile zieht heran, löscht sich aus, zieht heran, löscht sich aus. Antwort des Meeres auf Eitelkeit, Hochmut. Vanitas, vanitas.

Aufbrechen, wieder einmal aufbrechen. Reise über Meer und Land. Verhandlungen mit König Philipp von Frankreich, ihm die Gründung eines weiteren Orientalischen Seminars vorschlagen. Dies mit möglicher Argumentation wie folgt: Erst wenn man die türkischen, arabischen, tatarischen Wörter beherrscht, kann man den Türken, Arabern, Tataren beibringen, wie ihre Schlüsselwörter und Namen in der spanischen und französischen oder italienischen Sprache lauten; erst damit ist völlige Eroberung möglich. Zum Beispiel: Wenn man bei einem der Feldzüge gegen die Mauren zu einem Fluß vordringt, so ist diese Flußregion erst wirklich erobert, wenn die Anrainer den Fluß nicht mehr mit dem jahrhundertelang üblichen arabischen Namen bezeichnen, sondern mit dem neuen Namen, den ihm die christlichen Eroberer geben. Also: Sprachschulen, Sprachschulen!

Ramon wird von Philipp dem Schönen abschlägig beschieden, reist nach Rom, stellt sich dem neuen Papst vor, wiederholt seine Argumente, freilich mit Verschiebungen, wie sie der veränderten Gesprächssituation entsprechen: er verweist jetzt wohl nicht mehr auf einen Fluß, er spricht von Gott. Solange die Mauren, die Orientalen ihren Gott beim gewohnten heidnischen Namen nennen, solange ist die Eroberung noch nicht vollständig; erst wenn der Gott für die Heiden den Namen eines Deus omnipotens trägt, ist die Reconquista gelungen. Also: Missionsschulen, Missionsschulen!

Ramon wird auch vom Papst abschlägig beschieden, reist nach Genua. Auf dem Kugelknauf gespiegelt zahlreiche Figuren, die mit beiden Händen winken: Ramon wird gefeiert, nicht als Hochschullehrer, nicht als Erfinder der Großen Kombinatorischen Methode, nicht als Autor katalanischer und lateinischer Bücher, sondern als jemand, den man zu jener Zeit *Gottesmann* nennt.

Trotz des vielhundertfachen Jubels, der Ramon als Gottesmann feiernd bestätigt, scheint ihm Identifikation mit diesem Wort nicht völlig zu gelingen: lesen, daß er vor der Abreise nach Afrika in eine »moralische Krise« geriet, auch wird von »dramatischen seelischen Kämpfen« geschrieben. Mit dieser Krise eine Krankheit.

Angedeutetes frei ausgestalten: Fieber, das Umrisse aufzehrt, flirrend verwischt. Ein Stein mit Kristall-Einschlüssen beginnt zu kreisen, saugt verschmelzend Wolkenweiß, Macchiehell, Olivgrün ein, das gerinnt im Stein. Und Zahlenreihen, Namenkolonnen wachsen sich aus zu Zahlenstäben, Namensäulen. Und ein pulsend sich dehnendes, sphärisch verformtes Tischbein, weißgluthell. Wörter ausbrennend.

Ramon
Ohrmuschel
Silberknauf
Ramon
Scheibendrehung
Burnustuch
Ramon
Elefantengras
Schbendrhng
Rmon
Brnustch
Silbrkn
Rmn
drhng

Und es entwickelt sich eine Bildfolge: rasch wächst Elefantengras hoch, er durchkriecht es, kriecht auf eine Ohrmuschel zu, kriecht durch glatte Fließmulden in den haarigen, glitschigen Gang, der ihn warm umschließt, kommt zu einem anderen Ohr heraus, in dem er sogleich sein eigenes Ohr erkennt.

Ramon kann wieder reisen. Erschöpft überläßt er sich dem Heben, dem Senken, dem Heben, dem Senken, läßt das Wiegen, Schwanken, Wiegen auf sich einwirken. Sonnenlichtflächen auf dem Wasser unter leicht bedecktem Himmel: wie leere Wortscheiben, in Lichtscheiben verwandelt, und die zucken, schnellen ins Hirn, unter halb gesenkten Lidern hindurch, beginnen sich im Hirn zu verdichten. Er schließt die Augen, sieht nun Licht ins Schiffsholz einsikkern, es wächst den Holzfasern der Planken, Bretter, Bohlen nach, füllt Risse und Schrunden, umfließt Einwüchse von dunklem Astholz, die der Umwandlung in Lichtsubstanz mehr Widerstand leisten, aber langsam, so sieht er das hinter der Hand, die er vor die geschlossenen Augen preßt, langsam beginnen auch diese verhärteten Holzknoten im Schiffsholz zu glühen, sie verwandeln sich in besonders hell pulsierendes Licht, und das wächst die Seile und Spanten hinauf: Lichtseile, Lichtmast, Lichtsegel, Schiff aus Licht, dahingleitend mit dem hageren Mann am Bug, der weiter die Hand an die geschlossenen Augen preßt, damit das Licht in ihn nicht eindringt, sich – schwingend, flirrend – ausbreitet in seinen Adern, Äderchen, Kapillaren. So findet kein Lichtaustausch statt zwischen dem, was bisher Außen war und dem, was weiterhin Innen ist, kein Verfließen, Verschwingen, Verpulsen: Ramon greift zu einem der Seile, Ramon stampft auf Bohlen auf, Ramon öffnet die Augen, das Lichtschiff flimmert nach hinter den Lidern, löst sich auf, und fortgesetzt die Fahrt bei leichtem Heben, Senken, Wiegen, Schwanken.

Landung. Ritt.

Der Knauf.

Und Morgenlicht, Mittagslicht, Abendlicht. Und wieder Morgenlicht, Mittagslicht, Abendlicht, so geht das wochenlang.

Knauf:

Hauswände und Palmen verzerrt gespiegelt, geschwenkt im weichen Gangtakt von Kamelen.

Der Knauf:

Gesichter gespiegelt, umgeben von Burnusweiß, Kinnladen vorgeschoben, Zähne gebleckt, Fäuste vergrößert, rasche, verwischende Bewegung: Steine auf ihn geworfen, sein Sturz.

Bejaia; der verletzte Missionar wird eingesperrt. Lehmwände, Lehmboden gestampft, rissig, da sitzt Ramon, beschaut die Risse, die Rißlinien, die andere Rißlinien berühren, in andere Rißlinien übergehen – Geflecht von Rißlinien: ein Tag im Gefängnis ist lang, wenn Bücher nicht zugelassen werden. Viele lange Tage im Gefängnis. Die Muster der Rißlinien dürften sich einprägen.

Schließlich wird Ramon freigelassen, Fürsprecher haben sich für ihn eingesetzt, er muß freilich sofort Tunesien verlassen.

Ramon auf dem Weg zum Schiff, den Stock unter dem Knauf gepackt, er trägt ihn vor sich her: zahlreiche Köpfe gespiegelt, groß, auf kleinen nach unten hin stark verjüngten Körpern, die Gesichter sehr rasch heran, Münder aufgerissen, Zähne gebleckt, Fäuste groß, der Stock geschwungen im Laufschritt, blitzschnell auftauchend im Kugelbild Steine, kinderfaustgroß! Sturzbewegung zum Boden und nun winzige Köpfe auf mächtigen Körpern auf riesenhaft vorschwingenden Füßen, die zurückschnellen, vorzucken.

Aber Ramon kann noch gerettet werden, von Kaufleuten, er wird auf ein Schiff getragen.

Lesen, daß Ramon in Italien seine Lehrtätigkeit wieder aufnahm, hier vor allem die Große Kombinatorische Kunst vorstellte. Doch er blieb nicht bei der Lehrtätigkeit: er suchte wieder den Papst auf. Mit seinem Vorschlag, die drei Ritterorden zu einem schlagkräftigen Heer der Reconquista zu vereinen, hatte Ramon aber keinen Erfolg. Er reiste erneut nach Genua: kein Aufbruch nach Afrika, noch nicht, auch keine Krise, keine Krankheit, nicht mehr, er verfaßte einige Schriften, reiste weiter nach Paris, hielt an der Sorbonne erneut Vorlesungen über seine Universalwissenschaft, sein Großes und Umfassendes Verfahren, seine kompendiarische Methode der Wahrheitsfindung.

(Achse)

Möglichkeit	Wesen	Verkettung	System
Wirkung	Wesen	Verkettung	Finalität
Wirkung	Ursache	Bedingung	Finalität
Möglichkeit	Ursache	Bedingung	System

(Achse)

Was mit einleitenden Erklärungen, sich anschließenden Vorführungen, mit einleitenden Vorführungen, sich anschließenden Erklärungen begann, es könnte an Aura gewinnen bei wachsendem Enthusiasmus: Auf diesen Scheiben verbinden sich Wörter und Begriffe jeweils folge-richtig, Wörter und Begriffe, die wiederholt auftauchen im kleinen Drehruck ihrer Scheibe, so wie sich Feiertage wiederholen im Kirchenjahr, so wie sich astronomische Erscheinungen wiederholen in der Sphärenwelt: im Lullischen System spielt sich Ramon Erkenntnisse zu über Zusammenhänge, die Gottes Schöpfung durchgliedern. Ja, im Auftrieb der Inspiration, der gottnahen Begeisterung erringt er Freiheit in beglückendem Spiel, in einem Glücksspiel, einer Elevation der Erkenntnis: schwebt über Sprachinseln, Sprachebenen, dringt vor, dringt ein in Sternenweiten von Wörtern, Begriffen, immer heller das Licht der Erkenntnis, das kann sich steigern zu einer Intensität, in der Wörter, Begriffe ineinander übergehen, ja miteinander verschmelzen.

Licht

Existenzerkenntnissystem

Zufallinnewerdenmöglichkeit

Gott

Erkenntnisexistenzsystem

Innewerdenmöglichkeitzufall

Licht

Erkenntnisexis

denmöglichkeitzufall

Gott

Erkenntnisex

lichkeitszufall

Licht

rkenntns

ktzufll

Gott

nntns

zufll

Gottlicht

Und der Doctor Illuminatus schrieb, wieder in Paris, ein Buch, in dem, beispielsweise, Wörter dominieren wie Einsicht, Verschmelzung, wie Innewerden, Außersichsein, wie Entgrenzen, Eintauchen, wie Durchdringen, Entäußern, wie Ekstase, Fülle, Hinkehr. Jedes solcher Kennworte mystischer Texte gruppiert wechselnde Wörter, Sätze, Satzfolgen um sich, denn es sind nur Umschreibungen möglich (im Spanischen wie im Italienischen, im Katalanischen wie im Französischen), wo Nichtsagbares gesagt werden soll.

Und Einschnitt, Zäsur! Lesen, daß Ramon aufbrach und erneut mit Philipp dem Schönen verhandelte. Angedeutetes ausführen: Selbst, wenn sich christliche Kämpfer an den Ufern eines Flusses aufreihen, so ist diese Region noch nicht vollständig erobert, solange die Anrainer den Flußnamen nicht aufgeben und den neuen Namen benutzen, wie selbstverständlich, den ihm die Eroberer geben; erst der neue Name macht ihre Eroberung zum Sieg. Philipp hört sich das freundlich an, der Besucher ist ein bekannter, ein berühmter Mann, zuletzt aber wird Ramon Llull wieder abschlägig beschieden: keine neuen Missionsschulen.

So reist er, inzwischen 65 Jahre alt, nach Mallorca zurück: ist hier 27 Jahre lang nicht mehr gewesen. Betritt er noch einmal den Raum, in dem er seinerzeit als Agronom gearbeitet hatte? Sind noch Blätter erhalten, von der Familie aufbewahrt, auf die er Zahlenreihen, Namenkolonnen geschrieben hatte? Steigt er noch einmal hinauf zum Randa, schaut hinaus in die Ebene, aufs Meer? Rückblick? Wie der Seneschall sich vom Pagen verabschiedete? Wie sich der Agronom an die Stelle des Seneschalls setzte? Wie der Hochschullehrer abrückte vom Seneschall? Wie oft gab er den Beruf auf, mit dem man ihn identifizierte? Ramon der Agronom nicht mehr Ramon der Agronom sondern Ramon der Hochschullehrer nicht mehr Ramon der Hochschullehrer sondern Ramon der Missionar nicht mehr Ramon der Missionar ... Und jedesmal, so läßt sich voraussetzen, jedesmal definierte er sich neu, nahm er sich, in der Veränderung, genauer wahr, jede Veränderung zugleich als Verjüngung, so kann er alt werden.

Es steckte noch viel Energie im Alten: kaum erfuhr er, daß der tatarische, aber christenfreundliche Großkhan Syrien erobert hatte, erobert haben sollte, reiste er los.

Sphärisch geschwungene Seile, das zusätzlich eingewölbte Hauptsegel; der Wechsel, wochenlang, von Morgenlicht, Mittagslicht, Abendlicht; Bäume gespiegelt, im Reitrhythmus hin- und herschwingend, Oliven, Zypressen; zuweilen ein Minarett krummgezogen mit einem für Ramon erfreulich winzigen Halbmond obendrauf, auch Häuser eingewölbt, zuckend im Reitrhythmus, auch Gesichter gespiegelt, die herankommen. Ramon erfährt nun, daß die Nachricht von der Eroberung Syriens ein Gerücht ist. So hat er keinen Anlaß mehr, weiter nach Osten zu reisen. Aufenthalt auf Zypern. Ein Giftanschlag: möglicher Endpunkt, glückliche Genesung.

Lesen, daß Ramon nach Mallorca zurückkehrte; die Körper, die Köpfe, die Seile, die Segel wie gewohnt. Auf der Insel schrieb er wieder ein Buch, in der Muttersprache. Doch beim Schreiben blieb er auch jetzt nicht, suchte den Papst auf in Südfrankreich: Sprachen des Orients ..., Reconquista ... Wort um Wort, Satz um Satz ... Sprachschulen, Missionsschulen?

Man ging höflich ein auf Ramon Llull, ein berühmter Mann, doch er wurde abschlägig beschieden. Noch einmal reiste er nach Paris, hielt Vorlesungen über die Ars generalis, Ars magna et ultima, Ars compendiosa inveniendi veritatem. Erläuterung und Vorführung. Auch hier wieder: Evokation und Enthusiasmus? Begriffe, Zeichen auf Schreiben fixiert, Gedankengänge, die aus dem Kreisen herausführen und zugleich einbezogen bleiben in die Grundfigur der Vollendung? Aufbrüche, sogar Ausbrüche im Drehen, im Kreisen: Außersichsein, Entgrenzen, Entäußern, doch alles, alles fügt sich zu einem Muster, das Gottes Auge wohlgefällig ist? Ja, hat Gott nicht zuweilen Seine Hand in diesem Spiel?

Einschnitt, Zäsur! Aufbruch, erneut: ein Teil der Segelfläche auf der Knaufkugel zusätzlich eingewölbt, Krümmungslinien von Seilen, geschrägte Oberkörper, vergrößerte Köpfe; verzerrt auch sein eigenes Gesicht, sobald es näher herangleitet: schaut er lange auf die Kugel, so ist Bewegung nur noch am Kugelrand.

Wieder Ankunft in Bejaia, Tunesien. Erneut Hausflächen und Türme eingewölbt. Erneut Gesichter, umgeben von Burnustuch, Kinnladen vorgestoßen, Zähne gebleckt, Zungenspitzen vibrierend. Erneut Fäuste sehr groß im Krümmungsbild, erneut verwischende Bewegung, erneut Steine blitzschnell heran im Krümmungsraum, Sturz. Ramon wird ins Gefängnis getragen. Erneut ein Raum mit gestampftem Lehmboden? Erneut dasitzen und Rißlinien betrachten? Rißlinien aus Rißlinien hervorwachsend, in Rißlinien führend

– Geflecht von Rißlinien? Einen Kreis in die Lehmwand ritzen oder in die Steinwand, Ziegelwand, einen zweiten Kreis um den ersten Kreis, einen dritten um den zweiten und dann Begriffe eingekratzt, ausgelöscht, eingekratzt?

Fürsprecher setzen sich ein, genuesische und katalanische Kaufleute, sie erreichen Hafterleichterungen, Ramon darf Besuche empfangen, auch Araber, die mit ihm diskutieren: Allah oder Gottvater? Jede Rede und Gegenrede gruppiert Wörter für den Gott, den Ramon lateinisch deus nennt, für den Gott, den die Heiden im Raum weiterhin Allah nennen wollen, nicht einen Buchstaben weichen sie davon ab. Lesen, daß zur Unterstützung lockende Möglichkeiten angeboten werden: ein junger Frauenleib als Argument für Allah gegen Gott, dieses Angebot eventuell noch betont durch dunkler als sonst getönte, mit allerfeinstem Flaum bewachsene Ohrläppchen – wird das bei einem so vitalen Mann ohne Wirkung bleiben?

Nichts ist zu lesen von Frauen und Geldern, die der Weißbärtige, Barbaflorida, annahm, vielmehr ist zu lesen von der Rückreise, die ihm aufgezwungen wurde, weil weder die Argumente noch die Angebote der Araber erfolgreich waren. Die Segel, die Seile, die Köpfe in bekannten Krümmungsverhältnissen. Ein Sturm, ein Schiffbruch: möglicher Endpunkt, mal wieder. Ramon umgischtet, Ramon umbraust, Ramon umtost, wahrscheinlich kann er sich auf die obligatorische Schiffsplanke retten: sein Körper, die Planke, das Gischten, mehr wird hier nicht kombiniert. Ausgelöscht im Gischten die jeweils kurzzeitig gültigen Wortkombinationen, Begriffsverbindungen: Macchieflächen, Erzengel, Oliven; Achse, Zusammenhang, Innewerden; Knauf, Flora, Ohrmuschel; Elefantengras, Scheibendrehung, Finalität – alles, alles, alles wird von der Gischt verwirbelt, Knauferzengelachseolivenscheibendrehungfinal – da ist nur noch *eine* Kombination: sein Körper, die Planke, das Wasser; das Wasser, sein Körper, die Planke; die Planke, das Wasser, der Körper.

Er kann sich retten oder wird gerettet, abzüglich seines Reiseguts. Ankunft Ramons in Pisa: erneut plädiert er für den Aufbau und Ausbau von Missionsschulen. Das redet er in den Wind.

Ramon reist nach Genua, wiederholt vor Mächtigen seine Appelle, findet Beifall, löst nichts aus, auch nicht in Rom, beim Papst. Immerhin erhält er bei dieser Audienz die Zusage, daß an fünf Universitäten Lehrstühle für orientalische Sprachen eingerichtet werden sollen.

Lesen, daß Ramon, mittlerweile siebzig, zurückblickte auf sein bisheriges Leben: Ramon als Page, Ramon als Seneschall, Ramon als Familienvater, Ramon als Agronom, Ramon als Einsiedler, Ramon als Missionar, Ramon als Universitätslehrer. Und es bildete sich jeweils ein Kreis von Personen um ihn: der Kreis, mit dem es Ramon der Agronom zu tun hatte, war nicht identisch mit dem Kreis, der sich jeweils an den Universitäten um ihn bildete; aufgelöst die Kreise in den Jahren als Einsiedler; neu gezogene Kreise nach seiner Rückkehr in die Ebene. Und nun ein weiterer Kreis von Schülern, Studenten: am Hang des Randa gründete er eine Schule, die vor allem die Ars magna combinatoria vermitteln und weiterentwickeln sollte.

Angedeutetes frei ausgestalten: Könnte die Zahl der Scheiben nicht vergrößert werden? Scheiben mit wachsenden Durchmessern auf eine Achse gesteckt, Scheiben mit immer zahlreicheren Wortsektoren? Wie viele Scheiben könnte Lullus auf eine Achse gesteckt und in Drehung versetzt haben, wohlüberlegt und spontan? Eine Scheibe mit Fachwörtern der Astronomie? Eine Scheibe mit Fachwörtern der Geographie? Eine Scheibe mit Fachwörtern aus den Reichen der Fauna und Flora? Eine Scheibe mit Fachwörtern der Medizin? Eine Scheibe mit Fachwörtern der Mathematik? Eine Scheibe mit Begriffen der Philosophie? Und eine Scheibe, die größte, mit Begriffen der Theologie? Sieben Scheiben des Spielmodells der Schöpfung, die zugleich magische und heilige Sieben: höchste Herausforderung?

Freilich, je mehr er sich der Vielseitigkeit, Vielgestaltigkeit von Gottes Schöpfung annähert, desto unübersichtlicher wird sein System: Überblick wäre dann nicht einmal mehr möglich für ihn als den Erfinder, Überblick könnte nur noch gewagt werden von einer Gruppe, die sich Wörter und Begriffe wechselseitig zuspielt? Aber könnten nicht auch die Schüler, Studenten an die Grenze stoßen, gemeinsam mit dem Meister? Wenn das System schließlich so vielfältig, vielseitig, vielgestaltig wäre wie die Schöpfung, könnte nur einer die Übersicht wahren: Gott?

Einschnitt, Zäsur: Ramon, nun bereits achtzig, verläßt den Bergkegel, bricht wieder auf. Das Segel, die Seile, die Köpfe auf Körpern – all dies eingekrümmt im Knaufkugelbild eines neuen Olivenholzstocks; der erste ging beim Schiffbruch verloren.

Knauf:

Ölbäume verzerrt gespiegelt im Reitrhythmus auf Sizilien, Zypressen geschweift, gekrümmt, Gesichter vorgewölbt.

Knauf:

Die Segel, die Seile, die Mitreisenden. Und Morgenlicht, Mittagslicht, Abendlicht wochenlang wechselnd.

Knauf:

Wieder Landung in Bejaia, wieder Köpfe sehr nah, Zähne gebleckt, Steine blitzschnell heran im Kugelraum, kinderfaustgroß, männerfaustgroß, überfaustgroß. Sturz.

Kaufleute nehmen den tödlich Verletzten mit auf ein Schiff. Wunden, steigendes Fieber.

Ramon

Ein Ohrläppchen, das bei Berührung wächst, ihn warm umhüllt.

Knauf

Ein Tischbein als Lichtstab, der wächst pulsierend zur Mastgröße, sphärisch gekrümmt.

Achse

Scheiben, die sich rasch, lautlos drehen: Verkettungzufallwesenmöglichkeit …

Stein

Der Wind kühlt kaum noch, auch nicht unter dem Sonnensegel; das Fieber steigt.

Ramon

Ein Stein, sich drehend, kinderfaustgroß, frauenfaustgroß, männerfaustgroß, überfaustgroß.

Knauf

Ohrläppchen, glitschig, da kriecht

er, Elefantengras spitzgeschweift, Sonne ausbrennend, kreisend, Licht wegspritzend.

Achse

Abhängigkeitdeterminationzufall …

Stein

Gesichter pulsend, zum Schreien nah …

Ramon

Das Fieber läßt sich nicht dämpfen durch Wasser, Umschläge, Heilkräuter …

Stein

Elefantengras masthoch, ein Ohr, das kreist …

Achse

Notwendigkeitzufallbedingung …

Das Fieber hoch; das Fieber sehr hoch. Ramon Llull, Ramón Lull, Raimundus Lullus sterbend auf Deck. Am Horizont: Mallorca.

Mglichkt

Systm

Achse

Silberknf

Zfall

mmenhng

chse

drhng

Mglch

Zfl

hng

Knf

Mgl

Z

Der Himalaya im Wintergarten

In Frack und hellem Sommermantel geht er am Bahndamm entlang, auf Schotter, Sand und Gras. Hinter ihm Bahnwärterhaus 61, an dem, wie geplant, der Sonderzug halten wird: im mittleren der drei Salonwagen König Ludwig, der nicht gern begrüßt wird von gedrängter, winkender Bevölkerung, weshalb der Zug auf den Feldern vor der Stadt, am Bahnwärterhaus 61, halten wird, in dessen Nähe, am Ende des bereits ausgerollten roten Teppichs, eine Kalesche wartet.

Noch ist der Zug nicht zu sehen, nicht zu hören – also könnte er, der Komponist, auf den Bahndamm steigen, könnte sich auf eine der Schwellen knien, nachdem er ein weißes Taschentuch ausgebreitet hat, und in die Richtung schauend, sicherheitshalber, aus der dieser Zug kommen soll, könnte er das rechte Ohr auf das im Mondlicht der warmen, windstillen, sternklaren Sommernacht blaukühl schimmernde Schienenmetall legen, könnte so, wie er das einmal in einem Buch gelesen hat, den Zug hören, lange bevor die Stirnlampen der Lokomotive am Nachthorizont aufglimmen. Beim Aufrichten würde sein hagerer, von Backenknochen betonter, von einer scharfkantigen Nase geprägter Kopf dem ihn beobachtenden Reporter der Berliner Zeitung als das Gesicht eines älteren Indianers erscheinen, auch dann noch, wenn er in Frack und hellem Sommermantel aufstünde, das weiße Taschentuch erst ausschlagend, dann zusammenfaltend: da wäre denn in der Berliner Zeitung zu lesen, daß er, nachdem er sich in Frack und hellem Sommermantel von den Schienen aufgerichtet hatte, das Taschentuch ausschlug und sorgsam zusammenfaltete, sein markantes, indianerhaftes Gesicht vom Mondlicht betont.

Aber so etwas will er nicht lesen, nicht in der Berliner Zeitung, nicht in anderen Zeitungen, deshalb geht er ein Stück weiter am Bahndamm entlang, in Frack und hellem Sommermantel, auf Schotter, Sand, Gras, in der warmen, windstillen, sternklaren Sommernacht, die von der Berliner Zeitung als warme, windstille, sternklare Sommernacht beschrieben wird. In solch einer Sommernacht, das ist auch Lesern der Berliner Zeitung bekannt, findet man Ruhe und

Muße zum Nachdenken, und so denkt, am Bahndamm entlanggehend, der bekannte Komponist nach: Würde es der gegenwärtigen, sehr einprägsamen Szenerie nicht erst einen Sinn geben, der die ausführliche Beschreibung in der Berliner Zeitung und in anderen Zeitungen rechtfertigte, wenn hier mehr stattfände als nur ein rasches Umsteigen vom Salonwagen in die Kalesche, die König Ludwig mit Richard Wagner nach Bayreuth bringt, wenn sich diese Szenerie vielmehr ausweiten würde zu einer bedeutsamen Szene, etwa zu einem Gespräch mit Auswirkungen, über die sich mehrfach berichten ließe, unter wiederholtem Hinweis auf die besondere, beschreibenswerte Umgebung: ein Gespräch beispielsweise über die soziale Frage?

Das würde von ihm als einem Komponisten kaum erwartet; um so bemerkenswerter, berichtenswerter wäre es, wenn er in einfachen, doch eindrucksvollen Sätzen Hinweise gäbe, Mitteilungen machte, die merklich auf den König einwirkten. Würde, ja müßte dann der Reporter der Berliner Zeitung nicht erst recht berichten, einleitend, hinleitend, wie der Komponist in Frack und hellem Sommermantel auf und ab ging, in der Nähe von Bahnwärterhaus 61, sich offenbar zurechtlegend, was er dem König sagen müßte? Müßte dann in der Zeitung nicht erst recht zu lesen sein, wie die Lokomotive anhält, zischend, wie, mit einer großen, im Mondlicht funkelnden Diamantagraffe am Hut, der König aussteigt, wie er den Komponisten umarmt, wie beide auf dem ausgerollten Teppich zur Kalesche gehen, auf deren Bock der Kutscher während der Wartezeit döst, Ellbogen auf die Oberschenkel gestützt, den Kopf mit Zylinder in die nach oben offenen Handflächen gelegt, und zuweilen fährt er auf, starrt in die Richtung, aus der bald der Sonderzug kommen soll, aber es glimmen noch immer keine Stirnlampen am Nachthorizont auf, und so sieht der Kutscher nur das Bahnwärterhaus, hinter einem der nicht allzu großen Fenster karbidweißes Licht, und er sieht den Reporter der Berliner Zeitung, der neben einem angepflockten Pferd auf einem Stuhl sitzt, den ihm wohl der Bahnwärter geliehen hat, und in einem Block auf dem rechten Oberschenkel macht er zuweilen Notizen, wahrscheinlich über den bekannten, dem Kutscher aber unbekannten Komponisten, der in Frack und hellem Sommermantel umherschlendert und zwei Tage später in der Berliner Zeitung lesen kann, daß er in Frack und hellem Sommermantel umhergeschlendert sei: dann sieht er sich, lesend, noch einmal in Frack und hellem Sommermantel umherschlendern, auf Schotter, Sand, Gras, sieht sich noch einmal auf Bahnwärterhaus 61 zugehen, an dem er, nach einem Bericht der Berliner Zeitung, anklopft, falls er sich jetzt entschließt, am Bahnwärterhaus 61 anzuklopfen und heraus käme, die Bahnwärterkappe mit dem metallenen Eisenbahnemblem in der linken Hand, der Bahnwärter, der eine stets hungrige Familie hat, die er auch ernährt durch Erzeugnisse des kleinen Gartens, dessen Zaunpfähle aus alten Bahnschwellen bestehen: mit diesem Bahnwärter könnte der Komponist während der weiteren Wartezeit über die soziale Lage sprechen, die in den unteren Volksschichten schlecht ist, auch bei der Mehrzahl der Angestellten der Bayerischen Eisenbahn, und das könnte der Bahnwärter, die Bahnwärterkappe mit dem Metallemblem verlegen oder aufgeregt in den Händen drehend, auf Wunsch des Komponisten, der mit Wink und Ruf den einfachen, verhärmten, aber braungebrannten Mann zum Nähertreten auffordert, dann auch dem König bestätigen, zwischen Salonwagen und Kalesche, das bleiche, von Hut und Kinnbart in seiner Bleichheit noch betonte Gesicht dem leise, auch stockend sprechenden Mann zugewendet, dann wieder ihm, dem Komponisten, der die Aussage bestätigt und zugleich erweitert, etwa mit Zahlenangaben: über diese einprägsame Szene würde der näher herantretende und genau hinhorchende Reporter der Berliner Zeitung gewiß ausführlich berichten, der würde ja schon beschreiben, wie der bekannte Komponist während der Wartezeit womöglich die Schotterschräge des Bahndamms hinaufsteigt, wobei man in der stillen, sternklaren, mondhellen Sommernacht weithin das Geräusch der Schottertritte, auch einzelner abrutschender, hinabkollernder Schotterbrocken hört, worauf der im Bahnwärterhaus 61 sitzende Bahnwärter wahrscheinlich aber kaum reagiert, ein Kreuzworträtsel lösend oder wohl eher in einer Dienstanweisung lesend, etwa in einem Kapitel über Ausnahmefälle, auch würde der wiederholt einnickende Kutscher dieses Besteigen des Bahndamms nicht bemerken; nur der Reporter würde beobachten, wie der Komponist in Frack und hellem Sommermantel auf den Bahndamm steigt, wie er seine Schrittweite vom Abstand der Eichenschwellen aus fränkischen Wäldern bestimmen läßt, wie er stehenbleibt auf einer der Doppelschwellen, wie er die schwarzen Lackschuhe auszieht, auch die schwarzen Seidensokken, und er balanciert barfuß auf einem der beiden mondkühlen Schienenstränge, was gewiß angenehme Empfindungen weckt, vor allem nach längerem Aufundabgehen in schwarzen Lackschuhen auf Schotter, Sand, Gras: sich dies vorstellend, geht der Komponist, in Frack und hellem Sommermantel, weiter am Bahndamm entlang, auf Schotter, Sand und Gras, hinter ihm und wieder vor ihm das Bahnwärterhaus mit der Nummer 61, an dem, wie verabredet, der Sonderzug halten wird, aus dem der König steigt, begrüßt vom Komponisten, der leise und eindringlich auf ihn einredet, während sie langsam auf dem roten Teppich zur Kalesche gehen, in der warmen, windstillen, sternklaren, mondhellen Sommernacht?

Der König, der an Schlafstörungen leidet, wandert, mit nur einem Diener als Gefolge, in seinem Wintergarten über dem Festsaal der Münchner Residenz eine Strecke ab, die der Entfernung zwischen der Münchner Residenz und Schloß Berg am Starnberger See entspricht. Bei solch einer Nachtwanderung nimmt der Diener in seinem Rucksack Proviant und Getränke mit, auch ein Tischtuch, das an gewünschter Stelle im Wintergarten ausgelegt werden kann: diese Lagerstätte läßt sich anhand einer Karte, die der Diener mit sich führt und auf der die Wanderstrecke nach Berg in gleichmäßige Entfernungsabschnitte aufgeteilt ist, verhältnismäßig rasch bestimmen, was voraussetzt, daß der Diener die gewanderten Runden genau zählt. Selbstverständlich ist der Diener darüber hinaus angehalten, die bei einer Wanderung, auch bei einer Nachtwanderung üblichen Gespräche zu führen, falls der König das wünscht. Dabei setzt der König beim Diener das Bewußtsein voraus, daß es auf solch einer Nachtwanderung kaum noch Distanz gibt zwischen einem König und seinem Volk, das durch den altvertrauten Diener vertreten wird: der bekanntlich unmittelbare Kontakt, der schon öfter beschrieben worden ist, in Büchern über Könige.

Freilich beginnt solch ein Gespräch erst jenseits der Stadt, in der freien Natur. Zwar würden eventuelle Passanten in den beiden Männern mit den Wanderstiefeln, mit den beim Wandern praktischen Kniebundhosen, mit den wetterfesten Jankern vielleicht gar nicht oder nicht sofort den König und seinen getreuen Diener erkennen, würden also eventuell aufgeschnappte Wörter oder Sätze nicht gleich auf den König und seinen Diener beziehen, die wieder einmal nach Schloß Berg wandern, weil der König bekanntlich an Schlafstörungen leidet: man könnte also durchaus, bei gedämpften Stimmen, innerhalb der Stadtgrenzen ein Gespräch führen, aber der König ist der Meinung, der überlieferten und getreulich befolgten Meinung, daß solch ein Gespräch erst ein Stück außerhalb der Stadt beginnen soll, auf der stillen Landstraße, auf der man höchstens – mal näher, mal ferner – Hunde hört, wie man sie zum Teil auch durch das Fensterglas an der Stirnseite des Wintergartens hoch auf dem Dach der Münchner Residenz hört, aus Straßen in der Nähe, aus Straßen weiter entfernt.

So wird im Wintergarten schweigend eine Strecke marschiert, die der Entfernung zwischen Residenz und Stadtgrenze und tunlichst noch ein Stück über sie hinaus entspricht. Dabei geht der König, der als König selbstverständlich das Marschtempo bestimmt, mit den für ihn charakteristischen, weit ausgreifenden Schritten, die auf den Kieswegen und Steinplatten des Wintergartens betont werden, freilich ohne den Hall, den sie zwischen Hausfronten des inneren Stadtbereichs erzeugen würden: doch hat der König diesen von verschiedenen Nachtwanderungen her gewohnten Klang im Ohr, selbst wenn er dabei das fette Pflanzengrün des Wintergartens wahrnimmt, das Stäuben des künstlichen Wasserfalls. So kann er durchaus, ohne von der Wanderstrecke nach Schloß Berg abzukommen, kurz einmal an der Voliere in der Nähe der Eingangstüre stehenbleiben, und er betrachtet die Tigerfinken und Schmetterlingsfinken, die Diamanthäubchen und Dominikanerwitwen, die Feuerweber und Napoleonweber, die stumm und reglos auf ihren Schlafästen balancieren, so wie das zu dieser Stunde wohl auch Amseln und Spatzen, Meisen und Kleiber zwischen München und Schloß Berg am Starnberger See tun.

Nach diesem kurzen Innehalten geht der König an der grün gestrichenen Bank vorbei, geht, dem Wegverlauf folgend, mit seinen weiten, raumgreifenden Schritten auf den Teich zu, der, wie es einem Teich vor allem im tropischen Bereich entspricht, von Schilfrohr eingefaßt, teilweise mit fleischigen Blättern bedeckt ist, geht mit nun dumpfem Schritt über den Holzsteg, der den Teich überwölbt, bleibt nicht am Geländer stehen, die Hände auflegend, um auf die Wasserfläche zu schauen, unter der Fischbewegungen aufglimmen: vielmehr geht er direkt in den Palmenhain, in den der Pfad führt, schaut dabei kaum hoch zu den Fächern der Fächerpalme, den Fiedern der Fiederpalme, scheint nicht den schiefergrauen Stamm der Königspalme zu sehen, die ihre welken Wedel sauber abwirft, während der Stamm der Fächerpalme von herabhängenden, braun verwelkten Palmfächern verdeckt ist, die von den Gärtnern des Wintergartens nicht entfernt werden dürfen, weil diese Umhüllung des Stamms mit alten Palmwedeln für eine Fächerpalme charakteristisch ist.

Hinter der Palmengruppe der Wasserfall, der schon vor der Palmengruppe zu hören ist: über künstliche Felsen sowie über originale Felsbrocken, die aus dem Gebirge herangeschafft wurden, läuft und stäubt Wasser herab, künstliche wie originale Felsen mit grüner Moosschicht überziehend, im Sprühbereich. Zu diesem Wasserfall schaut der König auf einer Nachtwanderung nach Schloß Berg freilich nicht hinüber, weil es auf dem Weg von der Münchner Residenz zum Schloß am Ufer des Starnberger Sees keinen Wasserfall gibt, das wäre anders bei einer Gebirgswanderung, zu der man ebenfalls von der Münchner Residenz aufbrechen könnte, ohne den Wintergarten zu verlassen; aber der König hat sich diesmal für eine Nachtwanderung zum Schloß Berg entschieden. Freilich wird deshalb der Wasserfall nicht abgestellt, der König nimmt ihn nicht wahr.

Eher existiert für ihn die zweite grüngestrichene Bank, die nach einer Pfadwendung an der hohen, von Gußeisenstangen gegliederten Glasstirnfläche des Wintergartens steht: von hier aus kann der König an föhnigen Tagen die Alpenkette sehen, über die tieferliegenden Dächer der Stadt München hinweg, dieselbe Alpenkette, die er, noch näher und damit deutlicher, bei Föhn, aber auch bei föhnlos klarem Wetter von Schloß Berg aus sieht. Freilich, in diesen (noch mondlosen) Nachtstunden sind die Alpen unsichtbar; und so geht der König mit ungemindert raschem Schritt die Glasfront entlang, blickt dabei auf das Himalayagebirge, das er auf die Seitenmauer des

Wintergartens hatte malen lassen, weil ihm föhniger Ausblick auf die Alpen nicht genügt. Überaus gebirgig dieses Gebirge: Felsaufschwünge, Geröllrinnen, steile Schneeflächen, bläulich schimmernde Spalten, Schneebrücken, messerschmale Grate, glashelle Eiszungen, funkelnde Blankeiskanten, sehr reiner Gipfelfirn.

Der nun gewundene, bergpfadähnliche Weg führt am Fuß dieses aufgemalten Gebirges durch steiniges Gebiet mit zahlreichen Kakteen, mit Feigenkakteen vor allem, mit Kugelkakteen, Säulenkakteen, sogar mit Cereus-Kakteen, die zeitweise jede Nacht weiße Blüten öffnen, nicht aber in dieser Nacht der Wanderung Richtung Berg, da würde den König das Blütenweiß der Kakteen nur irritieren, da hätte er diese blühenden Kakteen eventuell mit einer gärtnergrünen Schürze oder einem schwarzen Fotografentuch überhängen lassen. Freilich schaut der König in diesem Wegabschnitt sowieso kaum auf, weil die Pfadwendungen oft recht jäh sind.

Rasch kommt er wieder zur Eingangstüre; auf einem Holzgestell eine Schultafel, auf der hinter dem König der Diener nach jeder Runde einen Kreidestrich macht, damit er sich nicht in der Entfernung vertut, was bei den vom König gewünschten Gesprächen während einer Nachtwanderung durchaus möglich wäre, vor allem nach mehrstündigem Verlauf.

Auch unaufgefordert hat der Diener das Erreichen der freien Natur zu melden: er hat die wichtigsten Wegmarkierungen im Kopf, kann auf Wunsch fast augenblicklich mitteilen, vor oder hinter oder in welchen Ortschaften man sich gerade befindet, kann auch rechtzeitig Steigungen melden, damit der König seine Schrittweite darauf einstellt, im Palmenhain, vor der Glasfront, unter dem Himalaya. Sobald der Diener nun das Erreichen der Stadtgrenze meldet, bleibt der König, bei welchem Wanderziel auch immer, im Wintergarten stehen, um tief Luft einzusaugen, wobei sich sein Blick in Palmwedeln, Palmfächern verlieren kann. Soll der Diener bestätigen, daß die Nachtluft, Landluft besonders gut ist, so tut er das nach prüfendem Einsaugen.

Und nun erst, wenn der König erneut ausschreitet, beginnt er mit seinem altvertrauten Diener zu sprechen, zu dem ein König bei einer gemeinsamen Nachtwanderung nicht mehr die gewohnte Distanz wahrt, vielmehr ergibt sich nun der unmittelbare Kontakt, von dem er bereits gelesen hat, und der wird vielfach eingeleitet von der Frage eines Königs nach den Eltern des Dieners.

Wenn der Diener nun erklärt, er könne hierzu nichts erzählen, weil er bereits mit drei, beziehungsweise fünf Jahren elternlos war, so kann das ein König nicht anerkennen, schließlich muß ein Diener seinem König von den Eltern berichten, wenn die leutselige Stunde gekommen ist; die Erzählung darf nicht einfach ausbleiben, bloß weil der Diener zufällig keine Erinnerungen hat. Dabei könnte er, so überlegt der König, an der Voliere mit den schlafenden Tropenvögeln stehenbleibend, er könnte eigentlich gar nicht nachprüfen, würde auch gar nicht nachprüfen wollen, ob der Diener von seinen echten Eltern erzählt oder von Eltern, die vielleicht aus verschiedenen Eltern zusammengesetzt werden, aus Eltern von Freunden zum Beispiel, weil die eigenen Eltern für eine Erzählung nicht viel hergeben. Und hätte das nicht seine Berechtigung, fragt der König, noch immer an der Voliere stehend: Hätte der Vater eines der Freunde des Dieners nicht zufällig der Mann von dessen Mutter werden können?

Der Diener muß, wieder hinter dem König hergehend, nachdenken. Dieses Schweigen stört den König nicht, er weiß aus Erfahrung, daß man auf einer Nachtwanderung nicht pausenlos, sondern eher bedächtig redet, auch um zwischendurch die Nachtstille wahrzunehmen. Nein, sagt nun der Diener, er glaube nicht, daß ein anderer Mann sein Vater hätte sein können.

Fast möchte jetzt der König ein wenig unwillig werden, aber ein König bleibt auf einer Nachtwanderung freundlich entspannt, und so fordert er, den Palmenhain verlassend, den Diener auf, dennoch von seinen Eltern zu erzählen, das verkürze bekanntlich die Zeit. Und er fragt zur Anregung, ohne sich zum Diener umzudrehen, ob er nicht von armen, aber braven Eltern abstamme? Das kann der Diener nur bestätigen.

An der Glasfront entlanggehend, ohne einen Nachtstern oder den für eine Nachtwanderung günstigen Halbmond oder Vollmond zu suchen, fragt er den Diener, ob sein Vater Handwerker gewesen sei.

Das kann der Diener, nach kurzem Zögern, nicht bejahen. Aber daß er Kleinbauer, Pächter war, dies erkennt der König durchaus an.

Und seine Mutter, war sie nicht einfach und arbeitsam? Dies bestätigt der Diener.

Und sonntags ging sie in die Kirche? Daran kann sich der Diener nicht erinnern.

Nun bleibt der König stehen, schaut hoch zu den Felspyramiden und Geröllrinnen, den bläulich schimmernden Spalten und Schneebrücken, den Blankeiskanten und Eiszungen, dem überweißen Gipfelfirn: Erinnerung – ein Wort, das er nur mit verächtlicher Handbewegung begleiten kann. Solche Frauen gingen doch erfahrungsgemäß jeden Sonntag in die Kirche: sei also nicht auch seine Mutter sonntags in die Kirche gegangen? Und sie hatte eine Taftschürze umgebunden, hatte blaue Wollstrümpfe angezogen, schwarze Lederschuhe, und ihr schwarzes Kopftuch tief in der Stirn, wie auf Ölgemälden?

So könnte es gewesen sein, meint der Diener. Dann soll er auch dementsprechend erzählen!

So erzählt der Diener, den Rucksack mit Tischtuch, Proviant, Getränken hinter dem König hertragend, daß seine Mutter sonntags hellblaue Wollstrümpfe anzog und schwarze Lederschuhe, sich eine Taftschürze umband, ein schwarzes Kopftuch, und sie ging mit dem Gesang- oder Gebetbuch zur Kirche. Und nach der Kirche ging sie mit Wollstrümpfen, Lederschuhen, Taftschürze, Kopftuch, Gesang- oder Gebetbuch wieder nach Hause.

Nun bleibt der König, wie das bei einer Wanderung geschehen kann, kurz stehen und nickt: Ja, das sehe er genau vor sich. Und sie war früh verstorben? Er schreitet erneut aus, im Wegabschnitt der runden, der flachen, der säulenartigen Kakteen.

In der Tat, die Mutter war früh verstorben, irgendeine innere Krankheit.

Sanft schlägt der König mit der flachen Hand an das Drahtgitter der Voliere, ohne daß einer der Feuerweber und Napoleonweber, der Tigerfinken und Schmetterlingsfinken ein Plinkerauge öffnet, eine Plusterfeder sträubt. Damit, sagt er, sei das Kapitel Mutter erledigt, und man komme zum Vater. Wie sah der aus?

Der Diener kann, zu seinem Bedauern, den Vater nicht beschreiben. Fast möchte sich der König umdrehen, während er den Diener darüber belehrt, daß die äußere Erscheinung eines solchen Vaters mehr oder weniger feststehe. Hatte der Kleinbauer nicht, zum Beispiel, starke Handgelenke, zum Zupacken bei der Arbeit, zum Zuschlagen in der Dorfwirtschaft?

Dies kann der Diener nicht ausschließen. Nun, dann solle er dementsprechend weitererzählen! ruft der König, über die Holzbrücke schreitend mit fast dröhnendem Schritt: Wozu kam es, wenn der Vater sonntags in die Dorfwirtschaft ging, nach der Kirche?

Da war er auf dem Rückweg lauter als auf dem Hinweg, erzählt der Diener, und nachmittags war er lauter als mittags, und nachts hat es manchmal gescheppert.

Der König bleibt vor dem Wasserfall stehen, atmet tief durch, schaut auf die grünüberwachsenen Steine und Felsen, geht weiter: Ob sein Vater demnach seine Mutter geschlagen habe?

So was komme ja nun öfter vor, meint der Diener, während er, die Daumen zwischen Rucksackriemen und Schlüsselbeine geschoben, an der Glaswand entlanggeht mit den mehr als mannshohen, beinah auch mannslangen Glasscheiben zwischen Gußeisen-Einfassungen, und er blickt kurz zum Himalayagebirge.

Habe sein Vater die Mutter gezwungen, die Taftschürze abzulegen, bevor er sie schlug?

Der Diener sagt im erzählenden Ton, der dem König auf solch einer Nachtwanderung erwünscht ist, daß man solch eine Schürze gleich nach der Kirche ausziehe, »wegen dem Kochen«.

Mit dieser Antwort ist der König zufrieden; nun entsteht vor ihm so langsam das Bild einer Familie.

Und kräftig ausschreitend am Fuß des Himalayagebirges, auf dem nun zwischen Kakteengruppen gewundenen Pfad, fragt der König, ob sein Vater, dieses tatkräftige Mannsbild, nicht auf rätselhafte, zugleich großartige Weise umgekommen sei?

Der Diener kann nur berichten, daß sein Vater eines Tages nicht mehr dagewesen sei.

Dies bestätigt dem König, wie nah er den Dingen ist, er will versuchen, noch näher an sie heranzukommen! Und an der Voliere vorbeikommend, schlägt er fast übermütig an das Drahtgitter: schon schnellen Feuerweber und Tigerfinken, Diamanthäubchen und Schmetterlingsfinken, Napoleonweber und Dominikanerwitwen aus dem Schlaf, schwirren durch den Flugraum.

Sie sollen sich beeilen, sollen voranmachen! ruft der Förster seiner Frau, seinen Töchtern Vreni und Liesl zu. Alle drei tragen bereits Sonntagsdirndl mit sauberen Brustlätzen, aber noch ohne Kettenschmuck, der wäre bei den raschen, fast wirbelnden Bewegungen unablässig zu hören: eine der Töchter kehrt noch einmal mit schwingendem Reisigbesen die drei Stufen vor der grüngestrichenen Haustüre des Forsthauses, die zweite Tochter steht auf einem Stuhl, staubt das mächtige Hirschgeweih über dem Türrahmen ab, die Frau wischt noch einmal über den Tisch unter den beiden Fenstern mit Schlagläden und Blumenkästen. Alles an seinem Forsthaus muß blitzen und blinken! ruft der Förster, der ebenfalls festlich gekleidet ist: über der grauen Weste seines grünen Sonntagsforstanzugs die goldene Uhrkette mit besonders prächtigen Keilerzähnen, die im Gehtakt des ungeduldig auf und ab schreitenden Mannes pendeln. Der zieht, plötzlich stehenbleibend, die Taschenuhr an der Kette aus der Uhrentasche, läßt den goldenen Deckel aufschnappen und dabei einen fast handtellergroßen Sonnenreflex aufblitzen, schaut auf das Emailleblatt mit den römischen Ziffern, drückt den Deckel zu, versenkt die Uhr in der Uhrentasche, geht noch rascher, ja beinah heftig auf und ab am Wiesenrand, um den frischgeharkten Kies zwischen Haus und Wiese nicht zu betreten, ruft den Frauen, die alles längst schon Geputzte, Gewienerte, Polierte noch einmal putzen, wienern, polieren, zu, es würde pressieren, sie sollten endlich die Blumen auf den Tisch stellen, denn der Förster weiß, daß der König vor einem Forsthaus mit Blick in die sonnige Bergwelt gern einen ländlichen Blumenstrauß sieht. Der steht jetzt noch im kühlen Hausflur, aber gleich nach der Aufforderung eilt Vreni hinein, holt den Krug heraus, setzt ihn ab auf dem bereitliegenden Stickdeckchen: sattgelbe Schlüsselblumen, warmroter Klatschmohn, violettblaue Glockenblumen und tiefblauer Enzian – diese Blumen wird der König sehen, wenigstens für einen kurzen, königlich kurzen Moment, nachdem er sich hingesetzt hat, auf dem Polster, das Liesl zurechtlegt, und der König wird von der Vase mit den Wiesenblumen auf die Wiese mit den Wiesenblumen hinüberschauen, mit den sattgelben Schlüsselblumen, dem warmroten Klatschmohn, den violettblauen Glockenblumen, dem tiefblauen Enzian und am Wiesenrand ein Bach, dessen Blinken man zu diesem Zeitpunkt von der

Bank aus wahrnehmen kann, und auf der anderen Seite der Fichtenwald, vor der dunklen Fläche goldene Zuckpunkte: Libellen und Hummeln, auch Bienen. Über den reglosen Wipfeln das Fichtengrün der Bergflanke, darüber das Latschengrün, über der Vegetationsgrenze eine Karstfläche mit einem Wildwasserkeil, der nun freilich geröIltrocken ist, und dann: Felsbuckel, Felsspalten, Felsmauern, Felsnasen, Felsnadeln, Schneezungen, grauweiß, und Blankeis, in der Sonne smaragdgrün aufleuchtend, und hoch oben der sehr reine Gipfelfirn: westwärts stäubt im Höhenwind eine schmale Schneefahne ab; also wird vorerst keine Eintrübung von Westen die Kristallreflexe im Firnschnee, das Leuchten im Blankeis dämpfen, das Fichtenblaugrün, das Wiesengrün, die Blumenfarbpunkte: all das soll der König so sehen, wie es nun der Förster sieht, der stehenbleibt, tief durchatmend, und er ruft den umherwirbelnden Frauen zu, daß es nun wirklich pressiert, und so falten sich bei den noch rascheren Drehbewegungen der beiden jüngeren und auch der älteren Frau die Dirndlröcke glockenförmig auseinander, zeigen rote Strümpfe, knielange Leinenhosen mit Ziernähten. Rot auch die Wangen der Frauen, denn selbstverständlich sind sie aufgeregt, bereits am Vortag und ebenfalls diesen Vormittag wurde geputzt, gewienert, poliert, wurde die Jause für den König vorbereitet: längst schon liegt eine Holzplatte bereit mit Besteck, steht ein Bierkrug auf dem Tisch.

Wieder bleibt der Förster stehen, zieht die Sonntagsuhr heraus, läßt den Deckel aufschnappen, rasch der Försterblick auf die Emailfläche, und zugeklappt den Deckel, die Uhr eingesteckt; er schaut ins Tal, aus dem er noch kein Horn hört, also auch keinen Hufschlag, kein Knirschen von hartgummibereiften Rädern auf dem Sand und Kies der Fahrstraße, deren Löcher bereits Tage vorher zugeschaufelt worden waren von Waldarbeitern, die dem Förster unterstehen, der an diesem sonnigen, festlichen Tag dem König freilich lieber noch nichts von ihrer sehr harten Arbeit erzählen will, die besonders im Winter den ganzen Mann fordere, dennoch sei die Bezahlung knapp, und später, wenn sie alt wären, würde sich niemand um sie kümmern – der Förster will noch nicht als alter, im Dienst ergrauter Förster seine Stimme erheben für diese Leute, die unter den Armen des Landes zu den Ärmsten zählen, er will vielmehr, falls der König länger auf der Bank sitzt, auf dem für ihn bereitliegenden Polster, an dem für ihn, nur für ihn gedeckten Tisch mit Blick auf Wiese, Bergwald, Bergflanke, Firngipfel – der Förster will, falls so etwas der König wünscht, lieber erst aus dem Buch vorlesen, das auf dem Fensterbrett wie zufällig bereitliegt, mit einem Lesezeichen an der schönsten Stelle: das Vorlesen dieser Seiten wird die Bergstimmung des Königs fördern, wird zugleich hinleiten, sanft hinleiten zum Anliegen, das auch ein Förster haben kann.

Es wird nämlich erzählt in diesem Buch, wie ein erfundener König und ein erfundener Jäger durch Wiesen gehen mit sattgelben Schlüsselblumen, warmrotem Klatschmohn, violettblauen Glokkenblumen, tiefblauem Enzian, und auf einem schmalen Steg bleibt der König über einem gluckernden, blitzenden Wasserlauf stehen, aufatmend, tief durchatmend, und er schaut hoch in die sonnige Bergwelt, schreitet hinein in den Tannenwald, seine Schritte gedämpft auf dem rostbraunen Nadelboden, obwohl König wie Jäger schwere Wanderstiefel tragen, die Sohlen mit Eisennägeln beschlagen, die Absätze mit Eisenwinkeln verstärkt; dennoch schreiten König und Jäger leichtfüßig dahin, der Weg wird schmaler, wird zum Pfad, bald sind sie im Bereich der etwa brusthohen Latschen, schon steigen sie im Buch im Zickzackpfad die Karstfläche hoch, von der ihr Blick weit hinausgeht: tannengekuppte Bergzüge, Hügel, die ausschwingen in der Ebene, deren Horizont von Pastellfarben verwischt wird.

Freilich bleiben der König und der Jäger nicht lange stehen, so wird der König aus dem wie zufällig bereitliegenden Buch hören, denn es ist bereits Nachmittag, König und Jäger wollen den farbenprächtigen Sonnenuntergang auf dem Gipfel erleben und auf dem Rückweg den berechneten Mondschein: zwischen Sonnenuntergang und Mondaufgang sitzen denn König und Jäger auf dem Gipfel, schweigend, erst einmal, denn mit dem Sinken der Sonne, die in diesem Buch »Tagesleuchte« heißt, dringt »das Geläut von Herdenglocken herauf«, und nachdem dies ausgeklungen oder von einer aufkommenden sanften Abendbrise fortgetragen ist und nachdem der Horizont auszuglühen begonnen hat, weist der Jäger seinen König mit behutsamen, leisen Worten auf die wachsende Armut der Menschen dort unten in den Tälern hin.

Das hat der Förster mehrfach gelesen, das wird er dem König, falls der in der rechten Stimmung ist, nach der Brotzeit vorlesen, zu der nun alles vorbereitet ist; die Bewegungen der Frau, der beiden Töchter verlangsamen sich, sie gehen ins Haus, wollen sich die Ketten umhängen, die Armreife anlegen. Und der Förster hält die flache Hand über die Brauen, blickt ins Tal, in dem er noch nichts hört vom Hufschlag, noch nichts sieht von der Kalesche, dennoch schaut er rasch noch einmal, ob nun wirklich alles zum Empfang bereit ist: der Kies vorbildlich geharkt, Gedeck und Blumen auf dem Tisch und blitzend die Fenster und sauber die Schlagläden, und noch lauter scheint dem Förster das Vogelzwitschern, das Bachgluckern und satt das Wiesengrün und leuchtend das Schlüsselblumengelb und Klatschmohnrot und Glockenblumenviolett und Enzianblau: alles, wie es im Buche steht, alles, wie es der König sich wünschen wird: Fichtengrün und Latschengrün und steingrau die Karstfläche mit Schrunden und Furchen und staubweiß die Schneezungen und smaragdgrün das Blankeis und weiß, grellweiß, überweiß der Gipfelfirn mit dem um so dunkleren Blau darüber – ja, das wird den König in die rechte Stimmung versetzen!

Wegen seiner oft langwierigen Schlafstörungen, gegen die weder Cognac noch Chloralhydrat helfen, macht der König zuweilen Ausritte in der Reithalle der Münchner Residenz, mit nur einem Diener als Gefolge.

In Reitstiefeln, Reithose, Reitumhang betritt Ludwig die vorbildlich geharkte Sandfläche, am wetterfesten Hut eine lange, bei jeder Bewegung wippende Feder, deren Ausschläge besonders weit sind, wenn der König auf das von einem Reitknecht hereingeführte Pferd steigt, die Zügel packt, sich im Sattel zurechtruckt, während der Reitknecht bereits die Flügeltüre hinter sich schließt; die Feder wird ruhiger.

Der Diener, der dem König auf diesem nächtlichen Ausritt, beispielsweise nach Landsberg am Lech, folgen wird, schwingt sich nun ebenfalls in den Sattel, versucht das Pferd ruhig zu halten, denn bald, das hatte man ihm vorhergesagt, wird sich der König umdrehen, wird nachschauen, ob tatsächlich der namentlich gewünschte

Diener hinter ihm herreiten wird, die ganze Nacht lang; es ist jeweils ein junger Diener, denn er muß lange Strecken im Sattel sitzen können, ohne zu ermüden, ohne zu klagen.

Schon dreht der König sich um, schaut den Diener an, ohne Nikken, ohne den Ansatz eines Lächelns, bloß registrierend, blickt gleich wieder in die Reithalle: in regelmäßigem Abstand die Halbsäulen; an jeder dieser Auswölbungen eine Wandleuchte mit einem halben Dutzend Kerzen. Der Raum mit den insgesamt etwa zweihundert reglos brennenden Kerzen scheint bis zur kaum noch wahrnehmbaren Decke angefüllt mit Stille, die durch gelegentliche Unterbrechungen nur betont wird: ein Pferdeschnauben, ein Sattelknarren. Ohne sich umzudrehen, fragt der König den Diener nach der Uhrzeit.

Der schaut rasch auf seine Taschenuhr, meldet, es sei acht Uhr fünfundzwanzig.

König Ludwig möchte hören, wann sie demnach in Landsberg sein werden.

Wie ihm das Kollegen geraten hatten, die den König auf solchen Nacht-Ritten bereits begleitet haben, setzt der Diener einen Reiseschnitt an von acht Kilometern die Stunde; also wird man etwas über acht Stunden brauchen, ehe man Landsberg erreicht. Berechnet er für das Picknick einen Aufenthalt von einer Stunde, so wird man morgens gegen fünf in Landsberg eintreffen. Veranschlagt er für Eventualitäten eine weitere halbe Stunde, so wird es halb sechs.

Und damit, so stellt der König halblaut fest, wäre die Nacht im wesentlichen vorbei.

Durch Schenkeldruck, halblauten Zuruf setzt er sein Pferd in Bewegung, im Schritt, achtet nun, bei dieser ersten Runde, genau darauf, daß der Abstand zwischen rechtem Knie und Halbsäulen gleichbleibt, denn in dieser ersten Spur werden sie stundenlang, stundenweit reiten, sie muß exakt gezogen sein. Auch deshalb verhält sich der Diener in dieser ersten Runde völlig lautlos, er würde sich jetzt nicht einmal räuspern. Auch schaut er dem König nicht in den Nacken: das könnte er merken, darauf könnte er unwillig reagieren, denn langwierige Schlafstörungen, das weiß der Diener, erzeugen hohe Empfindlichkeit, hier kann ein unachtsamer Blick, kann ein nicht genau überlegtes Wort heftige Reaktionen auslösen.

Nach mehreren Reitrunden, in denen nur dumpfer Hufschlag,

gelegentliches Pferdeschnauben und Sattelzeugknarren zu hören ist, fragt der König, ohne sich umzudrehen, nach der Bodenbeschaffenheit.

Damit kann er nur die Bodenbeschaffenheit zwischen München und Landsberg meinen; also meldet der Diener, daß es drei Stunden zuvor zwischen München und Landsberg etwa eine halbe Stunde lang geregnet habe, daß der Staub gebunden, die Straße jedoch nicht aufgeweicht sei, die Bodenbeschaffenheit sei demnach als für diese Reise gut zu bezeichnen.

Und der König nickt, treibt sein Pferd an, reitet im Trab in der schon tiefer ausgerittenen Spur nach Landsberg, das er in früher Morgenstunde erreichen will, wenn die Kerzen in den Kandelabern ausgebrannt sind und erstes Morgenlicht eindringt durch die Fenster hoch über den Reitenden: dann wird der König den Lech rauschen hören.

Auf dem Weg dorthin müssen sich in den Augen des Königs die Wandflächen zwischen den Halbsäulen der Reithalle der Münchner Residenz allerdings auflösen, müssen die Säulen wieder rund werden, etwa im Durchmesser mächtiger Buchenstämme, und an diesen Säulenstämmen weiterhin die Kandelaber, deren Kerzen nicht blaken, nicht flackern – auch nicht, wenn der König noch rascher reitet, womöglich einen Zwischengalopp einlegt in der Buchenallee, die sich in seinen Augen hinausreiht in den Nachtraum.

Solch eine Raumerweiterung deutet sich dem Diener an, wenn der König ihn, nach weiteren schweigenden Reitrunden, auffordert, aus dem Reiseführer Angaben über das Ziel des nächtlichen Ausritts vorzulesen.

Der Diener öffnet mit vorgeübtem Griff die rechte Satteltasche, zieht das in Wachstuch eingeschlagene Buch heraus, öffnet es am Merkband, verliest folgende Angaben: »Landsberg, 590 bis 630 Meter über dem Meeresspiegel, alte Stadt auf dem Hochufer des Lech. Das Stadtbild wird beherrscht von der Stadtkirche, in Klammer 1454, in Klammer: Madonna von Multscher, Doppelklammer zu. Marktplatz mit Schönem Turm aus dem 14. Jahrhundert. Unter Dominikus Zimmermann, Bürgermeister der Stadt von 1730 bis 33, herrliche Stuckfassaden des Rathauses und der Klosterkirche. Aussicht vom Schloßberg.«

Noch eine halbe Reitrunde lang läßt der Diener das Buch aufgeschlagen; vielleicht muß er die Angaben noch einmal vorlesen, damit der König Spur hält auf dem Weg nach Landsberg. Aber der König nickt; also hat er das Ziel klar vor Augen.

Am Bahndamm entlanggehend in der vom Reporter der Berliner Zeitung als warm, windstill, sternklar und mondhell bezeichneten Sommernacht, sieht der Komponist, zum weiterhin dunklen Horizont blickend, in der Ferne die Stirnlampen der Lokomotive des Sonderzugs aufglimmen, sieht sie rasch größer werden, während er über Schotter, Sand, Gras geht, und schon sieht und hört er die Lokomotive und die drei Salonwagen bremsen, Funkenwirbel an den Bremsklötzen: das würde sich seiner Erinnerung sehr genau einprägen! Weiterhin am Bahndamm auf und ab gehend, in Frack und hellem Sommermantel, sieht er sich in Frack und hellem Sommermantel zum Salonwagen gehen, sieht sich dabei kurz zur Lokomotive blicken mit der schimmernden Pleuelstange, dem massigen, unter hörbarem Druck stehenden Kessel, atemähnlich das Zischen und Fauchen, fast senkrecht aufsteigend der Qualm aus dem Schornsteinstutzen: rasch aber, das weiß er, würde er den Blick von dieser Lokomotive wieder lösen, herantretend an die vom Bahnwärter angelehnte Holzstiege, neben der er auf das Aussteigen des Königs warten wird, auf der er freilich ebensogut in den Salonwagen steigen könnte, um den König bereits im Wagen zu begrüßen, sichtbar für die drei Zuschauer draußen: die sähen dann, wie der König sich erhebt, wie der Komponist den Kopf neigt, den Oberkörper vorbeugt, wie er sich dann, nach einem Zunicken, einem freundlichen Zuspruch des Königs, wieder aufrichtet, wobei sich den Zuschauern zeigen wird, daß der König so groß ist, wie das für einen König in Hinblick auf Repräsentationsaufgaben günstig ist, und daß der Komponist so untersetzt ist, wie ein Komponist es sein sollte, im Vergleich mit historischen Vorbildern.

Dieser Unterschied der Körpergrößen wird freilich nicht mehr so deutlich sein, wenn der König den Komponisten auffordert, sich auf den zweiten, am Salonwagenfenster stehenden Sessel zu setzen, und wenn der Komponist nun sogleich, sichtlich eindringlich, auf den

König einzureden beginnt, mit betonenden Handbewegungen. Natürlich wird man draußen wissen wollen, was der Komponist seinem König so offensichtlich Wichtiges mitzuteilen hat – der Bahnwärter am Bahndamm möchte es hören, die Karbidlampe in der linken, die Bahnwärterkappe in der rechten Hand, der Kutscher möchte es sicher ebenfalls hören, hellwach neben dem geöffneten Wagenschlag stehend, und möglichst wortgetreu möchte es der Reporter der Berliner Zeitung hören, der mit Block und Bleistift an den Salonwagen, an die Holzstiege herantreten würde: er könnte flüsternd einen der Livrierten befragen, die auf der Plattform dienstbereit stehen, bei geöffneter, sinnvollerweise geöffneter Wagentüre, durch die man zumindest teilweise hören könnte, was drinnen gesprochen würde: etwas von Fabrikarbeit?

Natürlich, das weiß der am Bahndamm auf und ab gehende Komponist, würde er über Fabrikarbeit nur so sprechen können, daß der auf das Hören von Musik, das Betrachten von Bühnenabläufen eingestellte König in seinem Befinden und Empfinden nicht gestört wird. Also würde er nicht sogleich von Maschinen sprechen, etwa von dutzendfach aufgereihten Webstühlen, die mit klatschenden, wiederholt abspringenden, gefährlich im Raum umherpeitschenden ledernen Transmissionsriemen angetrieben werden, herab von langen, durch den ganzen Websaal reichenden Antriebswellen. Auch würde der König, wenigstens zu Beginn des Berichts, keine Zahlen hören wollen, etwa zum geringen Lohn der Arbeiter, die täglich zwölf Stunden an solchen Maschinen stehen: der König muß erst einmal eingestimmt werden durch eine Beschreibung, die seine Phantasie beschäftigt, ja beflügelt. Wäre es hier nicht günstig, so fragt sich der in der warmen, sternenklaren, mondhellen Sommernacht auf und ab gehende Komponist, wenn er den Staub beschriebe, den die Hechelmaschinen erzeugen, pudriger, von winzigen Pflanzenteilen durchmischter Staub, der den Boden, die Fensterbänke, die Maschinen überzieht und ebenso die Filzhüte und Kopftücher, die Jacken und Kittel der Arbeiter, und dieser sich ständig niedersenkende, ständig vermehrende Staub wird unablässig aufgewirbelt, damit wiederum verdichtet durch die Arbeitsbewegungen der Männer und Frauen, er setzt sich juckend in Augenwinkeln fest, läßt Lippen rauh, spröde, rissig werden, macht

Schleimhäute schrundig, dringt ein in Lungenräume, läßt sich nicht auswerfen durch Husten, auch nicht durch Würgehusten, durch oft stundenlangen konvulsivischen Würgehusten.

Allerdings, würden solche Einzelheiten nicht schon unpassend, ja störend wirken in dieser warmen, windstillen, sternklaren, mondhellen Sommernacht, wäre es also nicht sinnvoller, wirkungsvoller, wenn er es vorerst bei der Beschreibung dieses Staubs beließe, wobei es freilich eindrucksvoll hochwallende Staubwolken sein müßten, betont eventuell noch durch schräg in den Saal einfallende Sonnenstrahlen?

Entsprechende Stichworte würde dann einer der Livrierten weitermelden, und sogleich würde sie der Reporter der Berliner Zeitung notieren, um später in ganzen Sätzen wiederzugeben, was der namhafte Komponist über Arbeitsbedingungen in der Textilindustrie gesagt hat, und dies wiederum könnten der Komponist und eigentlich auch der König nachlesen in dem Bericht, der den Lesern vergegenwärtigt, wie Wagner den König leise, aber eindringlich auf die schlechte soziale Lage nicht nur der Textilarbeiter, sondern der meisten seiner Untertanen hingewiesen hat, im Salonwagen sitzend, am Fenster, durch das man von außen beobachten könnte, wie der Komponist dabei fast beschwörend auf den König einredet.

Weil dies in der Tat ein außergewöhnlicher Vorgang wäre, könnte die Zeitungsredaktion auch einen Stahlstich dieser Szene bringen, ausgeführt nach genauen Angaben, vielleicht sogar nach Skizzen des Reporters, der Augenzeuge war, und so wäre in vorwiegend dunkler Wagenfläche die helle Fensterfläche zu sehen und darin die Konturen des aufrecht sitzenden Königs und des vorgebeugt sitzenden, schon an der markanten, fast indianerhaft wirkenden Nase erkennbaren Komponisten. So ungefähr sieht das der Komponist vor sich, in Frack und hellem Sommermantel am Bahndamm auf und ab gehend, zum Bahnwärterhaus 61 und wieder von ihm fort, in der windstillen, sternklaren Sommernacht, in der man Ruhe und Muße findet zum Nachdenken. Eigentlich, so denkt der auf und ab gehende Komponist, eigentlich könnte der Bildausschnitt dieses Stahlstichs etwas erweitert werden, und man sieht, ebenfalls von hinten, auch den zuschauenden Kutscher am Wagenschlag, Zylinder auf dem Kopf, Hand am Türgriff, sieht auch den zuschauenden

Bahnwärter, Karbidlampe in der rechten Hand, Kappe in der linken, sieht auch den Reporter, den die Bildunterschrift als Reporter der Berliner Zeitung ausweisen würde, und alle Blicke, was schon die Hinterköpfe anzeigen, auf die helle Fensterfläche gerichtet; die anderen Fenster des Salonwagens entweder schwächer beleuchtet oder durch Vorhänge verschlossen, bis auf jeweils einen Lichtspalt: so würden die Blicke der zuschauenden Personen im Bild und der das Bild anschauenden Leser und Betrachter auf die Fensterfläche gelenkt, in der man aufrecht sitzend den König sieht und vorgebeugt, mit betonender Handbewegung, den Komponisten, der, wie im Text vermerkt wird, auf die schlechte soziale Lage der Mehrheit der Untertanen des Königs hinweist.

Wäre es bei solch einem Gespräch nicht sinnvoller, wirkungsvoller, so fragt sich der am Bahndamm auf und ab gehende Komponist, wenn er dem König zuerst weder von der Arbeit an Webmaschinen noch von der Arbeit an Hechelmaschinen berichten würde, sondern mit einem Bericht über die Arbeit in einer Färberei begänne, so, wie er die Arbeit in einer Färberei nach einem Bericht vor sich sieht? Hier ließe sich erzählen von Bottichen, in denen Männer und Frauen Farblösungen anrühren mit Holzstangen, und Farbdämpfe steigen auf, beispielsweise in kräftigem Karmesinrot, in sattem Indigoblau, in grellem Zitronengelb, in pflanzensanftem Grün, und diese roten und blauen und gelben und grünen Schwaden durchmischen sich und in diesem Farbmischnebel schemenhaft die Arbeiter, in den Bottichen rührend, gelegentlich hustend, konvulsivischer Husten.

Reglos und schweigend, wie man das auf dem Bild der Berliner Zeitung sähe, wie man das im Text lesen könnte, würde sich der König so etwas wohl anhören, bis er schließlich aufsteht, langsam, nachdenklich, und er legt, so sieht das der in Frack und hellem Sommermantel am Bahndamm hin und her gehende Komponist vor sich, für einen wenn auch nur kurzen Moment eine Hand auf eine Schulter des Komponisten. Und danach, so wäre zu sehen, zu beschreiben, zu lesen, setzt sich der König den schwarzen Hut auf mit der Diamantagraffe, und Komponist und König treten hinaus auf die Plattform, steigen in gemessenen Bewegungen die Holzstiege hinab auf den roten Teppich, und der Kutscher und der Bahnwärter und besonders der Reporter sehen, was der Komponist deutlich vor sich sieht, tief durchatmend in der sternklaren, warmen, windstillen Sommernacht: wie er weiter auf den König einredet, ihn dabei behutsam am Ellbogen leitet. Dies könnte sich einprägen, vor allem, wenn die Umstehenden hören, zumindest an einzelnen Wörtern, daß der Komponist tatsächlich und weiterhin über die schlechte soziale Lage der Mehrheit der Untertanen des Königs spricht, bis der König wieder nickt oder sogar einen Satz sagt, der erkennen läßt, daß er dem Komponisten dankbar ist für die Hinweise: das könnte in der windstillen Sommernacht deutlich zu verstehen sein, denn inzwischen wird der Lokomotivführer den zischenden Dampf abgestellt haben; reglos und massig steht die Lokomotive da, mit großen Rädern, schimmernder Pleuelstange, schwarzem Kessel, könnte so in einem Museum stehen, im Freigelände, auf einem Abstellgleis, mit allen drei Salonwagen, und das Fenster des mittleren Salonwagens, in dem das in seinen Auswirkungen womöglich historisch gewordene Gespräch stattfand, wird durch Farbumrandung oder Pfeilhinweis betont, und vielleicht sogar sieht man von draußen Kopf und Oberkörper einer lebensgroßen Wachsfigur mit echter Kleidung, einen im Salonwagensessel aufrecht sitzenden König Ludwig zeigend, originalgetreu, sieht ihm gegenüber Kopf und Oberkörper einer zweiten lebensgroßen Figur, die den Komponisten Richard Wagner darstellt, originalgetreu, wie er vorgebeugt und mit betonender Handbewegung auf den König einredet. Und diese Szene könnte wiederum auf Stahlstichen abgebildet oder auf Fotografien reproduziert werden: hundertfach, tausendfach der Salonwagen mit der hellen Fensterfläche, hinter der man einen aufrecht sitzenden König Ludwig und einen vorgebeugt sprechenden Komponisten Wagner sieht, einen aufrecht sitzenden König Ludwig und einen vorgebeugt sprechenden Komponisten Wagner, einen aufrecht sitzenden König Ludwig und einen vorgebeugt sprechenden Komponisten Wagner, so sieht das der Komponist vor sich, in Frack und hellem Sommermantel auf und ab gehend in der vom Reporter der Berliner Zeitung als warm und windstill, sternklar und mondhell bezeichneten Sommernacht.

Zwar soll sie wie schwerelos hochschweben, aber es ist ein spürbares, damit vielleicht auch sichtbares Rucken, wenn der Trupp von Bühnenarbeitern sie in ihrer Lederaufhängung an einem Seil hochzieht, über die von weiteren Bühnenarbeitern waagrecht und senkrecht bewegten Wellenkulissen des Stroms, vor den Bergen des Bühnenprospekts: Grünhänge, aber auch Felsschrägen, Felsplatten, Felsnasen.

In dieser Schwebeposition wird der König sie sehen, in seiner Loge sitzend, allein, hinwegblickend über den Zuschauerraum, der bei einer Königsvorstellung genauso leer ist wie nun bei der Probe. So wird ihn nichts ablenken können, wenn er sie anschaut, ihr zuhört. Und dies bestärkt sie in ihrem Vorsatz, trotz der zum Singen zumindest unbequemen Aufhängevorrichtung ihre Partie mit einer Leichtigkeit und Vollkommenheit zu singen, mit der sie die beiden ebenfalls schwebenden Partnerinnen überstrahlen wird: nur dann, das weiß sie, kann sie die Aufmerksamkeit des Königs so weit wekken, daß er ihr gestattet, nach der Separatvorstellung im Vorraum der Königsloge seinen Dank entgegenzunehmen: reglos wird er dastehen, sein bleiches Gesicht betont durch den schwarzen Kinnbart, und lautlos wird sie auf ihn zugehen, um den vorgeschriebenen Hofknicks zu machen.

Sich aufrichtend wird sie ihm nicht ins Gesicht blicken, weil er es bekanntlich nicht gern hat, wenn man ihn fixiert: sie wird, während sie ihre Bitte vorträgt, auf das vergoldete Holz der Stühle schauen mit den roten Seidenbezügen, auf den Konsoltisch mit Rosenholzfurnier, auf die blaue Seidentapete mit Silberstickereien, auf die vergoldeten Bronzekandelaber, auf die Pastellbilder: diesen Raum sieht sie nach Beschreibungen vor sich, während sie über den bewegten Wellenkulissen schwebt, und schon glaubt sie zu hören, wie der König leise seinen Dank ausspricht für ihre außergewöhnliche Gestaltung dieser durch die technische Vorrichtung erschwerten Partie, und sie wird in diesem günstigen Moment fragen, ob sie für ihn einmal die Rolle der Elisabeth von Thüringen singen dürfe, denn: ließe sich nicht durch eindrucksvolle Gestaltung dieser Rolle das Herz des Königs für das Leid so vieler armer Menschen in seinem Lande öffnen? Auf derselben Bühne, über der sie jetzt schwebt, auf ihren Einsatz wartend, auf dieser Bühne würde sie im bescheidenen, ihre Körperumrisse um so schmeichelhafter betonenden Kleid der Elisabeth in den Speisesaal der Wartburg treten, der so ausgestattet sein müßte, daß sich der in seiner Loge sitzende König leicht in diese Umgebung hineinversetzen könnte: die Wände des Speisesaals mit einer Bespannung, die einer blauen Seidentapete mit Silberstickereien täuschend ähnlich sieht, und die Möbel wie Möbel mit Rosenholzfurnier und die Kerzenleuchter wie vergoldete Bronzeleuchter und in der Mitte dieses Bühnensaals eine reich gedeckte Tafel mit Tafelaufsätzen wie aus Gold und Silber, mit wiederum echten Blumenbuketts. Und an diesem Tisch wenigstens ein Dutzend Damen und Herren, prunkvoll gekleidet: mit welcher Eindringlichkeit würde sie vor solcher Kulisse die Szene gestalten, in der die junge Elisabeth die Hofgesellschaft nach der Herkunft der üppigen Speisen befragt, mit welch flammender Leidenschaft würde sie, an die Rampe tretend und über die leeren Sitzreihen hinweg zur Königsloge hochschauend, singen, daß die Vornehmen von »goldenen Tellern prassen«, während die Armen »mit einer Kruste Brot«, mit »einem Schluck Wasser aus der hohlen Hand« vorliebnehmen müßten, und dies verleide, ja vergälle ihr solche Prunkmahlzeiten, an denen sie, wie auch jetzt, nur gezwungenermaßen teilnehme: Verpflichtungen, die ihr von ihrer Rolle auferlegt würden. Und sie ißt, was der König gewiß deutlich bemerken wird, an dieser Tafel denn auch bloß zum Schein, lebt fast ausschließlich »von der Kost der Armen«, nimmt die zu sich in einem verborgenen Winkel des Schlosses, etwa unter einer Treppe, dort fällt Licht, Bühnenlicht nur auf sie, während sie singt. Und vielleicht wird sie bei dieser Arie sehen, über den leeren Zuschauerraum hinweg, daß der König nickt, nachdenklich nickt in seiner von vergoldeten Bronzeleuchtern halb erhellten Loge.

Ja, auf diese Rolle will sie sich vorbereiten, schon jetzt, in der ledernen Aufhängevorrichtung schwebend über den waagrecht und senkrecht bewegten Wellenkulissen, vor dem gemalten Gebirge.

Der König, der, mit nur einem Diener als Gefolge, im Wintergarten über dem Festsaal der Münchner Residenz bereits drei Stunden lang von der Münchner Residenz nach Schloß Berg am Starnberger See gewandert ist, macht am Rand der Straße ein nächtliches Picknick: der Diener breitet wenige Meter neben dem Weg auf einem ebenen Geländeabschnitt ein Tischtuch aus, holt mit raschen, geübten Handgriffen aus dem Rucksack Bauernbrot, Schmalz, Käse, Hartwurst, Senf, Radieschen: all dies macht für den König die Mahlzeit zur Brotzeit, wie sie zu einer Wanderung gehört. Allerdings trinkt er dazu kein schäumendes Bier, er trinkt, weil sein Magen von Medikamenten, besonders von Schlafmitteln (Chloralhydrat) lädiert ist, einen milden Tee, den ihm der Diener, neben dem steifen Damasttischtuch kniend, aus einer Thermosflasche in eine Tasse gießt, die selbstverständlich einen Goldrand hat. Lässig, wie es sich ein von bereits stundenweiter Wanderung etwas ermüdeter Nachtwanderer wohl leisten darf, liegt der König auf dem humusweichen Boden, geruhsam greift er zu Tasse und Teller, bedächtig blickt er auf die Teichfläche, weil er in dieser Phase der Nachtwanderung ebenfalls auf einen Teich, einen Fischteich blicken könnte, kurz hinter einem vom Diener durch Entfernungsberechnung bestimmten Dorf. Der König braucht nur ein Stück Brot auf die Teichfläche zu werfen, um nachzuweisen, daß es sich bei diesem Teich in der Tat um einen Fischteich handelt: sofort schnellt es konzentrisch auf das Brotstück zu, das zu dippen beginnt, Wasser blasig aufgequirlt; dies bezeichnet der König als Fischprobe.

Derart gelungene Proben stimmen den am Damasttischtuch liegenden König zufrieden, und bei einem zufriedenen König erhält sich, ja steigert sich die leutselige Stimmung, die sich bekanntlich fast von selbst einstellt, wenn ein König und ein altvertrauter Diener für einige Zeit miteinander allein sind. Nach einer längeren Wanderstrecke, auf der er schwieg und infolgedessen auch der Diener, nimmt der König nun wieder das Gespräch auf, das bei einem Picknick üblich ist. Zu den Wedeln und Fächern der Palmengruppe hinüberschauend, hinter der das Geräusch des Wasserfalls andauert, spricht der König, nachdem er ein Stück Brot und einen Bissen Räucherwurst gekaut und geschluckt hat, vom Tod des Vaters, der für ihn der Vater des Dieners war: ein, darauf hatte man sich geeinigt, plötzlicher, früher Abgang, und fand der nicht statt wie folgt? Eines Tages, oder besser: eines Nachts ging der Vater des Dieners in das Bergtal, in die Klamm, demgemäß gletschergraues Wasser, Strudel vor Felsblöcken und ein sehr schmaler Pfad, der an der Klammflanke hinaufführte, über Geröllrinnen und glasharte Eiszungen, und am Gemssprung schließlich endete die Spur?

Rasch blickt der König zum Diener, der neben dem Damasttischtuch mit den eingebügelten Falten kniet; der senkt, das Kauen sofort einstellend, den Blick, schluckt, ohne zu kauen, denn nun muß er sprechen: Von einem Gemssprung weiß er nichts.

Da lächelt der König, und dieses Lächeln ist sofort erkennbar als ein überlegenes Lächeln, und mit diesem überlegenen Lächeln schaut der König kurz hinüber zur Palmengruppe, greift, weiterhin lächelnd, zu einem der mundgerecht geschnittenen Käsestückchen, die auf einem Brett bereitliegen, legt mehrere Radieschenscheiben auf das Käsestück, muß für diese große Portion entsprechend weit den Mund öffnen, zeigt dabei angebräunte, brüchige Zähne, kaut dennoch lustvoll, zeigt jedenfalls den Gesichtsausdruck eines Mannes, der weiß, daß er sich seine Brotzeit verdient hat, schluckt ohne Hast. Wenn es nicht am Gemssprung war, sagt er, sobald sein Mund leer ist, so war es eben am Hirschsprung, jener engsten, zugleich tiefsten Stelle der Klamm, in der das Wasser in kochendem Strudel rotiert und Baumstämme wie Spanholz zerbricht. Nach dieser Formulierung greift er zur Teetasse, trinkt einen Schluck: war es Not gewesen, die den Vater zum Hirschsprung führte? Der Acker steinig, Vieh wurde krank, eines Morgens lag die beste Milchkuh auf der Weide, aufgebläht, Beine steif weggestreckt?

Eine kurze Stille entsteht, in der das Rauschen des Wasserfalls deutlicher wird, in der man einen Hund bellen hört, fern, aus einer Straße jenseits der Glaswand an der Stirnseite des Wintergartens. Der König richtet sich auf, schlägt mit raschen Schlenk- und Klopfbewegungen Krümel von der Hose, reinigt die etwas fettigen Fingerspitzen mit einem Handtuch, das ihm der Diener, der ebenfalls sofort aufgesprungen ist, hinhält; er hatte es offenbar hinter dem zusammengesunkenen Rucksack griffbereit liegen. Kaum sind seine Hände gereinigt, betritt der König den Holzsteg, über den er mit festem, beinah dröhnendem Schritt auf die Palmengruppe zugeht. Hastig steckt der Diener das Handtuch in den Rucksack, sammelt Geschirr und Besteck ein, Brot, Wurst, Käse, Radieschen, Thermosflasche, stopft alles in den Rucksack, knäult das Tischtuch zusammen, stopft es zuletzt rein, bindet den Rucksack zu, wirft ihn über die Schultern, eilt dem König nach über die Brücke, die nun auch unter seinen eisenbeschlagenen Wanderstiefeln dröhnt: er darf nämlich nicht, um den Rucksack sorgfältig zu packen, das Tischtuch faltengenau zusammenzulegen, eine Gehrunde auslassen, und er schließt sich dem von hinten wieder herankommenden König an: das würde den Abstand um die Entfernung einer Gehrunde erhöhen, auch wenn der Diener wieder unmittelbar hinter dem König herginge; also müßte er vor ihm herlaufen, dann hinter ihm herkeuchen, ihn einholen, auf dem Weg von der Münchner Residenz zum Schloß Berg am Starnberger See. Der König wünscht aber nicht, daß jemand vor ihm herläuft, dann hinter ihm herkeucht, also muß der Aufbruch für den Diener überstürzt sein.

Bereits hinter der Palmengruppe holt er den König ein, mit einem Rucksack, den der Diener von hinten nicht sehen möchte, denn da sind Ausbuchtungen, die weder seinen noch des Königs Vorstellungen von einem gut gepackten Rucksack entsprechen. So versucht der Diener, an der Glasfront entlanggehend, den Rucksack unauffällig zurechtzuschütteln, während der König mit weit ausgreifenden Schritten auf das Himalayagebirge zugeht, an dessen Geröllrinnen, Felsaufschwüngen, Blankeiskanten und Schneebrücken, gestuften Pfeilern und vereisten Felsen er kurz hochschaut, um sich dann, was überraschend wirkt, nach dem Diener umzudrehen, der ihm noch eine Antwort schuldet.

Der berichtet, daß es nicht der plötzliche Verlust der besten Milchkuh war, der seinen Vater womöglich zum Hirschsprung trieb, sondern allgemeiner: der Pachtzins; die Abgaben waren sehr hoch, auch in schlechten Jahren, selbst bei Mißernten, es blieb kaum etwas übrig für die Familie.

Der König verlangsamt seinen Schritt, bleibt in einer Pfadkehre zwischen Feigenkakteen, Kugelkakteen, Säulenkakteen stehen, schaut wieder zum Diener zurück, nachdenklich nickend: Das erscheint ihm plausibel; alles, wie es im Buche steht. Und er schaut, im Kakteenfeld am Fuß des Himalaya stehend, hinüber zur Palmengruppe, zur Teichbrücke, fragt dann den reglosen Diener, ob es nicht wenigstens einen Bruder gegeben habe, einen älteren Bruder zum Beispiel, der versuchte, die Eltern zu unterstützen?

Ja, solch einen Bruder hat es gegeben, gibt es noch, einen in der Tat älteren Bruder!

Der König nickt, lächelnd, geht weiter, freilich nur so rasch, daß der Diener hinter ihm Luft genug hat zum Weitersprechen: Vierzehn Jahre ist der Bruder älter, und er hat in einer Schuhfabrik gearbeitet, die zwar klein ist, mit der sich jedoch viel Geld verdienen läßt.

Der König schreitet an der Eingangstüre vorbei, an der Schultafel mit Kreidestrichen in mehreren Reihen, und mit quietschender Kreide macht der Diener einen weiteren Strich: vier Striche jeweils senkrecht, parallel nebeneinander, der fünfte Strich jeweils diagonal, so entstehen handliche, leicht zählbare Strichpäckchen, von denen der Diener je zwölf in eine Reihe bringt.

Ludwig geht an der blättergrünen Wand entlang, an der Voliere, in der weiterhin die Diamanthäubchen und Dominikanerwitwen, die Feuerweber und Napoleonweber, die Schmetterlingsfinken und Tigerfinken schlafend auf den Ästen hocken. Er berührt das Maschendrahtgitter nicht, während er bemerkt, daß der Bruder demnach die Familie gut unterstützen konnte.

Aber nun weist der Diener, der nach der kurzen Verzögerung an der Tafel wieder den gewohnten Abstand zum König einhält, auf ein kleines Mißverständnis hin: Er habe gesagt, daß sich mit dieser Fabrik viel Geld verdienen lasse, und er betont das Wort: mit; in dieser Fabrik dagegen sei der Verdienst kärglich. Weil ihn der König über die Schulter hinweg kurz anschaut und weil dies nur ein fragendes oder aufmunterndes Anschauen sein kann, fügt der Diener hinzu: »Was die einen zuviel kriegen in dieser Fabrik, das kriegen die andern zuwenig, die schuften sich krumm und kommen zu nichts.«

Abrupt bleibt der König auf der Brücke stehen: er stützt die Hände am Geländer ab, schaut auf die Wasserfläche. Selbstverständlich bleibt auch der Diener stehen, spricht nicht weiter, denn dieses Hinabblicken auf die Wasserfläche kann bedeuten, daß der König Ausschau hält nach Fischen. Aufglimmen von Fischsilber, Aufleuchten von Fischrot. Länger, als es zur Beobachtung dieser Fische notwendig wäre, bleibt der König stehen, reglos, die gestreckten Arme schräg aufgestützt auf dem Brückengeländer. Sehr gleichmäßig, weil durch Schritte und Wörter ungestört, das Rauschen des Wasserfalls, das Gluckern des kleinen Bachs, der Wasserfall und Teich verbindet; die sanfte Strömung hier fortgesetzt zum verborgenen Absaugpunkt hin: dort beschleunigen sich Blasen und Blattstücke, die auf der Teichfläche treiben. Der Diener schaut, weil er dem König nicht dauernd auf die Schultern, in den Nacken blicken will, zu einer der Palmen. Ohne sich umzuwenden, mit einer leisen Stimme, die eine halblaute und auch kurze Antwort nötig macht, fragt nun der König, wie weit sie noch von Schloß Berg entfernt seien.

Der Diener, nach kurzer Berechnung, spricht von sechzehn Kilometern. Da hebt der König die Handflächen vom Brückengeländer, geht weiter, Richtung Palmengruppe.

Müßte mit dieser Fortsetzung der Nachtwanderung nicht auch das Gespräch weitergeführt werden, weil dies die Stunde ist, in der kaum noch Distanz besteht zwischen einem König und seinem Volk, das durch den altvertrauten Diener vertreten wird? Wartet der König jetzt auf eine Begründung, Erläuterung des Satzes, daß die einen in dieser Fabrik zuviel, die anderen zuwenig verdienen? Der Diener berichtet, daß sich sein älterer Bruder wegen der schlechten Bezahlung einmal beschwert habe, sowie darüber, daß die Arbeiter zusätzlich um einen Teil dieses knappen Lohns geprellt würden, erstens durch Abzüge und zweitens müßten sie Auszahlungen in Waren annehmen, die hoch berechnet würden, das sogenannte Trucksystem, falls dieses Wort Ihro Majestät etwas sage. Weil der König nicht fragt, sondern rasch ausschreitet, spricht der Diener weiter über diese Warenauszahlung: Die erfolge durch ein Geschäft, auf das die Warenanweisungen namentlich ausgeschrieben seien; an diesem Geschäft solle der Fabrikherr beteiligt sein, und zwar maßgeblich; ein Teil des Arbeitslohns werde hier ›ausgezahlt‹ mit stickigem Mehl, angefaulten Kartoffeln, muffigem Speck, ranziger Butter; die Kleidungsstücke und Schuhe seien meist Ausschußware. Darüber, wie gesagt, habe der ältere Bruder sich beschwert. Und obwohl alle Punkte der Wahrheit entsprächen, seien sofort zwei Gendarmen gerufen worden, und die hätten noch im Hof der Fabrik den Bruder verprügelt, daß ihm das Blut über die Augen gelaufen sei, und er sei »ganz deppert« umhergetaumelt.

Der König, inzwischen auf dem bergpfadähnlichen Weg am Fuße des Himalaya, zwischen Feigenkakteen, Kugelkakteen, Säulenkakteen, dreht sich plötzlich um und erklärt mit Nachdruck, er wandere nicht nach Schloß Berg, um sich erfundene Geschichten anzuhören! Und er setzt, nun fast im Laufschritt, die Nachtwanderung fort, vorbei an der Eingangstüre, vorbei an der Voliere, allerdings ohne einen Blick auf die Schlafvögel zu werfen.

Der Diener erklärt nun, weil ihm das in dieser Situation notwendig erscheint, daß es ganz bestimmt keine erfundene Geschichte sei, insofern nämlich, als sein Bruder noch immer im Gefängnis sitze, und es habe bisher nicht mal eine Gerichtsverhandlung stattgefunden, seit anderthalb Jahren nicht!

Über die Holzbrücke gehend, ohne auch nur eine Hand am Geländer entlangstreifen zu lassen, erklärt der König, dies sei kein Wunder, weil es diese Schuhfabrik ja überhaupt nicht gebe.

Und er geht mit weit ausgreifenden Schritten auf die Palmengruppe zu mit Fächerpalme, Fiederpalme, Königspalme, und deutlicher hier wieder das Rauschen des Wasserfalls, und neben dem Pfad das Gluckern des Verbindungsbachs zwischen Wasserfall und Teich.

Der Diener bittet den König um Verzeihung, aber es gebe diese Fabrik wirklich, man könne sie zwischen München und Berg von der Straße aus sehen, in einem der Dörfer.

Der König durchquert die Palmengruppe, bleibt stehen, schaut sich um, erklärt, er sehe hier wahrhaftig keine Straße – wie solle man also eine Fabrik an dieser Straße sehen können? Und er bricht, was nicht seine Gewohnheit ist, schon gar nicht auf Nachtwanderungen, von einer tropischen Staude mit fettigen, fleischfarbenen Blüten einen Ast ab, hält ihn schnuppernd unter die Nase. Der Diener wiederholt, die betreffende Schuhfabrik liege in der Nähe der Straße von München nach Berg.

Der König reißt ein Blatt vom abgebrochenen Ast, zerreibt es zwischen Zeigefinger und Daumen, riecht prüfend, meint: »Deswegen kommen wir noch lange nicht an der Schuhfabrik vorbei!« Und er fragt lächelnd, wo man sich hier denn, bitte schön, befinde.

Der Diener schiebt, weil er die Hände bewegen möchte, die fast unförmig neben seiner Bundhose herabhängen, die Daumen jeweils wieder zwischen Tragriemen und Schlüsselbein, schüttelt den Rucksack ein wenig zurecht, macht damit Geschirr und Besteck hörbar, freilich nur dumpf zwischen Handtuch und Brot unter der zusammengeknüllten Damasttischdecke: »Majestät haben gesagt, wir wandern nach Berg.« Wieder lächelt der König, schaut zum ersten Mal bei dieser Wanderung hoch zur Glaskuppel des Wintergartens über dem Festsaal der Münchner Residenz, zu den Tragebögen aus Gußeisen, zu den Glasflächen, in denen sich, wenn auch matt, einige Sterne der demnach sternklaren Nacht zeigen, Sterne, die man sehr viel deutlicher und entschieden zahlreicher auf einer Nachtwanderung von München nach Schloß Berg beobachten könnte. Und der König fragt nun, den Tropenbuschzweig mit dem zerriebenen Blatt und den fetten, fleischfarbenen Blüten lässig schwenkend, in welcher Richtung bitte schön Schloß Berg liege.

Der Diener nimmt die Daumen wieder heraus zwischen Lederriemen und Schultern, zeigt, nach kurzem Zögern, in gerader Richtung den Pfadverlauf an von der Palmengruppe zum Winkel zwischen Mauer rechts und Glaswand vorn, zeigt, weil ihn der König beinah fordernd anschaut, wie aus diesem Winkel mit der grünen Bank der Weg nach links führt, an der Glaswand entlang, auf das Himalayagebirge zu, vor dem man erneut nach links einbiegt. Aber so weit zeigt der Diener doch nicht: er zeigt geradeaus, dann zögernd, ansatzweise, nach links.

»Also ingesamt schräg geradeaus?« fragt der König, mit einem fast unsichtbaren Lächeln. Der Diener nickt. Der König schlenkert den Zweig des Tropenbuschs in Richtung Wasserfall: »Schräg geradeaus, gut! Damit du mir jetzt nichts mehr erzählst von Fabriken, die nicht existieren: fünf Schritt zurück, bis an die Fächerpalme dort, und dann, im Laufschritt, versteht sich, sechzehn Schritte schräg geradeaus!« Und der König öffnet, als würde er nun erst die feuchte Wärme des Wintergartens spüren, einen Hirschhornknopf des Jankers, der für eine Nachtwanderung, besonders in den kühlen Morgenstunden, praktisch ist, prüft dann, mit tastender Hand, ob der jägergrüne, regenfeste Wanderhut noch so sitzt, wie ein Wanderhut nach der Vorstellung eines Königs auf dem Kopf eines Königs sitzen soll, nämlich: weder in den Nacken geschoben noch seitlich abgekippt, sondern vollendet waagrecht.

Der Diener, der dafür keinen Blick hat, starrt auf die Glaswand schräg geradeaus: kein Hindernis zwischen ihm und dieser Glasfläche, nur kniehohes, subtropisches Gewächs. Muß er wirklich den König darauf hinweisen, daß diese Glaswand auf einer der Außenwände der Residenz aufsetzt, und zwar einige Stockwerke hoch?

Der König winkt ihn, nun schon etwas ungeduldig, zurück an die Fächerpalme. Mit gedämpftem Klappern stößt der Rucksack an den Stamm, der unter den jährlich immer höher ansetzenden, verwelkenden, abbräunenden Palmfächern verborgen ist.

»Majestät«, sagt der Diener, und das ist ein Sprechen mit trockener Zunge, steifen Lippen, als wäre in diesem Raum Nachtfrost und Tropenhitze zugleich. »Majestät«, wiederholt er, weil der König nicht zu ihm herschaut, sondern von der Bank aus, an der er nun steht, eine der Glasflächen fixiert, die jeweils mehrere Schritte breit und übermannshoch sind, direkt auf dem Mauerwerk aufsetzend, weil nicht einmal ein Mauersockel den Ausblick auf das föhnnahe Gebirge einschränken darf, etwa von dieser grüngestrichenen Bank aus, von der aus der König freilich meist den Blick vorzieht auf das gemalte Himalayagebirge. »Majestät«, sagt der Diener noch einmal, fast rufend, und nun blickt der König zu ihm, der er am Stamm der Fächerpalme steht, hineingedrückt in die Wedel, die den Rucksack umschließen, seine Schultern und Oberarme einfassen mit trockenem Geraschel: »Majestät, ich war der Meinung, weil Sie sagten, wir gehen heute nacht von der Residenz zu Ihrem Schloß in Berg, daß wir hier auf dem Weg, auf dem wir jetzt nur noch ungefähr sechzehn Kilometer von Schloß Berg entfernt sind, daß wir da insofern –«

Aber schon löst der König den Blick von ihm, winkt zugleich ab, eine königlich knappe Handbewegung. Und sogleich, fast aus dieser Abwinkbewegung heraus, öffnet diese Hand einen zweiten Hirschhornknopf, das sieht der Diener wie durch ein Fernglas: würde der König nachts, zu dieser Stunde, auf einer Wanderung von München nach Berg den Janker öffnen? Sobald der Hirschhornknopf durch das grüngesäumte Knopfloch geschoben ist, schaut der König mit raschem Blick zum Diener, weist ihn an, mit ebenso großen wie schnellen und starken Schritten genau in die Richtung zu laufen, auf die man sich eben geeinigt habe.

Der Diener, der sich jetzt auch gern den Janker öffnen würde, möchte dringlich darauf hinweisen, daß er gegen einen der Gußeisenpfeiler laufen könnte, von denen die Glasflächen eingefaßt sind, und daß er dann kaum noch mitwandern könnte, wegen der zu erwartenden Verletzungen. Und im schlimmeren Fall könnte er in der angewiesenen Richtung direkt auf eine der Glasflächen prallen: würde diese Scheibe dann nicht nachgeben, besonders, wenn er noch den Rucksack trage, der ihn bei der Laufbeschleunigung gleichsam vorwärtswerfen könnte, ihn jenseits der Glaswand um so rascher und womöglich kopfüber hinabreißend mit Proviant, Getränken, Tischtuch?

Nun öffnet der König einen dritten Hirschhornknopf – das würde er sonst höchstens in einer warmen, windstillen, sternklaren, mondhellen Sommernacht tun. Noch einmal zeigt er die genaue Laufrichtung an: Mit sechzehn ebenso großen wie schnellen und starken Schritten solle der Diener zur Glaswand rennen. Schon nennt der König die erste Zahl, schaut dabei den Diener auf eine so herrisch fordernde Weise an, daß der bei »eins« nichts anderes tun kann als loszulaufen, heraus aus dem trocknen Geraschel der alten Palmwedel, hinüber zu der sonst nicht betretenen, mit nur kniehohem subtropischem Gewächs bepflanzten Fläche im Knick der Pfadkehre. Kein Rankengewächs, Dornengewächs, Hartholzgewächs, das ihn aufhalten, hinwerfen könnte, nur weiches, glattes, nachgiebiges Pflanzengrün, und mit lauter werdender Stimme zählt ihm der König, das Schrittempo bestimmend, mehr Schritte vor als nötig sind zum Erreichen der Glaswand. Bei dreizehn ist die Glaswand, an die sich Dunkelheit legt, schon sehr nah – kein hemmender Gußeisenpfeiler vor dem Diener. Bei vierzehn bereits spürt er die kühle Ausstrahlung der Glasfläche, aber der König ruft schon die nächste Zahl: fünfzehn. Und so glaubt der Diener, seine ebenso großen wie schnellen, starken Schritte ohne Zögern um einen fünfzehnten Schritt fortsetzen zu müssen: aufplatzend die Glasfläche, ein leiser, fast unterdrückter Ruf des Dieners, kleineres Glasgeräusch der auf dem Boden noch einmal zersplitternden Scherben, soweit sie nicht nach außen mitgerissen wurden.

In der nun plötzlich entstehenden Stille schaut der König hinüber und hinauf zum Himalayagebirge, zu den Geröllhalden und Geröllrinnen, zu den Schneehängen und Eisschrägen, zu den bläulich schimmernden Spalten, den Schneebrücken, zu den Blankeiskanten, Eiszungen, Eiswächten, Eisgraten, zum sehr weißen, fast überweißen Gipfelfirn.

Der wilde Gesang der Kaiserin Elisabeth

I

Blau zwischen hochgeballten, an den Kuppen glattgestrichenen Wolkenformationen, sehr weiß, nur an der Basis grau durchwachsen, und einige dieser kilometerhohen Wolkenwucherungen mit dünner Regenschleppe; sehr grün die Wiesen, Felder, Bäume; rein und leicht die Luft, die saugt sie tief ein, während sie losreitet, im Trab, der Hufschlag dumpf: der als weich und federnd gepriesene Boden tatsächlich weich und federnd. Ruhiger Galopp, sie springt über einen Koppelzaun, vor dem Aufsetzen die Hände am Mähnenkamm aufstützend, reitet zwischen Kühen hindurch, schwarzweiß, auch braunschwarz, springt wieder, diesmal über eine Mauer aus Steinbrocken, die Krone mit Gras und Moos gepolstert, schon fußt das Pferd auf, Domino oder St. Patrick, und Elisabeth sieht einen Holzstoß, läßt das Pferd hinübersetzen mit gewölbtem Rücken, gesenktem Hals, und weiter, über einen Baumstamm, sie lenkt mit der Hand am Mähnenkamm das Pferd schon beim Aufsetzen in eine andere Richtung, reitet einen Hang hinauf, überspringt aus der Hangschräge einen Zaun, reitet im Trab, im Schritt, im Trab, springt über ein Gatter, läßt die Gerte anschlagen, und weiter, querfeldein, sie gerät in eine der Wolkenschleppen, reitet Galopp, der Regen hart im Gesicht: irischer Regen ist besser als Gesichtspakkungen aus zerquetschten heißen Erdbeeren, als aufgelegtes Kalbfleisch. Sie reitet mit geöffneten Lippen, um diesen Regen auch zu schmecken, das helle, klare Wasser. Der Boden naß, die Hufe schleudern Dreckbatzen; sie trabt auf einer ungepflasterten Straße, reitet auf eine Mauer zu, die höher ist, auch fester gefügt als die Mauern bisher, treibt das Pferd, weite Vorlage ihres Oberkörpers, Gertenhilfe, das Pferd wölbt den Rücken auf, spitzt die Ohren, leichte Berührung der Mauerkrone mit den Vorderhufen, dann fußt es auf, ohne zu straucheln, Elisabeth pariert durch: sie sieht sich in einem Garten, vor einem langgestreckten Gebäude, aus mehreren Fenstern schauen junge Männer; Soutanenschwarz.

Kein Schutz in der Wiener Residenz bei Nordostwind: Grau dringt ein in das Dunkelgrün der Seidentapete, in das Weiß der Deckenstukkaturen, Grau durchwächst Bilderrahmen und Bildflächen, macht Gold fahl und Farben stumpf, Grau frißt sich ein in die Metallbeschläge der Möbel, in die Glaskristalle des Kronleuchters, Grau zerfrißt das Ochsenblutrot des Teppichs, löst sein Knüpfwerk auf in poröse, aschleichte Substanz, und schon frißt sich das Grau ein in ihre Schuhe auf dem Fußschemel, frißt sich ein in den Rock, frißt sich durch Falten hoch zur enggeschneiderten Taille, wächst in ihr Gesicht, das Müdigkeit anfällig macht, wächst zwischen Augenlid und Augapfel, wächst hinein in die Ohren, verdünnt das Trommelfell: überlaut die Kommandorufe, die Trommelschläge beim Wachwechsel im Innenhof, Fanfaren schneiden ins Hirn, schmerzhaft nah herangerückt die Stiefeltritte auf dem Kopfsteinpflaster, überlang schwingt eine Kirchenglocke nach, die Resonanz einer zuschlagenden Türe, eines zuklirrenden Fensters verstärkt, Schritte im Flur hört sie früher und länger als sonst, aber sie weiß: Wenn sie hinausgeht, wird sich der Nordostwind in sie verbeißen, der Kopf noch poröser, Vogellaut wird ihn von einem Ohr zum anderen durchzucken, ein Specht im Park wird mit raschem Hacken ihr Jochbein in Schwingung versetzen, auch das Schläfenbein, und diese Schwingung wird sich fortsetzen bis in den Hirnstamm, das Rükkenmark.

»Wenn Wien noch im Schlummer liegt, kann man den Kaiser schon bei der Arbeit sehen. Im Sommer um vier Uhr, im Winter meist eine Stunde später, erhebt er sich von seinem Lager, zuweilen aber beginnt seine Thätigkeit bereits um ein Uhr oder zwei Uhr des Morgens. Während des einfachen Frühstücks werden die Zeitungen gelesen, die auf dem Tische vor dem Kaiser ausgebreitet liegen. Der Monarch würdigt sehr häufig Anregungen, welche von den größeren Blättern ausgehen.«

Selbstverständlich läßt man sie vorausreiten, an der Spitze der rechts und links weit hinausgezogenen Reiterformation, der die ungarische Tiefebene kaum Hindernisse in den Weg legt; nur fern mal ein

Brunnen mit schräg hochragendem Hebebalken oder ein Haus, eine Gruppe von Bäumen; weit können die Pferde ausgreifen im Galopp und laut die Zurufe der Männer, die dabei weiße Zähne zeigen. Während Elisabeth sonst leise spricht, bei kaum geöffnetem Mund, weil ihre Zähne gelb sind und sehr anfällig, kann sie auf dieser brettflachen Ebene die Oberlippe hochziehen bis ans Zahnfleisch, denn hier bläst, so sieht das Elisabeth, der Steppenwind ihre Zähne hell, schleift ein kräftiges Weiß heraus, das sie den Männern zeigen kann. Verwandelt auch ihre Augen, die sich sonst oft melancholisch spiegeln: sie blitzen auf, und das begeistert die Ungarn: »Eljen Erzsébet!« rufen sie, »Eljen Erzsébet!« Dieser Ruf setzt sich fort zu den Flügelreitern, und von den Flügelreitern kehrt der Ruf zu Elisabeth zurück, sie antwortet mit einem leichten Gertenschlag, der ihr Pferd, St. Patrick oder Domino, noch rascher galoppieren läßt, und dumpfer das Dröhnen des Reitertrupps auf dem Resonanzboden der ungarischen Ebene.

Auf der Tischfläche vor ihr: der Teller, die Tasse, das Glas, die silberne Brotschale, die silberne Kaffeekanne – immer gleiches Arrangement der Wiener Residenz. Frische, dennoch wochenalt wirkende Blumen. Und alt der Livrierte: eisgraue Haare, eisgrauer Backenbart, metallene Litzen auf der Livree, die ebenfalls von eisgrauen Fäden durchzogen scheint. Er kommt zum Tisch: bestimmt ist jeder Schritt genausoweit wie der vorige Schritt, der folgende Schritt. Er fragt in immergleichem Wortlaut, ob er noch etwas Kaffee nachgießen soll, füllt mit ausgezirkelten Hand- und Armbewegungen die Tasse, fragt, die Kanne abstellend, nach weiteren Wünschen, aber sie schickt ihn hinaus.

Wie hart er die Fersen aufsetzt: beginnt dort schon Versteinerung? Überhaupt nicht würde es sie wundern, wenn solche Versteinerung mit jedem Schritt weiter hinaufwüchse in Hüfte, Kreuz, Schultern, wenn der Livrierte, der die Türe bereits halb geöffnet hat, stehenbliebe, nun völlig erstarrt, und steingrau der Backenbart, steingrau die Haare. Würde solche Versteinerung übergreifen auf weitere Livrierte, die meist auch schon grau sind, und steinschwer die mechanisch bewegten Beine, die langsamen Arme – sie alle erfaßt von der Versteinerung, die erst recht nicht haltmachen würde vor Hofbeamten, die mit grünen oder roten Ledermappen, goldgeprägt, durch Flure schreiten, zu Seinem Arbeitszimmer, aus Seinem Arbeitszimmer heraus?

Schon sieht Elisabeth sich aufspringen vom Tisch, an dem ihr das Frühstück nicht schmeckt, sie packt den Teller, wirft ihn gegen den Rücken des Livrierten, hört, wie zu erwarten, das Zerklirren von Porzellan, wirft gleich die Tasse hinterher, die rotierend Kaffee verspritzt, bevor sie an der Schulter des versteinerten Livrierten birst, und gleich die Untertasse, die in der Kniekehle des Livrierten zerscherbt, schon folgt das Saftglas: Klirren im Kreuz, und weiterhin bewegungslos, so sieht das Elisabeth, steht der Livrierte, steingrau, das ändert sich auch nicht, wenn sie nun die silberne Kaffeekanne schleudert, da entsteht nur eine Delle, und so rennt sie hinaus, auf knarrendem Parkett, mit raschelndem Rock, schon sieht sie einen zweiten Livrierten, ebenfalls vom Haarwirbel bis zur Ferse versteinert, reißt eine dickbauchige chinesische Vase vom Sockel, läßt sie an der mit metallenen Litzen zusätzlich versteiften Steinbrust des Livrierten platzen, springt über Scherben mit blau aufgemalten Baumkronen, Löwenfüßen, Spitzdächern hinweg, löst den Rock, der ihre Bewegungen einengt, läßt ihn fallen, sie will sich, einmal in Bewegung, leichtfüßig sehen, Taille und Brüste eng umschlossen von Sämischleder, nun kann sie, im Lauf den Takt wechselnd, auch Luftsprünge machen, und am gelösten, bis in die Kniekehlen herabgleitenden kastanienbraunen Haar spürt sie, wie rasch sie sich bewegt, vorbei an sonnenlichtgesättigten Gardinen, Vorhängen. Und sieht nun, um eine Ecke laufend, einen der bereits vor dem Versteinern partienweise steinsteifen Hofbeamten mit grüner, goldgeprägter Mappe, gefüllt mit zahlreichen, vom Kaiser unterschriebenen Verfügungen und Erlassen, auch mit eigenhändig notierten Anweisungen: für diesen Mann holt Elisabeth aus einem Zimmer eine mehrere Kilo wiegende Kaminuhr; die Säulen, Elefanten, mythologischen Figuren um ein Mehrfaches größer als die Uhr selbst mit dem weißen Emaillezifferblatt, den schwarzen römischen Ziffern: mit beiden Händen schleudert sie diese Kaminuhr, läßt sie zwischen den Schultern aufprallen, worauf erwartungsgemäß der Hofbeamte nach vorn kippt, auf dem Boden zerplatzt, zahlreich die Steinstücke.

Da bleibt Elisabeth keuchend stehen. Huscht barfuß auf dem

Parkettboden zurück, fängt mit hochgereckten Händen die Kaminuhr, die von dem sich wieder zusammenfügenden, sich fast gleichzeitig aufrichtenden Hofbeamten abschnellt, rückwärts muß sie in das Zimmer laufen, aus dem sie die Uhr geholt hat, stellt sie dort wieder auf den Kaminsims, muß dann, rückwärts durch den Flur laufend, in den Rock eintauchen, der ihre Bewegungen einengt, auch rollen sich ihre Haare wieder hoch, und sie muß die aus zahlreichen weißen Scherben mit blauen Bildfragmenten zusammenschießende Vase fangen, die von der Steinbrust des Livrierten abschnellt, muß sie auf den Sockel stellen, muß in das Zimmer zurück, muß dort die silberne Kaffeekanne fangen, nun ohne Delle, muß Saftglas und Unterteller schnappen, danach die Tasse, die den Kaffee, zurückrotierend, in der Luft wieder einsaugt, schließlich den Frühstücksteller: auf diesen Teller hinabstarrend, reglos am Tisch sitzend, hört sie, wie der Livrierte mit erstaunlich hart, fast steinschwer aufsetzenden Schritten hinausgeht, sieht am Rand ihres Blickfelds, wie sich die Türe schließt. Die silberne Brotschale. Teller, Glas, Besteck in immergleicher Zusammenstellung. Die frischen, dennoch wochenalt wirkenden Blumen. Der Teller. Die Hände neben dem Teller, flach auf dem weißen Damast. Die Brotscheiben in der Schale. Die Butter, der ungarische Schinken, der Käse, die Marmelade, das Ei. Die Tasse voll Kaffee. Die Tasse voll Kaffee.

»An jenen Tagen, an welchen keine Audienzen stattfinden, nimmt der Kaiser zwischen elf und zwölf Uhr das zweite Frühstück ein, und beginnt dann die Vorlagen der Minister durchzuarbeiten. Dieselben werden genau geprüft und oft in ihrer Fassung geändert oder sonst eigenhändig verbessert. Der Kaiser beherrscht alle Zweige der öffentlichen Verwaltung und des Staatshaushalts; bei wichtigen Berechnungen scheut er keineswegs die Mühe, lange Ziffernreihen nachzurechnen. Nach drei Uhr senden die kaiserlichen Kanzleien die ausgearbeiteten Entwürfe der allerhöchsten Entschließung; auch diese werden vor der Fertigung vom Kaiser oft noch geändert, wenn die Form nicht klar oder wirkungsvoll genug ist.«

Sie sieht sich im Galopp reiten, gefolgt von einem Pulk bewaffneter Männer: Messer und Flinten; um ihre Begeisterung sichtbar zu machen, stemmen die Reiter ihre Waffen in die Luft; antwortend hebt Elisabeth die senkrechte Lanze mit Wimpel.

Mit diesem Pulk reitet sie in slowenische Dörfer, deren Namen noch keine Geschichte haben; ungepflasterte Straßen, Hühner hochflatternd, Hunde aufgescheucht, langbärtige Popen läuten kleine Glocken, schwarzgekleidete Frauen eilen aus gekälkten Häusern, bieten der Reiterin fleischgefüllte Auberginen, reisgefüllte Tomaten an, auch Bratenscheiben, Hühnerschenkel, frisches Obst – davon vor allem ißt Elisabeth. Aus einer der Melonen löffelnd, sieht sie sich mit einer alten Frau auf einer Schilfmatte im Baumschatten sitzen, aber höchstens ein Viertelstündchen, schon schwingt sie sich wieder in den Sattel. Freiwillig schließen sich dem Pulk die wehrfähigen Männer auch dieses Dorfes an, auf struppigen Pferden, zähen Mulis, und mit Gewehren bewaffnet, die sie aus Gartenverstecken geholt haben.

Vor diesem vergrößerten Pulk sieht sich Elisabeth im Galopp aus dem Dorf reiten: da hält der Pope die flache Hand über die buschigen Brauen, da recken sich schwarzgekleidete Frauen, da steigen Kinder in Bäume und auf Dächer, um möglichst lang den Reitern nachzuschauen.

Elisabeth sieht sich weiter über Felder reiten, im Galopp, die Wimpellanze in der rechten Hand, sieht sich an Zypressenreihen entlangreiten, sieht sich durch Olivenwälder reiten, sieht sich durch Dörfer, auch Städtchen reiten, sieht sich auf einem Kiesstrand reiten: das Pferd zügeln, tief durchatmen, Salzhauch, Tanggeruch, aber auch hier kann sie sich nicht aufhalten, weiter, sie muß weiter.

Der Barren, das Reck, die Kletterstangen, die von der Decke herabhängenden Ringe, die Hanteln, der Medizinball, die Schwinghölzer: ihr Gymnastikraum in der Wiener Residenz.

Es ist still im Flur hinter der Schleiflacktüre. Elisabeth fühlt, sich anlehnend, Schulterblätter und Gesäß betont, legt nun die Hände ans kühle, weiße Türholz, beugt sich vor, läuft zu den Ringen, schnellt vom Boden ab, packt griffsicher zu, schwingt sich höher hinauf und weiter hinaus, berührt mit den Schuhspitzen die Raumdecke, kurzes Schweben, schon das Zurückschwingen, Hinabgesogenwerden, das sie in den Kniekehlen spürt, schon das Hinweggleiten über der Sprungmatte, schon wird sie hinaufgeschwenkt zur Raumdecke, und wieder, nach kurzem Schwebemoment, atemlos, das Hinabsausen, bei vorgestreckten Beinen, und sie gleitet über die Sprungmatte hinweg, läßt sich hinauftragen zum zweiten Scheitelpunkt, streckt hier im kurzen Schwebemoment die Arme aus, fühlt sich sogleich wieder von der Schwungbewegung erfaßt, die spürbar wird als Prägedruck an Schultern, Brüsten, Bauchfläche, Hüfte, aber schon ist da wieder das Schweben im Umkehrpunkt – gleichförmig betont die Fußknöchel und die Ellbogen, die Fußsohlen und die Stirnhaut, die Kniescheiben und die Schläfen.

»Zwischen fünf und sechs Uhr wird gespeist, und zwar, wenn die Kaiserin oder die Mitglieder der kaiserlichen Familie zugegen sind, mit diesen, sonst allein. An Sonn- und Festtagen finden, wenn die kaiserliche Familie vereinigt ist, meistens Familiendiners statt, an welchen dann alle anwesenden Mitglieder des Kaiserhauses theilnehmen. Sehr häufig sind hohe Staatswürdenträger und erlauchte Fremde des Kaisers Gäste an der Hoftafel; immer aber, mag auch die Tafel noch so prunkvoll und glänzend sein, zeigt der Kaiser selbst die größte Einfachheit und Mäßigkeit, wie denn überhaupt seine Lebensgewohnheiten von fast spartanischer Strenge und Regelmäßigkeit sind. Nach dem Diner werden gewöhnlich noch dienstliche Angelegenheiten erledigt, und falls nicht hohe Gäste, der Besuch des Theaters oder dringende Arbeiten eine Änderung der strengen Gewohnheit nothwendig machen, begibt sich der Kaiser meist schon um neun Uhr zu Bette, um dann die frühesten Morgenstunden dem Wohle seiner Unterthanen zu widmen.«

Beispielsweise die Bilderrahmen in Repräsentationsräumen der Residenz: seit Jahrzehnten, Jahrhunderten in ornamentaler Verkrustung erstarrter Schaum, und der wird, so sieht sie das vor sich, wieder weich, quillt, quillt, wird bald herabsickern auf die Bildflächen: schlierige Schaumzungen. Und in Kommoden, Schränken geht Leim hefegleich auf, quillt, quillt durch messerschnittschmale Fugen von Intarsienmustern, ein Quellen und Sickern zugleich aus allen Holzfugen, bald sackt es dick und pappig hinab an den Schubladen, hinab zu den Kommodenfüßen, und die schwellen an – das mag sie nicht sehen!

Keine Wolken zwischen ihr und der weißglühenden Sonnenscheibe: ihr Brustkorb weitet sich so sehr, daß sie einen Schrei ausstoßen muß, der den Ballonfahrer zucken läßt; sie lächelt ihm beruhigend zu. Da zieht er an der Schnur das außerhalb der Gondel hängende Schwingthermometer heran, wendet sich dem Barometer zu, das die wachsende Entfernung von der Erdoberfläche ablesbar macht.

Die Wolkenschicht unter ihr reflektiert weiß das Licht, in den noch fernen Alpen zeigen sich mehr und mehr Lichtkanten, Lichtflächen: in höheren Lagen bereits Schnee, vollgesogen mit Licht. Die Lichtintensität wächst, je dünner die dämpfenden Luftschichten werden, denn weiterhin wirft der Ballonfahrer Sandsäckchen ab, zwischendurch wieder auf das Barometer schauend; sobald sie, südlich der Residenzstadt, tausend Meter aufgestiegen sind, meldet er das, halblaut, denn es herrscht Stille. Kein Windgeräusch, selbstverständlich nicht, nur mal Flechtwerkknarren, Lederknirschen.

Je höher sie steigen, desto geringer erscheinen ihr Kuppen und Mulden der Wolkendecke: alles eingeebnet. Ja, und diese Schnee-Ebene erstreckt sich bis zu den Alpen; weiße Konturen, lichtgesäumt.

II

»Versetzen wir uns aus dem Lichtermeer der Residenz auf den Schwingen unserer Phantasie in die trostlose Öde des eisumstarrten Nordens! Hier lag, von eisigem Walle, den keine Menschenmacht und keine Dampfkraft durchbrechen konnte, eingeklammert, regungslos ein Schiff, auf dem ein Häuflein österreichischer Unterthanen auch das Fest ihres Kaisers feierten. Es war die Mannschaft des Schiffes ›Tegetthoff‹, das im Sommer 1872 ausgefahren war, um die Entdeckung des Nordpols zu wagen. Unter dem 79° 51' n. B. war das Schiff vom Eise eingeschlossen worden, furchtbar preßte dieses an die Planken des Fahrzeuges und drohte es zu vernichten; lang schon hatte der kurze nordische Sommer Abschied genommen und die hundertneuntägige Nacht hatte begonnen.«

Vom Bett zur schneegekälkten Zimmerdecke hinaufschauend, sieht Elisabeth ein Sturmtief nahen: schon werden Windmuster in den Schnee gepreßt, der das Jagdschloß umgibt, Schneewehen bald meterhoch. Und rasch ein Temperaturanstieg: der weiterhin fallende Schnee verwandelt in Schneeregen, und der geht über in Regen, der an den unterkühlten Bäumen zu Eis wird. Bald schon beginnen die Bäume im Sturm zu knarren, die Eishaut durchzogen von Rissen, die von anklatschenden, sogleich anfrierenden Regentropfen verdeckt werden: Stämme und Äste wie glasiert. Ebenfalls glasiert die Schloßmauer an der Windseite, glasiert auch der Schnee, zu weißen Dünen geformt: die werden von wachsender Eisschicht gehärtet. Inzwischen mag es Abend geworden sein; der Sturm nachlassend, der Himmel aufklarend, es sinkt Kälte herab. Auch nicht die allerältesten Bewohner dieses Gebäudes, dieses Gebietes werden sich an derart arktische Temperaturen erinnern; bei vielen Thermometern zieht sich das Quecksilber in den kleinen Glaskugeln zusammen.

Und sie sieht sich aufwachen an einem lichtflirrenden Morgen, steigt in Segeltuchstiefel, weil Leder bei solcher Kälte brechen würde: weite Stiefel, mit Sennegras locker gefüllt. Und zieht sich, obwohl sie bereits Hose und Pullover trägt, eine weite Hose aus Rentierfell an, eine Jacke aus Bärenfell, eine Mütze ebenfalls aus Bärenfell, dazu dicke Fäustlinge; der rechte hat auch für den Zeigefinger ein eigenes Futteral: die Fingerhaut würde sonst am Eismetall des Gewehrhahns festkleben.

So steigt Elisabeth mit der Jagdflinte über das Balkongitter, das von Eis verdickt ist, setzt ihre klobigen Stiefel auf die Eisschicht, die nicht so glatt ist, wie das vom Fenster her aussah, die Regentropfen haben beim Anfrieren eine rubbelige Oberfläche geschaffen. Die Sonne: vereiste Weißglut.

Sie geht zum Wirtschaftsgebäude; eine Türe, die nicht von Schnee zugeweht, von glitzernder Eisschicht versiegelt ist: das Winseln ihres Lieblingshunds Shadow, den sie aus einer mit Stroh reichlich gefüllten Pferdebox herausläßt; dankbar springt er an ihr hoch, nicht irritiert vom Geruch des Rentier- und Bärenfells. Zur schneegekälkten Zimmerdecke hinaufschauend, sieht sich Elisabeth wegschreiten vom Stallgebäude, ohne sich vorher um die Pferde gekümmert zu haben, Domino oder St. Patrick, für die hat sie jetzt keine Verwendung. Im Gehen saugt Elisabeth prüfend die Luft ein: saubere, nach nichts schmeckende Luft. Über ihr flirren Eiskristalle, aufblitzend vor der Sonne: Polarschnee.

Und Elisabeth sieht sich, vom Hund gefolgt, auf eine besonders hohe Schneedüne steigen, um Übersicht zu gewinnen über die veränderte Umgebung: viele vereiste Schneehügelflanken. Und sie geht in die Hocke, schliddert die nun glatte Dünenflanke hinab, das Gewehr unter die rechte Achsel geklemmt, sie stemmt den Lauf mit der linken Faust hoch, setzt so den Kolben hebelnd als Bremse an. Sich aufrichten und weiter, in gewohntem Eilschritt. Glücklicherweise, so sieht das Elisabeth, erstrecken sich einige Schneedünen in Gehrichtung, so kommt sie rascher voran.

So weit sie sehen kann: Schnee, Eis, Schnee. Um die Sonne ein kristallgelber Ring. Kein Geräusch außer Shadows Hecheln – keine Menschenstimme, kein Tierlaut. Oder hört sie doch etwas? Grunzgeräusch? Seehunde oder Kappentiere im künstlichen See? Elisabeth mahnt Shadow zur Lautlosigkeit, schaut in das Kristallflirren, bestimmt danach die Windrichtung, geht im Bogen auf den Parksee zu, sieht nun Bewegung: mit maulwurfsschaufelähnlichen Vorderflossen zieht sich die Fleischwalze zur Eiskante. Elisabeth pirscht sich näher heran in ihren Segeltuchstiefeln mit Sennegrasfüllung, sieht bald den Schweif fächeln am Ende des massiven, glatten Körpers. Das Tier hebt den Kopf, äugt, Elisabeth bleibt stehen. Sobald das Kappentier den Kopf wieder senkt, legt sie das Gewehr an, visiert ruhig, zieht ab: das massige Tier wird schlaff ohne Schrei, gleitet von der Eisscholle ins Wasser, verschwindet blasentreibend.

Auf der Plattform stehen, der hintersten Plattform des Salonzugs, der rasch fährt; entsprechend heftig der Schienenschlag, das den Körpern aufgezwungene Rütteln und Schwanken, aber sie sind durch die seitlich herabgelassenen Gitter gesichert, auch halten sie sich mit pelzgefütterten Handschuhen an den Eisenstangen fest, die Plattform und Dach verbinden, von dem Schnee herunterwirbelt.

Sie stehen mit den Rücken in Fahrtrichtung, Schneewirbel auf der Plattform, aber sie beide, das sieht sie deutlich, sind in Fellmäntel gehüllt, haben Kapuzen hochgeschlagen, ihre Gesichter jeweils umrahmt von handbreitem Fellkranz, in dem sich kleine Schneewirbel bilden. Und nun sieht sich Elisabeth den rechten Arm um die ungarische Kammerfrau legen, sie an sich heranziehen, sie taucht mit dem Gesicht ein in den Pelzbesatz, berührt Maries Wange mit den Lippen, drückt ihre Nase an Maries Nase, ihre Stirn an Maries Stirn, ihren Mund an Maries Mund, es ist für einen Augenblick völlig dunkel, beide Köpfe umschlossen wie von einer weiten, pelzgefütterten Haube, in der die Nasen wieder warm werden, und die Lippen zeigen sich beweglicher.

Splittern, Rumpeln, Dröhnen – sie braucht sich nicht erst aufzurichten im Bett, muß nicht an ein Fenster laufen, sie weiß sofort: Eisschollen schieben sich heran über Eisschollen, stauen sich an der Schloßmauer unter ihr, Eisplatten werden auf schrägliegenden Eisplatten höhergepreßt, im Erdgeschoß platzen Türen, brechen Fenster auf, überraschend schnell wird auch das Balkongitter aus den Halterungen gerammt, schon birst die Balkontüre, schon zwängt sich Preßeis herein, nachtblau, schon schieben die Eisplatten den Teppich zusammen mit seinen Ranken, Rauten, Rosetten, mit seinen Fabeltieren, Blütenbäumen, schon stemmt das Eis der Kommode die Füße weg, mattleuchtendes, dunkelbraunes Holz splittert, schon kippt die Kommode um, und es schiebt sich das Eis auf das Bett zu, in dem sie sich nun doch aufrichtet: zwischen Schloß und Wirtschaftsgebäude nur noch Eisgrieß und Eissplitt, Eisbrocken, Eisblöcke und Eisplatten, die explosionslaut bersten, und schon rammen Eisschollen den Schrank mit Klauenfüßen, Eckpilastern, Akanthusmustern, kreischend gibt das Holz nach, auch wird der gekachelte Ofen vom Eis gerammt, dann eine Konsole mit Flügelgläsern, Fadengläsern, Flötenkelchen, sehr dünnes Splittern, schon steht Elisabeth auf einem mächtigen Schollenstück, fächerförmig schieben sich die Eisbrocken, Eisklötze, Eisplatten, Eisschollen in den Raum, das quietscht auf dem Parkett.

Vor dem Fenster wächst die Preßeisbarriere, kreischend, dröhnend, doch bevor sich auch dieses übermächtige Eis in den Raum schiebt, tritt plötzlich Stille ein: nicht mal nachfallende Eisbrocken, nachächzendes Holz, nachklackernde Eisstückchen – Reglosigkeit. Und Elisabeth sieht fern am Horizont hellgelben Schimmer, ein langsames Sichaufblähen von Licht, und wieder ein Zusammenschrumpfen des Lichts, blaßgelb im Nordosten, und erneut ein Hochwachsen, Ausdehnen in breiter Lichtbahn, aus der Licht hervorzuckt in Garben, die sich verdünnen zu ausgeworfenen Lichtfäden, ein kristallhelles Grün, ein Lila, Violett – Farben lautlos übereinandergezogen, Lichtschleier, Lichtwirbel, das zuckt, schwingt: wie von Weltraumwinden bewegte Lichtmuster.

»Die Männer, welche die Zeit vom August 1872 bis zum Mai 1874 auf dem eingeschlossenen Schiffe zugebracht und von demselben die gefahrvollsten Schlittenreisen zur Erforschung der neu entdeckten Polarländer unternommen hatten, gedachten doch mit Treue und Liebe der Festtage ihres Kaisers. So erzählt Oberlieutenant Payer, der heldenmüthige Führer der Expedition: ›Am 18. August 1873, dem Geburtstag seiner Majestät unseres Kaisers, wurden die Flaggen gehißt (nur diese Form unserer Loyalität war uns übrig geblieben); unser Mittagstisch war reichlich besetzt, obgleich strenges Fasten näher gelegen wäre, denn drei Tage darauf erschien der traurige Jahrestag unserer Einschließung vom Eise.‹ Welch furchtbare Entbehrungen und Mühsale mußten noch erduldet werden, ehe die Rettung winkte, doch, war auch das eigentliche Ziel, die Durchfahrt zum Nordpole, nicht gelungen, so wurde dennoch die Kenntnis der Polarländer bedeutend vergrößert, ein neues Gebiet, das Franz-Josephs-Land, entdeckt.«

III

Im Schiffszelt sitzen, das auf Vordeck für sie aufgeschlagen wurde, Segeltuchweiß hinter ihr, über ihr, neben ihr. Und Blau vor ihr in gleichmäßiger Wasserriffelung bis zum Horizont, dort setzt Himmelsblau auf, das sich ohne Riffelung heranwölbt. Ihr Blick bis an die Grenzen des Blauraums, und zugleich: Blau, das einsickert in Hirnfurchen, Hirnfalten, Blau, das sich einfärbt in Hirngrau und

Hirnweiß, Blau in den Hirnstamm, sogar in das Rückenmark, blaue Einfärbung auch der Rippen, und Blau verdichtet im Brustbein: blaues Brustschwert. Blau, das nur Blau zuläßt, Blau, dem sie sich aussetzt. Blau, das sie mehr und mehr besetzt: das alles Nichtblaue auslöschende Mittelmeerblau. Auch Möwenweiß, mit einem Möwenschrei durch den Blauraum geworfen: rasche, starke Akzentuierung, nach der ihr das Blau noch tiefer erscheint. Eine macchiebewachsene, salbeiduftende Hangkante: über ihr eine deutliche Verdichtung des Blaus. Und noch stärker möchte sie von diesem Blau Besitz ergreifen, das sie schon besetzt hält, dunkelblau den Hirnraum durchädernd und lichtblau gesättigt die Hirnmasse, und aus dem Sehpurpur wurde Sehblau, blaugesättigt die Sehstäbchen, blaugefüllt die Gehörgänge – sie öffnet den Mund, Luftblau stülpt sich herein, wächst am Rachenzapfen vorbei in den Magen, zugleich dringt Luftblau in ihre Lungenflügel ein mit jedem der gierig tiefen Atemzüge, bis in die kleinsten Lungennebenhöhlen dehnt sich das Blau aus, bis in die feinsten Lungenkapillaren, und nun eine fast flugleichte, gedankenschnelle Bewegung in das immer blauere Blau.

»Auf Reisen erleidet die streng eingehaltene Lebensweise natürlich manche Abwechslung, obwohl der Kaiser auch auf Reisen unablässig thätig ist und alles, selbst das scheinbar Kleinste und Geringfügigste, seiner aufmerksamen Beachtung wert hält.

Man darf überhaupt nicht glauben, daß unser Kaiser, welcher vielleicht mehr als irgend ein Fürst oder selbst irgend ein noch so vielgereister Privatmann auf Reisen ist, diese etwa zu seiner Erholung unternimmt, oder sich auf denselben von den schweren Sorgen seines Herrscheramtes zu zerstreuen und auszuruhen vermöchte.«

Fahles Licht im Raum: noch Mondlicht, schon Frühlicht? Sie schaut hinauf zur Zimmerdecke, wartet auf ein erstes Geräusch, und da ist es schon: Krähen, fern, beantwortet von einem Hahn in der Nähe, und dieses Krähen findet ferne Rückantwort, die wiederum in der Nähe nachgeahmt wird, schon ist ein dritter Hahn zu hören. Hatte einer der Hähne schon gekräht, während sie schlief, oder war sie wach geworden, weil draußen diese Stille war kurz vor dem ersten Geräusch?

Außer den Hahnenschreien hört sie noch nichts: keine Hunde, keine Vögel, keine Esel, nicht einmal Wind. Sie steht auf, öffnet einen Fensterladen, saugt Luft ein: noch nicht von erhitzten Würzkräutern gesättigt, schmeckt höchstens nach Tau. Elisabeth hockt sich auf die Bettkante, Füße auf dem Tierfell: es ist morgenkühl, fühlt sich beinah feucht an. Sie krümmt die Zehen, hebt die Füße ab, steckt sie unter das Bettlaken: Schlafwärme. Elisabeth legt sich wieder auf den Rücken, wartet auf das erste Vogelgeräusch.

Darauf muß sie nicht lange warten, es löst sich aus einem Baum in der Nähe, schnellt in einen anderen Baum, trifft auf ein Vogelohr in einem sich plusternden Federbalg, fährt, nach kurzer Verzögerung, aus dem Schnabel wieder heraus, trifft in einem weiteren Baum auf Bereitschaft zum Vogellaut, der schnellt in den Baum vor dem Fenster, so entsteht ein sich rasch versträhnendes Netz von Vogellauten, vor allem in der großen, weitästigen Pinie am Haus, in der Dutzende von Vögeln übernachten: die Krone scheint sich mit dem immer dichteren Gezwitscher auszudehnen, Äste fast in das Zimmer herein, zugleich wächst der Zwitscherbaum hoch über das Dach hinaus.

Nun wird es auch im Raum heller; in dieses Morgenlicht will sie, am Fenster oder auf dem Balkon, nicht hineinschauen: das glasgrüne, metallkühle Licht zwischen Insel und Festland, es würde ihr viel zu deutlich machen, daß sie noch nicht vorgesehen ist – alle außer ihr, da ist sie sicher, werden im Haus zu dieser Stunde noch schlafen. Um wieder Schlaf zu finden, müßte sie sich, Kopf voran, einbohren in dunkle, warme Höhlungen, aber sehr wach liegt sie im Bett, die Lakenfalten nun wie mit Gips übergossen, die lassen sich nicht mehr glattstreichen, das will sie auch gar nicht erst versuchen mit tastenden Fingerspitzen. Morgenkalter Gips.

Olivenbäume auf dem Platz des Inseldorfs, säulendicke Stämme, weiß gekälkt bis zum Ansatz der stärksten Äste, auch sind Felsbrocken gekälkt, die im strohhellen Boden stecken, ebenfalls gekälkt die Gartenmauern, Hausmauern, die diese Fläche zum Platz machen, und dieses Mauerkalkweiß, Felsbrockenkalkweiß, Olivenstammkalkweiß brennt sich in ihre Augen ein, ätzt fort, was noch Farbe sein könnte im flirrenden Licht.

Und sie reitet weiter, im Schritt, an grellweißen Mauern entlang. In den Häusern, in die sie hineinschaut, um etwas Dunkelheit zu sehen, weder Menschenbewegung noch Tierbewegung, nur vage Verdichtungen des Halbdunkels.

Und weiter in diesem Flirrlicht, Sirrlicht; am Ortsrand die Häuser von der Hitze wie abgeschält bis auf den granitgrauen Steinkern; enge, manchmal schießschartenschmale Fenster, aber die meisten leer, die Mauern umschließen Hitzewürfel, das Licht über ihnen weißgluthell – da wird sie die Augen zumachen wollen, bis auf einen Sehschlitz, auch die Ohren, bis auf einen Hörschlitz, um das steinharte Schaben der Zikaden zu dämpfen, das die Lichtintensität noch höher zu treiben scheint über den Häusern, die kaum Schatten werfen.

Elisabeth hält am Rand einer Kiesgrube: sehr langsame Sommerwolken über dem weiten Trichter. Sie reitet die Hangschräge hinab: die Hufe einsinkend, gelegentliches Rutschen, doch das Pferd hält sein Gleichgewicht; sie lockert die Zügel; kollernde Steinchen, die Schräge wird noch steiler; ein Vogelpfiff; Hundebellen, fern.

Während sie sich dem Grund der Kiesgrube nähert, sieht sie hinter einem Felsblock das Paar: die Frau den Körper des Mannes fast verdeckend, bis auf Arme, Schultern, Kopf. Seine Zunge, die ihre Ohrmuschel leckt. Elisabeth läßt die Reitgerte klatschen, der Adjutant aber horcht, blickt nicht auf. So reitet sie rasch hinein in die Insellandschaft jenseits der offnen Sandgrube, dreht sich nicht um.

Mittagswind in den Pinienästen, Nadeln vor der Sonnenscheibe verflirrend, aber sie sind zahlreich genug, daß Schattenwirkung bleibt: so kann Elisabeth hochblinzeln, während sie, windgeschaukelt in der Hängematte, Marie zuhört, die auf einem Klappstuhl sitzt und wunschgemäß ungarisch spricht – beinah singendes, fast einlullendes Ungarisch.

Der Wind läßt kurz nach, das Zikadenschrillen wird intensiver, Zikaden auf der Pinienrinde, trocken schwingende Hinterleiber unter durchsichtigen, gefleckten Flügeln. Über einen der Äste huscht etwas mit hitzelichthellem Fell, eichhörnchenähnlich, freilich mit Rattenschweif, zähledrigtrocken, Rindenbast löst sich unter den

Krallen. Mit trocknem Knacken spreizen sich Pinienzapfenlamellen noch weiter ab. Da ist ihr der wieder auffrischende Wind höchst willkommen.

Könnte Marie nicht auf den Klappstuhl steigen, und sie spricht in Ohrenhöhe? Schon rafft Marie das knöchellange, weiße Kleid, und Elisabeth kann, windgeschaukelt, wieder hochblicken in das Nadelflirren vor der Weißglutscheibe, in das stärkere Astpendeln im breitbrüstig fauchenden Mittagswind, der sich ins Kleid schiebt: über den Beinen ist es nur zusammengelegt, so kann der Wind es aufschlagen, in der Taille ist es nicht streng mit einem Gürtel zusammengefaßt, taillenaufwärts ist es nicht mehr zugeknöpft, so kann sich wiederholt eine Handvoll Wind zwischen Kleidstoff und Brusthaut schieben.

Freilich, da sind nun auch Zapfenlamellen, über ihr abgelöst vom Wind, die brennen sich ein in die Haut, und es fallen Piniennadeln herab als Lichtstäbchen, auch sie brennen sich ein, und Bastfetzen, Rindenstückchen, gelöst von huschenden Hitzetierchen; diese auf Elisabeth herabfallenden Hitzepartikel, ja Hitzeplacken könnten zu Hitzeflächen verschmelzen, auf ihrer Armhaut, Gesichtshaut, Schulterhaut, Beinhaut, aber rechtzeitig kann sie Maries Hand pakken, trockene, feste Hand, und sie zieht die weiterhin ungarisch sprechende, zugleich aufatmende Marie an sich heran, auf der Hängematte aus Segeltuch: schon verkleinert sich die Zahl der Hitzetiere, dünnt das Zikadengeschrill aus; die Ungarin spricht weiter, Elisabeth spürt Maries Bauchdecke beim Sprechen. So schließt sie die Augen. Das Sprechen. Der Wind.

Der Schiffsbug in den Sturm gerichtet, den Meltemi, und auf Vordeck der Segeltuchtrichter, den sie bauen ließ nach dem Vorbild des kleinen Windsacks auf der Kommandobrücke. Den Holzring der Eintrittsöffnung muß ein Mann mit den Proportionen des Goldenen Schnitts ausmessen können bei gespreizten Beinen und hochgeschrägten Armen; von Holzring zu Holzring wird der Durchmesser geringer; Elisabeth liegt in der engsten Stelle des Trichters; die Austrittsöffnung hinter ihrem Kopf; ihr Kleid hat sie abgelegt, auch die hautenge Unterwäsche aus Sämischleder, hat alles in einem Seitensack verstaut.

Sich hineinwölbend in die mannsweite Öffnung, versucht der Sturm seitwärts auszubrechen, aber das Segeltuch ist straff gespannt; so wird der Sturm verdichtet in einer von Holzring zu Holzring wachsenden Beschleunigung: prallt gegen ihre Fußsohlen, läßt die Zehen klaffen, Sturmwinseln in Zehenzwischenräumen, fährt an den Schienbeinen hoch, poliert die Kniescheiben, umschließt die Oberschenkel, wirbelt in den Schamhaaren, preßt die Bauchfläche glatt, betont das Brustbein, umstrudelt die Brüste, deren Warzen steif sind, massiert die Unterarme, Oberarme, stemmt sich in die Achselhöhlen, die sie nur in knappen Schlitzen freigibt, und mächtig die Einwirkung auf ihre Schultern, erneute Verdichtung am Unterkiefer, und das ist gut gegen Hauterschlaffung, Fettgewebsbildung; ihr Kopf schlägt hin und her, wenn sich Turbulenzen bilden, die rhythmisch sind, sie muß mit aller Muskelkraft den Kopf stillhalten, nur so kann der Meltemi gleichmäßig ansetzen zwischen Hals und Kinn, an den Wangen, und es faucht, jault in den Ohren, das gelöste, kastanienbraune Haar wird glatt gezerrt; wenn ihr der Meltemi körperhart die Luft abpreßt, gibt sie einen Vokallaut frei, der ihr von den Lippen gerissen wird, zur Sturmaustrittsöffnung hinaus, und den niemand an Bord hört.

»Im Winter bei Frost und Regen, im Sommer bei Staub und Hitze reist der Kaiser bei Tag und Nacht nie anders als im offenen Wagen; auch bei seinen Eisenbahnfahrten arbeitet er gewöhnlich bei geöffnetem Fenster. Denn die Arbeit ist der Inbegriff seines Lebens und auf der Reise arbeitet er eher mehr denn weniger als sonst. Die Sorglosigkeit, mit welcher er sich allen Unbilden der Witterung aussetzt, ist die Ursache seiner Frische und Unermüdlichkeit; dadurch härtet er sich ab und vermag ohne Schaden für seine Gesundheit die größten Strapazen und den jähesten Temperaturwechsel zu ertragen. Dreißig Grad Hitze und sechzehn Grad Kälte üben auf seine geistige und körperliche Frische durchaus keinen störenden Einfluß.«

Griechischer Torf – noch nie hat sie griechischen Torf gesehen auf Korfu, hat nie von griechischem Torf gehört, von griechischem Torf gelesen, und doch verbinden sich die beiden Wörter. Griechischer Torf: setzt Hitze frei ohne Verbrennung.

Elisabeth liegt auf dem Bett, keine Luftbewegung im Raum, obwohl die Türe offensteht zum Flur, zum Balkon an der Schattenseite des Hauses – reglos die Hitze, griechische Torfhitze, die schichtet sich wie Backsteinziegel rund um sie hoch. Ihre Haut trocknet aus, auch nimmt der Feuchtigkeitsgehalt von Gewebsschichten ab, das glaubt sie zu spüren. Und höher schichten sich die Hitzetorfziegel, sind bald so hoch, daß ein Ruf kaum noch hinausdringen könnte, sie hört nur noch Knistern, Knacken in der Zimmerdecke, aber das engt sich ein, dünnt sich aus, denn die schwingenden Hitzetorfziegel fügen sich über ihr zusammen: ein Hitzegewölbe.

Galopp, die Hügelflanke hinauf; trockene Macchie. Auf dem Hügelkamm pariert sie durch: der Adjutant in windloser Mulde, mit beiden Händen hat er an den Hüftknochen eine magere junge Frau gepackt, ihr Gesäß an seinem Bauch, ihr Oberkörper schlaff nach vorn hängend, und mit jedem Stoß schlenkern die Arme und Hände; der Adjutant wirft den Kopf in den Nacken, bleckt die Zähne, läßt den Kopf wieder nach vorn kippen, schaut auf den Rükken, der bei jedem Stoß vorschwingt; Elisabeth sieht, daß die Schlenkerhände zwei Rinnen in den Sand gewischt haben.

Steinkollern, Sandrieseln, und schon reitet sie im ausgetrockneten Bachlauf, zwischen hellgrauen, meist runden Steinbrocken. An einer Felsplatte sitzt sie ab, löst das Bündel hinter dem Sattel, breitet die bunte Decke aus, halbiert die kopfgroße Melone, viertelt sie. Sonnenwarmes Fruchtfleisch im Mund, Fruchtsaft aus den Mundwinkeln. Die Stirn in die halb leergegessene Melonenschale pressen, Augen, Nase, Wangenknochen, Kinn, der Saft läuft zum Hals hinab, und den umschließt nun die noch enger zusammengepreßte Melonenschale. Sie streift ihr Reitkleid hoch, massiert mit frischem Melonenkeil ihr rechtes Knie, läßt das Fruchtfleisch, das weiterhin Saft verliert, über den Oberschenkel gleiten, wechselt über zum linken Oberschenkel, zum linken Knie, massiert die Innenseiten der Oberschenkel, die Melonenschale mit beiden Händen gepackt. Dabei muß sie, näher an das Sämischleder herankommend, die Beine weiter auseinandernehmen; sie massiert, bis die Schale leer ist, schlenkert sie weg, sitzt mit klaffenden Beinen auf der Felsplatte, läßt den Saft antrocknen. Und sie öffnet ihr Kleid, zieht die Arme aus den Ärmeln, läßt das Oberteil über den Gürtel herabhängen, löst das Leibchen aus Sämischleder, massiert die Brüste mit einem frischen Melonenkeil, Saft rinnt über die Bauchfläche, sickert in den Kleidstoff am Gürtel, fester pressen ihre Hände die Melonenschale zusammen, die schmatzend an Fruchtfleisch verliert, sie steht da mit fruchtsaftglänzenden Brüsten, fruchtsaftglänzender Bauchfläche, steigt aus dem Kleid, zieht rasch das Höschen aus, legt ein frisches Melonensegment auf die Steinplatte, Fruchtfleischgrat nach oben, setzt sich, langsam, auf das Fruchtfleisch, ruckelt sich zurecht.

Hinter einem Felsvorsprung stehen, hinausschauen auf das Meer, das gischtgekuppte Wellen herantreibt, Gischt von den höchsten Wellenkuppen abfetzt, Sprühwasser über dem kleinen Strand, Sprühwasser die Felswand hoch, dort zerrt der Meltemi an Macchie, wirft Möwen umher. Ungarisch, weil sie in solch einer Situation nur ungarisch sprechen will, ruft Elisabeth der Marie zu: »Los!« Und sie laufen hinein in den Sturm, ihre linke Hand in Maries rechter Hand, und so werden beide Frauen von einer besonders starken Bö in den Sand geworfen. Sie kriechen weiter. Gischt klebt die Ärmel an die Arme, preßt die Röcke an die Oberschenkel, und Elisabeth spürt, wie die Rocknähte platzen, doch sie kriecht weiter, vom Meltemi in eine Hohlform gepreßt, die ihre Umrisse bestätigt, auch stülpt sich der Sturm in ihren schreiend geöffneten Mund, füllt ihn hart aus, drückt sich hinein bis zum Rachenzapfen, auch bei Marie, der sie zuruft, sie solle den Rock am Saum festhalten: mit einem Nahtknirschen, das in diesem Tosen freilich nicht zu hören ist, kriecht sie aus dem Rock heraus, der hinübergewirbelt wird zur Felswand. Der Sturm modelliert Elisabeth nun noch härter, läßt ihre Haut glänzen vor Feuchtigkeit, läßt sie prickeln, ja brennen vom Sand, den er mitwirbelt, und wieder preßt eine Bö die Frauen auf den Boden, Elisabeth rollt an Marie heran, packt sie lachend am Rocksaum, Marie kriecht weiter, der Rock fliegt über die Sandschräge zur Felswand; Marie trägt keine Unterwäsche aus Sämischleder sondern aus ungarischem Leinen, das dunkelt nun ein im salzfeuchten Sturm, die beiden Frauen schreien und lachen, gern läßt sich Elisabeth von einer wieder sehr starken Bö aus der Kriechbalance bringen und zu Marie hinüberrollen, die sie auffängt; die beiden Frauenkörper rollen in eine Sandkuhle, über die der Meltemi hinwegfegt; sie halten sich umklammert, Elisabeths rechter Oberschenkel zwischen den Oberschenkeln der Marie, und Elisabeth streichelt ihre Schenkel, würde gern auch dort streicheln, wo Marie noch sanfter, weicher ist, aber das geht, denkt sie, zu weit, womöglich hat sie sich überhaupt schon zu weit vorgewagt, und so rollen die beiden Frauenkörper aus der Mulde heraus, kriechen rückwärts, lassen sich von Salzgischt und Sand scharf nachmodellieren auf der Schräge, und folgerichtig kriechen die Frauenkörper wieder in die Röcke zurück, die sich von der Felswand lösen, rasch schließen sich die Nähte, die beiden Frauen erreichen die Stelle, an der sie der Sturm zum erstenmal in den Sand warf, aber sie müssen nun wieder laufen, zurück.

»Wenn der Kaiser irgendwo ankommt, bringt er zunächst seinen Anzug in Ordnung, was immer nur wenige Minuten erfordert. Dann nimmt er die Deputationen und Petitionen der Bevölkerung entgegen. Die Vorstellungen dauern oft bis Mitternacht. Franz Joseph schläft nie mehr als fünf Stunden, auf Reisen selten so lange. Dagegen kommt es im Verlaufe des Tages wohl vor, daß er sich erschöpft zurückzieht, alle Fenster und Thüren der von ihm bewohnten Zimmer schließen läßt und sich auf ein Sopha wirft. Nach einer halben Stunde nimmt er dann seine Thätigkeit wieder auf und zwar mit einer Rüstigkeit und Frische, als ob er die ganze Nacht geschlafen hätte. Voll unermüdlicher Ausdauer thut und sieht er alles selbst, entscheidet kurz und entschlossen auf die ihm vorgetragenen Bitten, liest und erledigt jede Petition entweder selbst sofort oder versieht sie mit einer kurzen Entscheidung, die er dann einem seiner Beamten zur Ausführung überträgt. So reist der Kaiser und so unterhält er sich auf seinen Fahrten – wahrlich erst auf einer seiner größeren Touren muß man ihn gesehen haben, um zu wissen, was es heißt, ganz in seinem Berufe aufzugehen.«

Hitze, gespeichert unter dem Dach, eingebacken in Wandziegel, eingefugt in Terrakottaböden, eingewebt in Vorhängen, eingeschlossen in Schränken, eingenistet in Betten. Hitze hochflirrend auf der Terrasse, hochflimmernd zwischen Olivenbäumen und Zypressen. Draußen hebt Windbewegung kaum mal eine Hitzeplacke ab, schlüpft kühler zwischen Placke und Haut; also kann sie gleich im Zimmer bleiben, auf dem Bett liegend.

Am dichtesten die Hitze an ihrem Gesicht, liegt auf wie eine Maske, helle Maske, teigige Maske, heiße Teigmaske: schon lassen sich die Lider kaum noch öffnen – aber was will sie noch sehen? Die Teigschicht über den Augenlidern dicker werden lassen, auch auf den Brauen, der Stirn, den Schläfen, den Wangenknochen, dem Kinn, und die Teigmaske wächst zum Hals herab, Teig wächst über ihre Schultern, ihre Arme, die Brüste, den Rücken, den Bauch, die Kreuzmulde, die Gesäßhälften, über die Hüftknochen, die Hände, die Oberschenkel, die Knie, die Unterschenkel, die Füße.

Ja, so will sie es haben: von den Fußsohlen bis zur Schädeldecke eingefaßt sein von einer in gleichmäßiger Mittagshitze bräunenden Teigschicht. Aber das kann sie nicht sehen, sich aufrichtend, auch kann sie nicht die Handflächen ausschicken, tastend, diese Glätte müßte Er ihr bestätigen.

Also auch bei Ihm: Teig wie Schwimmhäute zwischen den Zehen, Teig, der die kleinen Haare einfaßt auf den Fußrücken, über den Knöcheln, Teig, der die Unterschenkel hochwächst, Teig, der in den Kniekehlen, über den Kniescheiben elastisch bleibt, Teig, der wieder etwas verhärten mag auf den Oberschenkeln bis zu den Leisten, den Hüftgelenken, Teig, der die Hoden umbackt, das Glied, zwei Semmeln, ein Kleinbrot, und Teig bedeckt hellbraun die Bauchfläche, die Brust, faßt den Hals ein, selbst der Adamsapfel eingebakken, Brotknoten, unter dem sich nichts mehr rührt; der Gesichtsteig liegt so dick auf, daß Strohhalmstückchen reingeschoben sind in die Nasenlöcher. So tappt der Kaiser teigblind, brotblind heran, bleibt stehn an ihrem Bett.

Die Brotschicht darf nicht bröckeln, nicht platzen, also bringen zwei Livrierte ein mannslanges Brett herein, legen ihn behutsam drauf, heben, sich mit diskreten Augenzeichen verständigend, das Brett an, Brettkante an die Bettkante, erneutes Augenzeichen, und er bleibt mit seiner linken Schulter an Elisabeths rechter Schulter liegen. Sogleich gehen die beiden Livrierten hinaus. Lautlosigkeit, Reglosigkeit. Eine Handvoll Teig läßt sie in seiner Achselhöhle nachwachsen, damit der Männergeruch, Schweißgeruch abgedeckt ist; rasch bäckt auch dieser Teig in der Ofenhitze des Mittags; unablässig wird griechischer Torf nachgelegt.

Nun darf sich sein Ellbogen auf ihre hellbraune Bauchfläche legen, sein Unterarm darf hinaufklappen zu ihren Brüsten, seine Hand darf ihre Schultern berühren: alles glatt nach Wunsch. Das darf seine Handfläche bestätigen bis an ihre Brustspitze, auf der kein krustig gebackener Teigknoten sitzt.

Fortgesetzt der Backvorgang, fortgesetzt zugleich die Teigwerdung: Haut und Teighaut sind eins geworden, also kann der Teig von der Kruste tiefer in sie hineinwachsen, weißes Brot, leicht, porig, Stoff ohne Erinnerung: durchwächst ihre Füße, ihre Hände, ihre Unterschenkel, Unterarme, Oberschenkel, Oberarme, beginnt ihren Rumpf zu durchwachsen. Freilich, das weiß sie: es will fleischfeucht bleiben zwischen Schamlippen und Muttermund, aber auch hier muß sie trocken werden, sie zieht den Kaiser mit beiden Armen, ohne dabei Krusten abzusprengen, auf ihre Bauchfläche, Brustfläche: durch und durch ist er Brot geworden, leicht, sauber, trocken, duftend. Nur unten, an den beiden Semmeln, ist etwas spürbar wie Pulsschlag, und sie hört es leise knarren, während es sich zwischen ihren Oberschenkeln aufrichtet, die sanft gespreizt sind: das wächst in sie hinein, ohne Rucken, Stoßen, Beißen, Brennen, füllt sie aus, gleichmäßig nach vorn und seitwärts wachsend. Reglos sie, reglos er, während es weiterwächst, brotweiß durch den Muttermund, brotleicht in die Gebärmutter. Endlich ist der Hohlraum gefüllt bis in die letzte feuchte Faltung, Verlappung. Nun verbackt in der zikadenschrillenden Mittagshitze sein Brotteig mit ihrem Brotteig.

Und sie öffnet die Lippen, sucht mit ihnen seine Nase, aus der die beiden Strohhalmstückchen ragen: das erste zieht sie rupfend heraus, spürt dabei, wie leicht und gut durchbacken er ist, dreht den Kopf seitwärts, löst mit leichtem Zungendruck den Strohhalm von den Lippen, dreht den Kopf zurück, rupft den zweiten Strohhalm heraus, bläst ihn seitlich weg, saugt den frischen Brotduft ein, öffnet den Mund nun weiter, leises Knirschen, sie dringt ein in das Weiße, Leichte unter der Kruste, reißt einen Mund voll Weißbrot heraus, schluckt es. Und sofort setzen die Zähne wieder an, reißen noch ein Stück aus dem Brotwulst, der seine Lippen markiert: weiß aufgefetzt die Krustenfläche, sie sieht es mit geschlossenen Augen. Fast stofflos gleitet es durch ihre Speiseröhre in den Magen, und sie reißt ein großes Stück Brot heraus am Nasenhöcker, schluckt, beißt gleich wieder hinein, schluckt rasch, beißt sich tiefer hinein in diesen Brotkopf, der schon leichter auf ihrem Kopf liegt, hat bald schon weggebissen, was mal Lippen und Kinn, Nase und Wangenknochen, Augen und Stirn bildete, beißt eine Mulde hinein in den Kopf, hebt ihren Kopf, hineinbeißend, höher an, ist elastisch geblieben, kastanienglatt, brotwarm, keine Risse in ihrer Brotschicht, beißt nach, bald liegt der von innen her ausgenagte Kopf über ihrem Gesicht, sie beißt sich durch die Kruste vor zu den Brotohren, zerkaut sie rasch, beißt sich durch die Brotstirn, durch die Brotschädeldecke, selbst die Haare sind Brotsubstanz geworden, da kann sie sich konsequent vorbeißen und nach wie vielen Kaubewegungen ist der Kopf weg?

Nun heißt es konsequent bleiben: sie nagt den Brothals aus, kommt bald an die härter gebackenen Brotschlüsselbeine, beißt sich, rasch kauend, mühelos schluckend, zu den Rippen vor, zum hartgebackenen Brustbein, nagt den Innenraum aus, der besonders leicht, luftreich gebacken ist, nur noch Andeutung von Brotsubstanz, und wieder läßt sie die Zähne einkrachen in die Außenkruste, schiebt seinen nur noch locker an der Achselkruste hängenden linken Arm nach, beißt sich vor zum Ellbogen, zum Handgelenk, läßt zuletzt die resch gebackenen Finger im Mund verschwinden, danach den Daumen, ißt gleich den rechten Brotarm auf, macht sich wieder an die Großbrotform des Brustraums, beißt sich vor zur Brotbauchhöhle, muß dazu, mit etwas energischeren Armbewegungen, diesen Brotlaib ablösen vom tief in sie hineingewachsenen Weißbrot, zieht den Brotrumpf hoch zum Mund, fetzt mit großen Flächenbissen die Bauchdecke auf, mampft das leichtere Innenbrot, spürt dabei, wie in ihrer Bauchhöhle und auch schon in den ersten Darmwindungen das frisch verzehrte Brot alle Feuchtigkeit aufsaugt, sich mit dem von ihrer Oberfläche in sie hineingewachsenen Brot verbindet, beides miteinander verbackend.

Ihr rechter Arm faßt nun sein linkes Bein unter dem ehemaligen Kniegelenk, kippt es von der Brothüfte aus hoch, so kann sie leicht die Zehen abbeißen, kommt schnell zum Brotfuß, würgt nicht lange herum an der Brotferse, beißt sich rasch hoch Richtung Knie, beißt das Kniescheibenkrustenstück ab, rupft aus dem Oberschenkel das weiße Innenbrot heraus, ißt die Kruste, kippt nun gleich mit dem linken Arm sein rechtes Bein hoch, beginnt wieder mit den Zehen, weil sie das inzwischen gewohnt ist, verzehrt den Fuß, den Unterschenkel, das Knie, den Oberschenkel, ißt dann die auf ihrer Bauchfläche ruhende Hüftpartie auf, aus deren Brotgelenkpfannen sie die Beine gedreht hat, ißt die beiden Semmeln.

Die Mundhöhle nun bis zu den Lippen gefüllt mit Brot, das mit ihrer Zunge zu verbacken beginnt: sie läßt die Lippen einen Spalt offen, damit die Hitze leichter eindringen kann. Semmelteig noch im Schlund, auch die Speiseröhre hinab; Brot, den Magen füllend, die Därme, Windung für Windung, bis zur Darmöffnung, die verkrustendes Brot abschließt. Auch zwischen ihren Schenkeln verbackt es goldbraun und sehr glatt. Und sanft wächst zuletzt Brotteig von der Gaumenwölbung in den Hirnraum, läßt nur noch einen schrumpfenden Ichpunkt frei, der auch diese Verwandlung brotsanft feiert.

Die Minute eines Segelfalters

Und Sturm und Sturm und Sturm, von der Bergkette herab in die Ebene, der Sturm rennt an gegen Häuser und Kirchen auf der sanft ansteigenden Fläche, rennt an gegen das Haus am Jauertor, rüttelt an Fenstern, rappelt an Türen, braust, faucht, röhrt im Schornstein. Dieser Sturm, der zuweilen langsamer wird, um gleich wieder aufzufrischen, dieser Sturm fegt den Himmel blank, vor allem in frühen Morgenstunden, schiebt dann Wolkenwülste, Wolkenflächen heran, reißt sie zuweilen auf zwischen Riesengebirge und der sanft ansteigenden Pyramide des Zobten, schiebt wieder Wolken zusammen. Und unablässig werden Äste geschwenkt, als würde strudelnd bewegte Luft die Büsche, die Bäume von allen Seiten zugleich packen, und abgefetzte grüne Blätter werden herumgewirbelt, flatternde Vögel geschüttelt im Frühsommersturm. Und die Ohren lassen sich nicht schützen vor diesem unablässigen Heran und Herüber, Hinweg und Hinaus: ständiges Brausen und Fauchen, Rütteln und Rappeln. Er, Grotkau, möchte endlich hören, sehen, spüren, daß Schluß ist mit diesem verspäteten Frühjahrssturm, doch unablässig fegt es heran: Hunderte von Böen sind in den vergangenen Tagen und Nächten losgetobt vom Isergebirge, vom Riesengebirge, haben Wirbel gebildet hinter der Stirn, in der Brust, und zuweilen wollte er aufspringen, losrennen, blindlings losrennen und

Am Morgen, an dem es weiterstürmt, geht er in sein Arbeitszimmer, schaut auf dem Fensterbrett nach dem Zweig des Zitronenbaums, im irdenen Topf: ovale, hellgrüne, kurzgestielte Blätter. Noch immer zögert Grotkau, den Steckling in den windgeschützten, sturmsicheren Winkel am Haus zu setzen und, später, im Garten vor der Stadt, zwischen Apfelbäumen und Birnbäumen, Pflaumenbäumen und Nußbäumen, Schlehe und Haselnuß. Er wird noch einmal den Gärtner, den Lischek, fragen, wann er – nach kaltem Frühjahr, stürmischem Frühsommer – den Zweig in die Erde des Gartens stecken soll. Ja, er will Lischek noch an diesem Tag besuchen, sobald er vom Kranken im Hof bei Teichau zurückkehrt. Lischek, der diesen Zweig von einem ehemaligen Kollegen der fürstlichen Orangerie zu Breslau erhalten und Doktor Grotkau verkauft hat, er wird am besten wissen, wann es gewagt werden kann, ihn mit seinen dünnen Wurzelfasern ins Erdreich zu senken. Viele gute Vorbedingungen sind notwendig, damit der Steckling einen schlesischen Winter am Haus, mehrere schlesische Winter draußen im Garten überlebt, und schließlich wachsen Zitronen am Bäumchen, am Baum – Grotkau sieht schon ihr sanftgelbes Leuchten.

Sobald der Sturm nachläßt – nur kurzes Verharren –, hört er Rascheln, Nagen, wirbelnd schnelles Trippeln von Mäusen in der Zimmerdecke über seinem Arbeitstisch am Fenster.

Und Grotkau liest noch einmal – Wörter streichend, Wörter hinzufügend – Aufzeichnungen, mit denen er eine Lehrschrift eröffnen will, und er sieht wieder – lesend, schreibend – den Flug von Johanniskäfern oder Leuchtkäfern des Vorjahres 1722: Auf- und Abschweben, Hin- und Hergleiten der oszillierend grünen Lichtpunkte, dieser – bei Tageslicht besehn – graubraun unauffälligen Fluginsekten, die nachts am Hinterleib leuchten. Selbst bei wiederholter, ausdauernder Beobachtung – in der Nähe des Jauertors, jenseits der Stadtmauer – hatte er nicht kleinste Anzeichen für verborgene Zuordnung, nein: für Abstimmung der Bewegungen erkennen können; ziellos – und rasch ergänzt er: scheinbar ziellos – schwebten sie umher. Auch schienen sie keine Flugfiguren, Flugmuster zu bilden über den flügellosen Johanniswürmchen, Glühwürmchen, die auf Halmen und Kräutern leuchteten –

Einhaltend hört er durch die Zwischenwand Bettknarren, Husten. Und zwingt sich, weiterzuarbeiten: Die Leuchtkäfer – oder doch: Johanniskäfer? – schwebten in scheinbar zufälligen Flugbewegungen über den Glühwürmchen, Johanniswürmchen. Nach welchen Gegenzeichen nähert sich ein umherschwebender Leuchtkäfer einem Glühwürmchen, das reglos bleibt, dafür ein wenig heller zu leuchten scheint? Etwa zwei Wochen nach der Phase der freien Flugbewegungen sah er grüne Glühpunkte vielfach zu zweit auf Halmen, auf Kräutern, reglos im Abstand eines kleinen Fingers, und diesen Abstand wahrten sie vorerst: grüne Leuchtpunkte, ein Johanniskäfer und ein Glühwürmchen. Und wann wird sich dieser Abstand verkürzen, wann werden die beiden hellgrünen Leuchtpunkte zusammenrücken und sie verschmelzen zu einem womöglich pulsierenden –

Husten, das Husten nebenan, dieses Husten! Und er liest die Frage nach der Weise, der Art, ja: der Art und Weise der Verständigung: Läßt sich annehmen, daß die Johanniskäfer, nein: Leuchtkäfer und die Johanniswürmchen, also: Glühwürmchen sich einfach gegenübersitzen, auf gemeinsamem Stein oder Halm, und sie leuchten sich an? Bei genauerem Beobachten hat er festgestellt oder: festzustellen geglaubt oder: geglaubt festzustellen, daß dieses Leuchten sich gelegentlich verstärkte – mal beim einen, mal beim anderen Insekt –, als würde sehr sanft auf einen Glühpunkt geblasen, doch rasch schwächte sich das kühle Glimmlicht wieder ab, und es schien, nach kurzer Verzögerung, das andere Insekt zu antworten mit grünem –

Das Husten, Knarren, Husten im Nebenzimmer. Der Zitronenzweig auf dem Fensterbrett. Erneut Böen im Buschwerk: wischende, verwischende Bewegungen. Wie klar, so liest er langsam, wie klar sind im Tierreich oft Vorbereitungen von Paarungen zu erkennen: Schmetterlinge, die sich umfliegen, umflattern; nebeneinander hüpfende Vögel; sich umgurrende, schnäbelnde Tauben... Im Nachtreich der Leuchtkäfer und Glühwürmchen dagegen, nach der Phase scheinbar zufälliger Bewegungen: Reglosigkeit, Lautlosigkeit, bei gelegentlichem Verändern der –

Das Rascheln, Trippeln in der Decke über ihm, das Bettknarren, Husten hinter der Wand. Aufstöhnend begleitet er weitere Fragen mit korrigierender Feder: Sind sichtbare Veränderungen der Leuchtstärke bereits eine Verständigung, nein: eine Form, eine Weise der Verständigung, oder gehören sie, in besonders deutlicher Ausprägung, nein: Ausformung, zu einem System von sehr kleinen, nein: von winzigen Veränderungen des Lichts, die seine Augen nicht registrieren? Können Leuchtkäfer und Glühwürmchen minimale Veränderungen der Leuchtstärke wahrnehmen oder aber, zweite Hypothese: Ist die Verständigung unter Leuchtkäfern und Glühwürmchen äußerst langsam? So als würden zwei Menschen nur gelegentlich eine Silbe oder einen Buchstaben, Buch - sta - ben übermitteln, und es entsteht sehr langsam, äußerst langsam die Buchstabenfolge einer Liebessprache? Oder, dritte Hypothese: Beginnt die eigentliche Verständigung erst, sobald sich die Fühler von Leuchtkäfern und Glühwürmchen berühren? Und wenn sich die Tentakel hinreichend betastet haben, was geschieht danach im Dunkeln? Beginnt das Grün heftig zu pulsen, oder erlöschen die kühlgrünen Punkte, sobald der Leuchtkäfer den Hinterleib des Glühwürmchens umklammert, dort

Ein Zauberwort, Machtwort in den Sturm schreien, damit der endlich zum Verstummen, zum Erliegen gebracht wird; und der Busch vor dem Fenster nicht mehr als verwischtes Ungefähr; und Stille, vor allem Stille! Doch der Wind, der Sturm läßt sich nicht zum Schweigen bringen: wieder, weiterhin stürzt er sich von den Bergen herab und wischende Bewegungen vor dem Fenster seit Tagen schon, dieses Wischen, Verwischen auch im Kopf, fortgesetzt im Kopf: turbulentia. So wartet Grotkau beinah auf eine – sonst höchst unerwünschte – Störung: ein Bauer oder Knecht pocht an die Tür, bittet, drängt, er solle möglichst rasch nach Ölse kommen oder nach Teichau, nach Fehebeutel oder nach Järischau: Stirbt, stirbt, stirbt, der Doktor soll kommen! Sofort, das weiß er, würde er aufstehn am Arbeitstisch, würde den Umhang über die Schultern schwingen, würde satteln, würde das Pferd aus dem Stall führen, würde reiten, reiten, wie von Flügeln getragen, vom Wind getragen, ja: mit Flügeln windgetragen! Doch vorerst ruft ihn keiner, also weiter, weiter in den Aufzeichnungen. Doch da ist diese Unruhe unter der Schädeldecke, diese turbulentia, da ist wieder dieses Flirren im Blick, pulsend.

Ducaslaus Grotkau reitet die Jauergasse hinab zum Marktplatz, reitet weiter durch die Schweidnitzgasse, dem rinnenden Regenwasser folgend: er könnte, auf einem Wägelchen, hinunterrollen vom Jauertor bis zum Schweidnitzer Tor und noch einen guten Steinwurf weiter, denn Striegau liegt, als mauerumschlossenes Quadrat weicher Konturen, auf einer Platte, die sich von Norden nach Süden senkt, in sanftem Winkel; die Platte im Norden anhebend, könnte man die Stadt abrutschen lassen zum Mühlgraben, der Striegau im Süden begrenzt, und es würde der Schnabelturm mitrutschen und die massige Bastei der Mehlburg und das Neutor und die kleine Kirche St. Antonius und die Peter-Paul-Kirche mit ihren massigen Backsteinwänden, die über spitzbogigen Fenstern rauchgeschwärzt sind, und in der Umgebung dieser wuchtigen, turmlosen Kirche zusammengesackte Häuser – dies alles würde, mitsamt schwarzen Baumskeletten, kleinen Birken, weiten Brennesselflächen abrutschen zum Schweidnitzer Tor, das er durchreitet, über den Mühlgraben hinweg. Und weiter auf der Landstraße, am Striegauer Wasser entlang. Knorrige Bäume am anderen Ufer; auf einem der Äste ein mächtiger Greifvogel, rostbraun, mit hellerem Kopf, dunklerer Längsfärbung: Roter Milan. Dieser Sommervogel liebt Gewässer und alte Bäume, hat hier sein Revier. Sitzt reglos – ruhend oder wartend oder lauernd. Zwischen den Bäumen hindurch: Blick auf eine Mühle, einen Fischteich, auf die Kate des Gärtners Lischek, den er auf dem Rückweg besuchen wird.

Richtung Schweidnitz weiterreitend, sieht er das Isergebirge in westlicher Ferne, sieht das Riesengebirge entschieden näher, sieht das Waldenburger Gebirge weit nach Südosten hinaus, sieht vorgelagerte Hügelketten, sieht Wälder und Wiesen und Äcker, sieht, linker Hand, die aus der Ebene ragende Erdpyramide: den Zobten.

Er ist, erzählt ihm der Gärtner, letzte Nacht vor die Kate gelaufen, weil er Angst hatte, das Dach würde weggerissen, und er hat aus einem Napf etwas Mehl in den Sturm geschleudert, hat ihm zugeschrien: »Und jetzt hau ab, koch deinen Kindern eine Suppe davon!« Aber das Mehl ist bloß verwirbelt worden ... Ja, so sieht das Grotkau, hinter der Stirnwand: ein Windlicht auf der Schwelle, weiße Wirbelspur ins Schwarze hinaus, schon war das Mehl fort, spurlos, und der Sturm schien eher gestärkt. Dieser Sturm ist für den Gärtner ein Vorzeichen, und weitre werden folgen: Katzen werden sehr viel Wasser trinken, der Grünspecht wird schreien, eine Eule wird sich am hellen Tag zeigen, und innerhalb einer Woche wird man fünf oder sechs Regenbögen sehen, dazu ein Abendrot, wie es noch keiner in Striegau erlebt haben wird! Und Grotkau sieht hinter den Lidern: Häuser, die auf der Wetterseite von roter Farbe übergossen scheinen, ebenso die Gesichter von Menschen, die verstört in dies Himmelsleuchten blicken: als würde sich hinter dem Isergebirge eine Feueresse auftun, höllentorgroß. Auf brandgeschwärzten Mauern wird dies Rot besonders düster wirken: schwärzliches Rot oder rötliches Schwarz, als begänne im Ruß das Feuer des großen Stadtbrands damals wieder aufzuglühen. Und dieser warnende Feuerschein oder Widerschein des Feuers an den Backsteinmauern von St. Peter und Paul, am Türmchen der Karmeliterkirche, an Hausfronten der Kirchgasse, der Wittiggasse, und dort, so Lischek, besonders stark am Haus eines gewissen, eines gewissenlosen –

Lischek bricht ab. Schweigt sich aus, setzt wieder an. Niemand in Striegau und Schweidnitz und Breslau wird überrascht sein, wenn es in der darauffolgenden Nacht sehr stark zu regnen beginnt: tagelang, nächtelang wird es regnen, sagt der Gärtner, und wenn nach mehreren Tagen die Sonne scheint, so wird sie kein Gemüt erhellen, alles in banger Erwartung weiterer Regenfälle, und wenige Tage später werden sie erneut einsetzen, der Wind wird die Wolkenfelder beispielsweise von Nordwest herantreiben, wird erst nach Tagen umspringen, doch nur, um die Wolkenfelder aus Südost zurückzuschieben, und sie werden noch immer nicht leergeregnet sein; die Menschen werden kleinlaut verzagen, denn nicht einmal Bittgottesdienste werden etwas bewirken: Wasserläufe werden anschwellen, Fischteiche werden überlaufen, oder es werden ihre Erdwälle brechen, auch Dämme an Flüssen, und Menschen werden ertrinken, sobald sie in das breit heranströmende braune Wasser geraten, Kähne werden kentern, Häuser werden einstürzen unter dem Druck des Wassers. Und bald darauf wird man die Wasserleiche eines jungen Mannes aus einem der benachbarten Dörfer finden, auch die Wasserleiche eines hiesigen Handwerkers, wird in seiner Hand, in seiner Faust –

Der Gärtner holt Luft, als wolle er etwas hinzufügen, doch er scheint das runterzuschlucken, stumm sitzt er vor Grotkau. Alle Wörter, eben noch aus ihm hervorgestrudelt, sie scheinen

Als würden die Fenster, obwohl versperrt vor dem auffrischenden Sturm, nicht mehr schließen, als wäre die Tür, verriegelt gegen den Sturm, nur angelehnt, als hätte sich im Schornstein mächtiger Zug entwickelt, ohne Feuer: Grotkau liegt hellwach neben seiner im Schlaf stöhnenden Frau – sein Herzschlag beschleunigt und Flirren,

Flimmern in den Augen, und es pulst in den Ohren, rasch, dumpf. Schon als er sich auszog, spürte er, daß er nicht müde genug war, um Schlaf zu finden: turbulentia, doch der Zuspruch der Vernunft war stärker, er legte sich hin: am nächsten Tag ein Ritt nach Tarnau! Doch er, der sonst einschlief mit der Selbstverständlichkeit, mit der sich Blüten abends schließen, er weiß, daß er so bald keinen Schlaf finden wird: turbulentia. Flirren, Flimmern, Pulsen, und bittrer Geschmack, als wäre eine Aschenflocke auf die Zunge gefallen, und immer härter ein Verklumpen im Unterleib (respektive abdomen), Druck, der sich fortpflanzt bis in die Klöten (resp. testes). Er redet sich zu, wieder aufzustehn, gegen alle Gewohnheit, in sein Zimmer zu gehn, nebenan, die Lampe anzuzünden, Notizen zu lesen, zu bearbeiten.

Schmetterlinge, ja, die beiden Schmetterlinge auf der Sandfläche eines Weges – bei Zirlau, es muß bei Zirlau gewesen sein –, ein kleiner, dunkelgrauer Schmetterling, und der Hinterleib am Hinterleib eines etwas größeren, fast weißen Schmetterlings – beide mit ausgebreiteten Flügeln. So bildeten – hat er geschrieben, liest er nun wieder mit begleitender Feder – bildeten die beiden reglos miteinander, nein: die miteinander reglos verbundenen Schmetterlinge eine symmetrische Figur oder Figuration. Configuratio? Jedenfalls: ein Doppelschmetterling, so mochte es scheinen, oder: dem Anschein nach, dabei, in der gemeinsamen Körperachse, voneinander abgewendet – Kopf nach hier und Kopf nach dort. Was die beiden Körper verband, sie vereinte, dies konnte er mit bloßem Auge nicht erkennen. Schmetterlingsglied? Wechselseitiges Sichöffnen am Hinterleib? Und durch die – nach außen hin unsichtbare, weil geschützte – Doppelöffnung werden Säfte, Erregungsstoffe vermittelt? Übertragen? Er hatte dieses Schmetterlings-Paarbild genau beobachtet, aber kein Vibrieren zog, in kleinen Wellen, durch die Körper, sich ausbreitend bis in die Flügelspitzen. Schon gar nicht war da sanftes oder: rasches oder: zuckendes Anheben von Flügeln, womöglich im Takt – die Flügel reglos ausgebreitet auf dem Sand, und Hinterleib mit Hinterleib verbunden, dabei schien es zu bleiben. Und nichts war zu hören: kein hoher Ton, kein Sirren einer Erregung – die Schmetterlinge so lautlos wie reglos, obwohl Erregungsstoffe, erregende Stoffe, Substanzen, ja: substantiae stimulationis die beiden Schmetterlinge bis in die Flügelspitzen, bis an die Flügelränder – Wohlgefühl, Lustgefühl? Fast lähmend? Lustlähmung? Er hatte nicht gewagt, diese configuratio zu berühren, an einer der Flügelspitzen, um den Grad der

Reiten, losreiten, nach Breslau, und er setzt sich abends ins Gasthaus, mit dem Buchhändler, der seine Lehrschrift drucken lassen wird, und sie trinken Bier, das »Schöps«, und er berichtet aus dem Striegauer Land, aber nicht von Krämpfen oder Zuckungen seiner Patienten, von Blattern oder Pocken, von Drüsenfieber, Fleckfieber, er spricht von der mit Lautlosigkeit verbundenen Reglosigkeit oder: der mit Reglosigkeit verbundenen Lautlosigkeit vieler Paarungsformen kleinerer Lebewesen, und beinah sinnbildlich erscheine ihm hier die configuratio von Schmetterlingen, völlig symmetrisch, völlig reglos, lautlos – darüber wird er schreiben.

Es kommen Bekannte des Buchhändlers hinzu und mit ihnen Geschichten aus der Stadt, beispielsweise von einem schwermütigen Büchsenmacher und einer leichtlebigen Hutmacherin. Schließlich werden sie zur Oder ziehen, werden auf der Brücke den Fluß überqueren zur kleinen Insel, werden auch den zweiten Arm der Oder überqueren, zum Dom, werden zurückkehren auf die schmale Insel, werden sich an ihre Spitze stellen, werden die breit heranziehende Oder sehen, betont von Mondlicht, und er geht, mit ausgreifenden Schritten, zum Haus der stadtbekannten –

In den Sturmnächten wollte sich wieder, mal wieder ein Alp auf Brust und Bauch setzen, zentnerschwer, Hammer in der Faust, doch er hat ihn abgelenkt! Der Gärtner lacht auf, heiser. Nämlich, er hat eine Handvoll Besenreiser vor die Tür geworfen, die muß ein Alp sofort zählen, er kann gar nicht anders, als Reiser zu zählen, die vor die Tür geworfen werden, vorher kommt er nicht ins Haus, Hammer in der Faust! Ja, Reiser zählen, Reiser zählen, und er zählt sie, weil er sich in der Hast vertut, ein zweites Mal, und dabei – so ergänzt Grotkau beinah lautlos – dabei wird der Alp sich selbst zum Alp. Damit der beim Zählen durcheinanderkam, mit dem Zählen so schnell nicht durchkam, rannte Lischek raus, trat die Besenreiser durcheinander, warf weitere Reiser nach, schrie zurückrennend einen Abzählvers: »Ennr, zwennr, drennr, fennr« – und so weiter, und so weiter, bis: »du bist uff!« Genau an dieser Stelle mußte der Alp, im Sturm kauernd, noch mal anfangen: »Ennr, zwennr, drennr, fennr«, und so weiter und so weiter, bis: »und du bist uff!« Genau an dieser Stelle mußte der Alp, im Sturm kauernd, noch mal anfangen: »Ennr zwennr drennr fennr« – und so weiter und so weiter, bis: »und du bist uff!« Er ließ ihn weiter-, weiter-, weiterzählen, schrie den Kindervers durch einen Fensterspalt hinaus, rannte wieder los mit einem Bündel Reiser, trat dem Alp die gezählten Reiser durcheinander, dabei half ihm der Sturm, und er warf ihm weitere Reiser vor die Füße – er hat genügend Reiser im Haus, Hunderte von Reisern kann er hinwerfen, und der Alp zählt sie alle, alle, alle durch, von links nach rechts zählt er sie: »Ennr, zwennr, drennr, fennr«, zählt sie von rechts nach links: »fennr, drennr, zwennr, ennr«, immer wieder muß er von vorn anfangen, von vorn anfangen, von vorn anfangen, muß weiterzählen, weiterzählen bis: »du bist uff, und du bist uff«, das Gewicht muß er sich aus dem Leib zählen! Wenn der sich nämlich erst mal auf einen gehockt hat, mit gesenktem Kopf, mit seinen breiten Füßen, nah herangezogen an »Arsch« (respektive anus) und »Sack« (resp. scrotum), da preßt er Stöhnen aus einem heraus, und mit dem Schlafstöhnen wächst ihm noch mehr Gewicht zu, und der Alp rückt weiter nach oben, halswärts, wird derart schwer, daß er einem sogar das Stöhnen wegpreßt; erst wenn er, der Lischek Karl, verstummt wäre

Ennr: Appetitlosigkeit, zwennr: Übelkeit, drennr: Bauchschmerzen, fennr: Brustschmerzen, des weiteren Kopfschmerzen, Zahnschmerzen, womöglich Krämpfe, Koliken – der Doktor muß sich das anhören, der Doktor muß sein Ohr an Brust und Bauch legen, damit er das Rasseln und Schurren vernimmt, er muß sein Ohr an Gelenke halten, die knirschen, er muß Ohr, ganz Ohr sein. In der Stadt, in den Dörfern, den Weilern, den abgelegenen Höfen: sie müssen über sich reden, über sich und ihre Krankheiten! Und wenn die Kranken nicht mehr reden können oder wenn ihr Schlesisch zu schwer verständlich wird für ihn, der von der Elbe kommt, und ihr Polnisch bleibt unverständlich, so geben die Kranken den Auftrag weiter an Familienmitglieder, und vielstimmig reden die ein auf den Arzt, als wäre ein langwieriges Sprechverbot aufgehoben, endlich. Auf die fremdklingende eigene Sprache stoßend, auf die fremde Sprache verstreut wohnender Polen, muß er dennoch versuchen zu verstehen, muß zumindest den Anschein wecken, als verstünde er – nur dann, so werden die Kranken und ihre Familien voraussetzen, nur dann wird er heilen können. Und während er nickt, auch wenn polnisch auf ihn eingeredet wird, versucht er, eine Diagnose zu stellen: läßt sich die Urinprobe reichen, prüft die Farbe, tastet den Kranken, die Kranke ab, riecht, schnuppert – zwar sind die Krankenstuben meist ungelüftet, Geruch und Gestank verdichten sich, aber den süßlich-beißenden Geruch einiger Krankheiten nimmt er, in dünnen Spuren, auch hier wahr, an Handrücken, Stirnen, Schläfen schnuppernd: Ich rieche schon, was los ist ... Ja, er hat einen Blick, ein Ohr, ein Gespür entwickelt für das Wahrnehmen, das Bestimmen von Krankheiten, und die Patienten fühlen sich verstanden.

Eine Stunde für ihn, eine Stunde im Garten vor der Stadt. Er hat dort Apfelbäume und Birnbäume gesetzt, vor vielen Jahren, Pflaumenbäume, Nußbäume, vor Jahren, und vielleicht wird dort auch mal ein Johannisbrotbaum wachsen, der Zitronenbaum. Er geht umher zwischen den Bäumen, setzt sich vor das Holzhüttchen, in dem er zuweilen übernachtet, streckt die Beine aus vor dem Faß für Regenwasser.

Und es springt ein Insekt auf die Kuppe des rechten Schuhs; dieser Hüpfer ist mehr braun als grün eingefärbt im Panzer; sechs Beine, wie üblich, fast so dünn wie bei einem Weberknecht, nur die Sprungbeine hinten – hochgewinkelt, herabgewinkelt – sind stärker ausgebildet. Noch genauer betrachtet er die Fühler: fast doppelt so lang wie der Körper, und sie führen, leicht geschweift, in einem Winkel von etwa dreißig Grad auseinander. Hätten Menschen Fühler von solchen Proportionen, sinniert Grotkau, sie würden mehr als drei Meter lang! Damit käme er nicht mehr ins Haus, ins Zimmer, oder: er müßte die Tentakel eng aneinanderlegen, und es müßte jemand die Tür öffnen, müßte vorangehn, das Fenster aufmachen, und er würde die Enden der Fühler hinausschieben, die Tür könnte geschlossen werden. Und dann? Ins Bett könnte er sich nicht legen, das müßte drei Meter von der Stirnwand abgerückt werden, so groß aber ist keins der Zimmer im Haus am Jauertor. Also müßte man die Fühler verkürzen. Wenn man seine Fühler ausstrecken kann – und so heißt es doch: die Fühler ausstrecken, dann sollte man sie auch einziehen können, beispielsweise wie Schnecken. Wären die Fühler jedoch starr am Kopf befestigt wie bei diesem Hüpfer auf der Schuhkuppe, wie wäre dann Bewegung möglich im Wald? Je leerer die Fläche, desto geeigneter zur Bewegung mit solch langgestreckten, leicht wippenden Fühlern. Am einfachsten wäre für Fühlerträger die Bewegung in der Wüste, doch in der Wüste wäre am wenigsten zu ertasten. Dort aber, wo Tastreize sich verdichten, käme er nicht

Schiebt seiner Frau die linke Hand unter den Nacken, hebt den Kopf an, der sich schwer macht, flößt ihr Pflanzentinktur ein: Pfennigkraut, Schafgarbe, Spitzer Wegerich und Hauslauch, Immergrün, Johanniskraut, viel aufhellendes Johanniskraut. Doch als hätten diese Tropfen sie nur eingestimmt, beginnt Margarete zu sprechen: Wie an vielen, an sehr vielen Tagen zuvor hat sie Stunden, Stunden auf ihn gewartet, auf ein Gespräch mit ihm. Ja, sie glaubt, ein Recht darauf zu haben, mit ihm zu reden; dieses Recht nimmt sie sich vor allem, wenn er die Arbeit an seiner Lehrschrift fortsetzen will – da versucht sie ihn durch Klagen festzuhalten am Bett: von A wie Appetitlosigkeit bis Z wie Zahnschmerzen reicht das Alphabet ihrer Molesten, Malaisen. Und er muß sich das anhören, anhören, bis sich Gewölle in ihm verklumpt. Ja, wie Gewölle, das Raubvögel auswürgen: dichte Verfilzung von Fellhaaren, Vogelfedern, zuweilen vermischt mit gebleichten Knöchelchen – das wächst heran unter der Schädeldecke, das läßt es dumpf werden in den Ohren, das ballt sich unter dem Zwerchfell (resp. plexus solaris), und Druck setzt sich, pflanzt sich fort bis in die testes, er

Waren aus ihren Häuschen gekrochen, hatten sich umeinander geschlungen, sich verknäult. Demnach hatte jeweils eine Schnecke versucht, möglichst viel von der Schleim-Unterseite ihres Kriechfußes an die Schleim-Unterseite der anderen Schnecke zu pressen; aus Kriechbewegungen wie aus Drehbewegungen, so liest er in seinen Aufzeichnungen, war diese unregelmäßige Figur entstanden, dieses Leibknäuel, das sich nicht mehr, fast überhaupt nicht mehr verschob; wenn sich doch mal eine kleine, kaum wahrnehmbare Verschiebung ergab, dann wohl nur, weil eine Fleischpartie schlaffer wurde, und nicht als Folge einer contractio. Wurden durch die Schleimflächen Erregungsstoffe, Erregungssubstanzen (substantiae stimulationis) ausgetauscht, oder drang ein Schneckenglied in den weichen Leib der anderen Schnecke ein, langsam, so langsam, als wüchse es hinein? Und nun: weich-schleimiges Verharren lautloser Vereinigung? Auch hier, so liest er mit rasch begleitender Feder: Erregung wurde nicht sichtbar, kein Aufschäumen von Schneckenschleim, kein Vibrieren, keine sich wiederholenden Dreh- oder Streckbewegungen der Fühler, da war nur die Fleischverknäuelung, in der die Schnecken ihre Kriechsohlen aneinanderpreßten, nein: aneinanderlegten, und er korrigiert wiederum: aneinanderschleimten, und er streicht dieses Wort, läßt die Formulierung offen, greift auf: das Bild körperlicher Eindringlichkeit war nur entstanden durch die Unregelmäßigkeit der Figur oder: die configuratio der Verknäuelung. Ein Vorgang, der die Schnecken offenbar nicht erhitzte, sonst hätten sie sich im Schatten gepaart, der ganz nah war: steigerte Sonnenlicht, Sonnenwärme noch die Schneckenlustgefühle? Wiederum: trocknete die Sonne nicht Gleitschleim weg? War die Verknäuelung so dicht, damit die Kriechsohlen von der Sonne nicht beschienen wurden? Eine fleischige, weichfleischige, gleitfleischige, schleimgleitfleischige Vereinigung, aber die Erregung war nur am Fleischknoten ablesbar, nicht an Bewegungen, mit denen der Knoten sich lockerte, zusammenzog. Waren aus den Häuschen gekrochen, schienen aber nicht aus dem Häuschen zu sein. Gerade diese Reglosigkeit: intensivste Erfüllung? Noch immer kein Zucken durch das weiche Fleisch, keine Erregungswellen über die Schrumpelhaut.

Tagelanger Regen, vom Gärtner erneut vorausgesagt! Und man wird, anschließend, auf Feldflächen vor geborstenen Dämmen Fische einsammeln – Augen ausgebeizt, Fleisch glitschig, Geruch faulig, man muß sie im Matsch vergraben … Und es werden Metzger ausschwärmen – reitend, rudernd –, um Bauern das Vieh abzukaufen, das sie nicht mehr füttern können … Und man wird die Leiche eines Mannes finden, in dem man einen Schuster dieser Stadt erkennt … Aus Pfützen und Tümpeln werden Wolken von Mücken aufsteigen, die sich durch jähe Bewegungen nicht vertreiben lassen, schon gar nicht durch Flüche, Verwünschungen … Menschen werden im fauligen Wasser umherwaten, und Flecken, Blasen bilden sich an den Beinen … Man wird im Schlamm die Leiche eines jungen Mannes entdecken, und wenn man sie vom Bauch auf den Rücken dreht, sieht man eine Stichwunde im Hals, eine große Schnittwunde am Unterleib; trotz der Entstellung des Gesichts erkennt jemand in ihm einen Schustergesellen aus einem Nachbarort … Und das Wasser der Oder beginnt zu sinken, als würde karrenweise faules Gras hineingeschüttet … Und dort, wo Wasser wegtrocknet, wird auf dem Erdreich der weiße, gelbliche oder rotbraune Belag entstehen, der zäh ist, fast

Über der Flanke des Bergkegels, des Zobten, sieht er einen Greifvogel kreisen: vor dem diesigblauen Himmel betont das Flugbild des Roten Milan, der sich, ohne Schwingenschlag, vom Aufwind in Spiralen hochtragen läßt. Grotkau sitzt ab, wartet darauf, daß der Milan sich herabfallen läßt mit angelegten Schwingen: das wäre der Beweis, daß er aus diesen Höhen noch immer ein Lebewesen von der Größe eines Hasen, sogar einer Maus erspähen kann. Er, Ducaslaus Grotkau, sähe dort oben die Bergketten, im Dunst, sähe Wege, Hecken, Häuser, ja, und er sähe den Mann, der abgesessen ist, sähe das Pferd, sähe wahrscheinlich noch den Sattel, alles Kleinere aber würde sich in dieser Distanz auflösen, wäre wie nicht vorhanden. Der Milan hingegen wird übergenau den dunklen Haarkranz sehen, die braune Schädelhaut, Gesichtshaut, die breit angelegte Nase, den kurzen, gedrungenen Körper.

Der wuchtet sich in den Sattel. Und Grotkau sieht sich, aus der Raubvogelperspektive, weiterreiten in die Ebene. Und in der Minute, in der er sich aufzulösen scheint im Dunst, könnte sich der Rote Milan mit angelegten Flügeln herabfallen lassen, und er spreitet dicht über seiner Beute die Schwingen, fächert die Schwanzfedern aus, streckt die Läufe vor, schlägt die spitzen Krallen in

Der Gärtner, beim vorigen Besuch des Doktors plötzlich verstummt, der Lischek saß in der letzten Reihe der Männerseite, in der hohen, innen wie außen rauchgeschwärzten Kirche St. Peter und Paul, und er tat, was Grotkau nicht erwartet hätte bei einem Mann, der seit mehr als zwanzig Jahren mit Pflanzen umgeht: richtete sein Messer gegen sich. Die Gemeinde sang; vielleicht hat er mitgesungen, der Lischek Karl, zumindest die erste Strophe des Liedes, um nicht aufzufallen, eventuell noch die zweite, dritte Strophe, heiser vor Angst, in der Halsschlagader rasendes Pochen – ja, er setzte sich die Messerspitze an die Kehle (resp. guttur), stach zu, während die Gemeinde sang, stach zu mit jähem Ruck, doch seine Kraft reichte nicht aus, Schwermut hatte die Bewegung gedämpft. Blut, heiserer Schrei, Blut. Und Medicus Günther, neben der Kirche wohnend, sollte geholt werden, doch er war ausgeritten, also holte man ihn, Grotkau, vom Haus am Jauertor. Sofort legte er eine Kompresse auf. Lischek stumm, Augen geschlossen, und ihm selbst fiel nicht ein Wort ein, anklagend oder ermunternd, er tat das Notwendige, als würde er sich selbst dabei zuschaun, von weit her, von oben herunter, ja: wie von der Höhe des Gewölbes herunter, scharfäugig.

Ducaslaus Grotkau am Bett seiner Frau; er sitzt hier länger als sonst, hält ihre Hand, um nicht sprechen zu müssen. Wiederholung der Litanei ihrer Molesten, ihrer Malaisen: ennr Appetitlosigkeit, zwennr Übelkeit, drennr Zahnschmerzen, fennr Kopfschmerzen. Und er muß sie abtasten, weil etwas weh tut im Bauchraum, und lösende Griffe, weil es im Nacken, in den Schultern zieht, spannt. Als er schließlich ihren Oberarm anfaßt, stöhnt sie auf: Auch dort sitzt Schmerz, und er faßt sie zu hart an, kann immer nur schmerzhaft fest zupacken, hat überhaupt zuviel Kraft, überschüssige Kräfte, behauptet sie, und macht sich klein im Bett, zieht die Decke ans Kinn.

Und Flimmern, Flirren im Blick, zuweilen sogar Schlieren, als wäre eine Schnecke über die Linsen gekrochen. Und Kribbeln unter der Haut. Und Pochen, dumpf, in den Ohren. Und Pulsen im Hals. Er preßt den gestreckten Zeigefinger an die Kehle, dort, wo die Schlagader pulst, dorthin, wo die Stimmbänder sind, verstärkt den Druck:

wenn er nach Stanowitz kommt, zum kranken Kind, wird seine Stimme heiser sein, und man wird das rote Mal am Hals sehn – als hätte, in wilder Umarmung, eine Frau

Der Physicus hatte Pfennigkraut, Schafgarbe, Spitzen Wegerich, Eichenblätter, Kerbel, Bibernell, Wollkraut, Hauslauch, Fettehenne, Immergrün und weitere Pflanzen ausgepreßt, hatte ihren Saft mit Weinessig vermischt, hatte diese Mixtur –

Das Husten hinter der Zwischenwand, das Bettknarren, Husten.

Grotkau setzt die Lektüre fort in der Breslauer Zeitschrift, in der zuweilen sein Striegauer Arztkollege Johannes Günther publiziert: Zur ersten Erprobung des Wundbalsams wurde einem Hund ein schmiedeeiserner Nagel in den Schädel geschlagen, so tief, daß die Nagelspitze die Gaumenplatte durchbrach – dort sollte das Blut abfließen; der Nagel wurde aus dem Hundeschädel gezogen, Wundbalsam wurde ins Nagelloch gespritzt; der Hund zitterte heftig, leckte dennoch ein wenig Suppe und –

Das Husten. Und Mäusetrippeln über ihm, fortgesetztes Husten nebenan. Weiter im Text!

Der Arzt, Hoffmann, ließ das Tier in seine Wohnung tragen; dort geiferte der Hund, erbrach sich mehrfach, das starke Zittern setzte sich fort. Die Nacht über blieb er jedoch ruhig, sicherlich unter Einwirkung des Wundwassers; aus der Gaumenpenetration jedoch sickerte Eiter. Gegen Morgen begann der Hund im Zimmer herumzulaufen, mit tief gesenktem Kopf; ständig lief er im Kreis, über Stunden hinweg. War das Gehirn durch den Nagel beschädigt worden, oder war das Eisen durch den Spalt, die Mittelfurche des Hirns gedrungen, ohne substantiam cerebri zu lädieren? Ein weiterer Versuch wurde notwendig.

Er hat Gärtner Lischek eine frische Pflanzenbrei-Kompresse am Hals aufgelegt, hat ihm ein Heilmittel eingeflößt: Pfennigkraut, Schafgarbe, Spitzen Wegerich, Eichenblätter, Kerbel, Bibernell, Wollkraut, Hauslauch, Fettehenne, Immergrün und Johanniskraut ausgepreßt, den Pflanzensaft mit Weinessig vermischt, diese Lösung destilliert – mixtum compositum von Heilpflanzen, die sich jeweils bewährt haben, auch in ähnlichen Zusammensetzungen, doch entscheidend ist das Mischungsverhältnis, speziell für den Gärtner bestimmt: hoch der Anteil an aufhellendem Johanniskraut! Diese Tinktur muß und wird der Patient täglich fünfmal trinken, dann wird die Messerwunde im Hals rasch verheilen, und die jähe Handlung wird kaum noch einen Reflex finden in der Erinnerung des Gärtners, er wird wieder Blick und Sinn entwickeln für die Pflanzen, von denen er sich losgeschnitten hat, er wird zurückfinden in seine gelassenen Bewegungen, pflanzenhafte Ruhe wird heranwachsen in ihm. Und diese Pflanzenruhe faßt so tief Wurzeln in ihm, breitet sich aus mit so vielen Ästen, Nebenästen, trägt so reichlich Blätter, Blüten, Früchte, daß kein Spielraum mehr bleiben wird für brüske Handlungen, gegen den eigenen Körper gerichtet. Die Innenpflanze, sie wird Wurzeln fassen im Sonnengeflecht (plexus solaris) unter dem Zwerchfell: von dort aus werden die Wurzelfasern, den Nervenbahnen folgend, in den Unterleib wachsen, in die testes, in Beine, Füße, werden sich zugleich ausbreiten in Brust, Schultern, Armen, Hals und Kopf, unablässig wird Pflanzensubstanz nachkeimen im Sonnengeflecht, und schließlich wird der Gärtner reglos in der mitwachsenden Betrachtung von Pflanzen.

Im Garten vor der Stadt, an der Hütte zwischen Apfelbäumen, Birnbäumen, Pflaumenbäumen, betrachtet Grotkau einen Segelfalter, der am sonnenwarmen Holz des Wasserfasses hochkriecht, langsam, wiederholt ausruhend, als wäre er krank oder nach langem Gleitflug erschöpft. Auf dem dunklen Holz betont: das gelbe Weiß seiner Flügel; an den Vorderrändern der Hauptflügel setzen jeweils sieben schwarze Linien an, breit, die sich – schmaler werdend – nach hinten fortsetzen; am Außenrand der Hinterflügel jeweils vier schwarzgesäumte hellblaue Mondsicheln; rechts und links vom Rumpf ein lichtblauer, schwarz eingefaßter, von Orange betonter Doppelfleck; lange Spitzen oder Schwänze an den Hinterrändern dieser kleineren Flügel. Als der Schmetterling den offenbar wärmsten Fleck auf dem Faß erreicht hat, verharrt er, breitet die Flügel noch weiter aus. Und nun, da in der Ruhelage die vier Flügel völlig gespreitet sind, setzen sich jeweils zwei der keilförmigen schwarzen Linien der Vorderflügel auf den Hinterflügeln fort – dies mit einer solchen Genauigkeit, als wäre eine Lupe benutzt worden beim Ziehen dieser Linien. Grotkau hat oft beobachtet, daß sich Vorderflügel und Hinterflügel der Lepidoptera, der Schuppenflügler sehr unterscheiden können in der Zeichnung, in den Farben. Beim Tagpfauenauge zum Beispiel, das die Flügel breitet, betonen sich die Augen auf den Vorderflügeln; die Augen auf den kleineren Hinterflügeln hingegen sind meist – zum Teil – überdeckt von der Innenseite der Vorderflügel, lassen so an die Augen von Schwermütigen denken, in den Winkeln schräg verhängt von Fleischhaut. Hier aber, beim Segelfalter, sind die beiden innersten Linien jeweils durchgezogen, auf den gespreiteten Flügeln.

Warum diese Genauigkeit, die auch unter den scharfäugigsten Feinden des Segelfalters nicht wahrgenommen wird, nicht einmal bei ruhigem Gleitflug, schon gar nicht beim Flügelschlag, der diese Linien unterbricht? Eine Minute, bestimmt eine Minute lang betrachtet er die vier durchgezogenen Linien; der kauernde Mann atmet tief durch. Dann schrägt der Segelfalter die Flügel: schon sind die schwarzen Linien unterbrochen. Wer wird als nächster wahrnehmen, wie sich hier eine Linie in der anderen fortsetzt, wie zwei Linien jeweils zu einer einzigen Linie werden?

Heimritt nach einem Krankenbesuch: Grotkau hält an, sitzt ab, bindet den Zügel fest an einem Ast, geht einige Schritte vom Pferd weg, ist umgeben von Tausenden gleicher, winziger Geräusche: Raupen in Baumkronen über ihm, Raupen in Baumkronen rechts von ihm, links von ihm, hinter ihm – Tausende von Raupen reißen, nagen Eichenblattgrün, fressen mit tödlicher Gleichmäßigkeit, scheiden ebenso gleichmäßig Kotkügelchen aus, klein wie Sandkörner, schwarz, und die fallen auf Blätter, die noch nicht abgefressen sind bis auf die Stiele, das klingt wie Nieselregen eisharter Tröpfchen, und nicht das geringste Anschwellen oder Nachlassen dieses Knisterns, in dem sich das Zerfetzen von Blattgrün und das Aufprallen von Kotkügelchen auf Blattflächen nicht unterscheiden lassen.

Turbulentia: als würden Dutzende von Leuchtkäfern durch sein Hirn fliegen, durch seinen Brustkorb, Bauchraum, würden sich ausbreiten in Armen und Beinen: Schweben und Gleiten, hin und her, vor und zurück. Und ein Kribbeln, als würden Dutzende solcher

Leuchtkäfer oder auch Glühwürmchen mit ihren winzigen Läufen an der Innenfläche der Haut umhereilen, ziellos durcheinander.

Er liest, mit begleitender Feder, wie der Käfer festhängt, schräg, auf dem Rücken des Weibchens, und das spitze Ende seines Hinterleibs ist nach vorn gebogen, ist an den gleichfalls spitzen Hinterleib des Weibchens gepreßt, und es geschieht, was er, Grotkau, nie deutlich gesehen hat, dennoch ist er sicher: es wird ein tentakelähnliches Geschlechtsteil in eine Öffnung des Weibchens hineingeschoben, hineingestoßen, reingeschoben, reingestoßen. Nach diesem wahrscheinlich kurzen, wahrscheinlich nur kurzen – jedenfalls verharren die beiden Käfer reglos, wobei –

Und er schaut zu den ovalen, hellgrünen, kurzgestielten Blättern des Zitronenzweigs auf der Fensterbank, hört das Mäusehuschen, Mäuserascheln in der Decke, hört kurzes Bettknarren nebenan, zwingt sich, weiterhin die Aufzeichnungen zu sichten, zu überarbeiten: Wahrscheinlich bilden sich an den Enden der Käferbeine klebrige Sekrete, so daß sie – so daß die Beine an der glatten Oberfläche des Weibchens nicht abrutschen, oder: es befinden sich kleine Haken an den Beinschienen, diese Haken finden Halt an den Seitenkanten von Halsschild oder Flügeldecke. Erstaunlich ist – erstaunlich bleibt für ihn die Reglosigkeit der Käferpaarung, die Lautlosigkeit: zu erwarten wäre, daß Käfer mit ihren Panzern aneinanderklappern, beziehungsweise: daß die ebenfalls befestigten Unterseiten der Männchen hörbar auf die Rückenpanzer der Weibchen schlagen, doch die Begattung, Begattung – lautlos das Umklammern, lautlos das Eindringen, lautlos die –

Und er schaut zum Zitronenzweig, horcht auf das Mäusetrippeln, hört das Husten, das würgende Husten nebenan, begleitet wieder mit der Feder, was er vor Jahren geschrieben hat: Denkbar, daß während der Paarung ein Lockstoff, Duftstoff entwickelt wird, der die Fortsetzung der copulatio begleitet, fördert, vielleicht ist da auch ein rhythmisches Ausstoßen von Duftstoffen, ein schließlich verdoppeltes Ejakulieren von Duftstoffen, und zugleich ein Duftschrei?

Er, Ducaslaus Grotkau, der sonst im Handumdrehen einschlief, er liegt wach, obwohl er länger gearbeitet hat als sonst, liegt wach seit

Stunden, vermeidet dennoch jede ruckhafte Drehbewegung, will Margarete nicht wecken, es könnte sonst wieder das Lamento einsetzen über ihre wandernden Molesten durch Kopf und Rücken, Brust und Bauch: Fortsetzung ihres lebenslangen Leidensmonologs, und er muß seine Wörter, Sätze zurückstellen, zurückhalten, zurückdrängen, muß sich zurückziehen in sein Schweigen, und dieses Schweigen ist ihr keine Frage wert: Die Apfelbäume, Birnbäume ...? Ein Johannisbrotbaum, womöglich ein Zitronenbaum ...? Schmetterlinge, Schnecken, Leuchtkäfer ...? Der Nagel im Hundeschädel ...? Der Gärtner, der Lischek, der Karl ...? Das Gefühl, das bedrängende Gefühl, all dies steige auf in ihm, wiederholt, wolle raus, müsse raus, doch es darf nicht raus, kann nicht raus: Zitronenbaumschneckenhundeschädelgärtner – ja, wie Gewölle, hochgepreßt in die Kehle, Wortgewölle, und irgendwann einmal wird er das auswürgen über Behältern, in denen er Tinkturen mischt, wird es auswürgen am Fensterbrett, neben dem Zitronensteckling, wird es auswürgen über dem Arbeitstisch: Wortgewölle, Wortgewölle, und er wird schreien, zwischendurch, damit Gewölle nicht im Hals steckenbleibt, wird aus dem Zimmer laufen, wird Wortgewölle vor Margaretes Tür würgen und Wortgewölle würgen auf ihre Bettdecke! Die Angst, ja, zu ersticken, wenn er sich von all den miteinander verfilzenden, verklumpenden Wörtern nicht befreit: wird er die nicht endlich, endlich los, kann nur ein Schrei helfen, ein jäher, heftiger Schrei, so laut, daß er selbst einen hoch über Striegau kreisenden Bussard oder Milan erreicht.

Flirren, Flimmern im Blick, und Schlieren, so dicht, als wäre eine Schnecke über die Linsen gekrochen: Bauch und Nabel, Schenkel, Schenkel ... Und Krallen in den Hinterkopf, Krallen in den Nacken, Krallen in die Schultern, Krallen in die Hoden: Hals und Schultern, Achseln, Brüste ...

Und wenn den Gärtner die Pflanzentinktur nicht heilt? Obwohl in diesem mixtum compositum das aufhellende Johanniskraut einen so großen Anteil hat? Tüpfel-Johanniskraut ... Johannisblut ... Blutkraut: roter Saft, den er aus Blüten preßte, ätherisches Öl – und das sollte nicht helfen beim Lischek Karl, keine Aufhellung einer verdüsterten, einer verfinsterten Seele? Und es hilft auch nicht, daß er, Grotkau, sich zu ihm setzt? Wo sich Schwermut erst mal eingefressen hat, frißt sie auch Wörter mit, schluckt sie. Den Gärtner könnte nur ein Wunder aufheitern, ein rasch für ihn heranwachsendes Wunder: ein Zitronenbaum ... ein Schmetterlingsbaum ... ein Paradiesbaum ... Setzling, der sich im vielfach überschwemmten Boden des Koy-Angers entwickelt zu einem Bäumchen mit zitronengelben, in feiner Zeichnung schwarzgestreiften Blütenblättern, und die müßten so groß werden wie Handflächen, müßten am hochschießenden Stengelstamm so lang werden wie Arme, und diese übergroßen Blütenblätter bewegen sich langsam wie Flügel eines Schmetterlings, der auf sonnenwarmer Fläche ruht, und in einer Minute der Reglosigkeit setzt sich die schwarze Linienzeichnung eines der Blütenflügel fort auf dem nächsten Blütenflügel: schon ist keine Heiserkeit mehr in Lischeks Stimme, und alle Schatten, düsteren Schemen in seinem Kopf sind

Eine Stunde für ihn, eine Stunde im Garten vor der Stadt. Er geht umher zwischen Obstbäumen, Hecken und Sträuchern, setzt sich vor das Holzhüttchen, streckt die Beine aus vor dem Faß für Regenwasser, liest in der Breslauer Zeitschrift einen der Beiträge des Kollegen Johann Günther – ein Beitrag, der schon vor Jahren erschienen ist. Günther berichtet vom Molkenteller auf der Rose von Jericho: einer der Namen, die der Kollege den von ihm entdeckten, von ihm zumindest beschriebenen Schmetterlingen gegeben hat, und er unterscheidet hier zwischen dem weißen Molkenteller mit schwarzen Punkten auf den Flügeln, die unten bläulich sind, und dem lichtbraunen Molkenteller, der vorn am Köpfchen statt der Fühler einen kleinen federwischartigen Wedel hat, schmal und lang. Ducaslaus Grotkau liest weiter von dem nur wenig ruhenden Molkenteller mit seinem immerwährenden Summen, Schnurren – ihn hat Günther den schnellfliegenden, unbeständigen Molkendieb genannt. Grotkau liest diese Formulierung noch einmal: der schnellfliegende, unbeständige Molkendieb. Und er legt die Zeitschrift auf den Boden.

Obwohl die Halswunde gut verheilt unter der Kompresse mit Pflanzenbrei, obwohl er die Tropfen der Pflanzentinktur einnimmt, riecht Lischek nicht wie jemand, der gesund wird, gesund ist. Ja, Grotkau kann sich auf seinen Geruchssinn verlassen: riecht sofort, wenn ein Mensch krank ist! Dies sogar bei Menschen, die ihn nicht zu sich rufen, denen er in den Weg läuft. Nimmt er während einer Plauderei, eines Gesprächs süßlichen Geruch wahr mit einem Hauch Bitterstoff, so weiß er: Molesten mit Magen oder Nieren. Wenn er dem Gesprächspartner dann auf den Kopf zusagt, sie oder er sei nicht gesund, so wird das, nach kurzem Erstarren der Überraschung, meist eingestanden mit der Frage, woher er das wisse. Er riecht es! Er kann auch riechen, ob eine Person dem Geschlechtstrieb folgt oder sich zur Enthaltung zwingt, zur Enthaltung gezwungen wird: säuerliches Aroma molkig ausflockender Substanz. Dies verdichtet beim Lischek, und daraus läßt sich folgern: Kribbeln unter seiner Haut, Druck von innen auf die Augäpfel, und damit Flirren, Flimmern im Blick, auch Schlieren, und

Grotkau liest in der Breslauer Zeitschrift, daß auch der zweite Versuch der Anwendung des neuen Wundbalsams kein klares Ergebnis brachte. Diesmal schlug man den Nagel waagrecht »zwischen den Augen und Ohren hindurch« in den Schädel des Hundes; der Gaumen wurde auf diese Weise nicht penetriert. Der Hund aber wurde taub auf einem Ohr, blind auf einem Auge, lahm auf einer Seite; zur Bewegung, und sei es zur kreisförmigen, war er nicht mehr fähig; Heilwirkung des Balsams war kaum nachzuweisen, obwohl es auch diesmal ins Nagelloch gepreßt wurde; der Hund lag und zitterte, Eiter suppte aus der Wunde; das Tier starb.

So wurde ein dritter Versuch notwendig, auch zur Wahrung der Reputation: die beiden Experimente wurden unter Kollegen konträr erörtert. Einige äußerten die Meinung, man könnte dem Hund ja gleich den Kopf abschneiden – nicht mehr heilbar die Verletzung substantiae cerebri. Andere vermuteten, der Versuch sei vorgetäuscht worden durch einen Taschenspielertrick, eine Gauklerei: so wie man sich einen Dolch an den Hals oder ans Herz setzen und mit scheinbar heftigem Ruck tief hineintreiben könne, während sich, in Wirklichkeit, die Klinge in den Griff schiebe, so ähnlich müsse es sich mit dem großen Nagel verhalten haben. Hoffmann war gezwungen, den Versuch zu wiederholen vor etwa zwanzig Ärzten.

Nun wurde der Nagel wieder senkrecht in den Schädel eines Hundes gehämmert, durch den Gaumen hindurch. Auch diesmal konnte der Wundsaft die Entstehung von Eiter nicht verhindern – Sekret sickerte am folgenden Tag dem zitternden Hund aus dem Maul. Dennoch: daß er nach diesem Eingriff nicht sofort starb, sondern mehrere Tage überlebte, darin sahen auch kritische Kollegen eine Wirkung des Wundbalsams.

Der Bauer ist nicht weichgebacken, sagen sie, der läßt sich nicht gleich niederschmeißen, schon gar nicht läßt er sich aufs Bett schmeißen, wer sich aufs Bett schmeißen läßt, sagen sie, der steht womöglich nicht mehr auf, das Krankenbett wird zum Totenbett; also bleiben sie auf den Beinen, selbst wenn die Knie weich sind – die Natur, so reden sie sich ein, hilft sich selbst, oder: besser als Heilmittel des Arztes sind Hausmittel. Tausendgulden, Flieder, Schafgarbe und Krauseminze, Pfefferminze, Baldrian, Eberwurz und Lerchenschwamm – irgendwas davon aufgebrüht als Tee, angesetzt in Kornschnaps, und kaum ist das getrunken, wird die Bäurin wieder munter, wird der Bauer wieder rüstig. Plötzlich aber schmeißt es einen doch, und er, der Physicus, wird gerufen, weil schwacher Tee und starke Worte nicht mehr helfen. Meist am sehr frühen Morgen das Klopfen: Stirbt, stirbt, stirbt, der Doktor muß kommen!

Ja, reichlich oft wiederholt es sich, daß man ihn erst in den letzten Stunden ruft, und dann erwartet man Wunder von ihm. Der diesmal vor ihm liegt, ist ein Bauer von sechsundfünfzig Jahren; rauher Atem, verquollene Augen, Schweiß auf der Stirn. Der Tod ist ihm ins Gesicht geschrieben, in irisierenden, opalisierenden Buchstaben, diese Schrift kann der Arzt nicht mehr löschen. Doch alles im Haus wartet auf sein Wort gegen die Krankheit, sein Machtwort gegen den Tod – er sieht, und er sagt es, daß er zu spät gerufen wurde. Der Bauer schnauft so schwer, als säße ein Alp auf Brust und Hals; die Lippen blau angelaufen, in dieses Blau scheint sich erstes Schwarz zu mischen; in den Mundwinkeln Schaumflocken, die wischt er weg. Und flößt dem Hechelnden, Ächzenden, Stöhnenden, Röchelnden etwas Kräutertee ein, gegen den Durst. Es wird gemurmelt im Raum, wird gebetet.

Er geht hinaus, schlendert im Hof umher, holt tief Luft, und in diesem Moment japst und schnauft der Sterbende, schon ist Grotkau wieder im Raum, kurz noch das Schnaufen des Bauern, und er ist still. Grotkau legt das Ohr an die Brust, und ihm fällt ein, daß man in der Neujahrsnacht das Ohr an den Boden halten soll, um Kommendes, Künftiges zu hören, doch hier ist keine Zukunft mehr. Und weil es sehr warm ist im Haus, weist er die Familie an, den Toten auf Stroh zu legen, zu waschen. Bewegungen, die er wahrnimmt mit halb geschlossenen Augen. Rasch ist der Tote entkleidet, liegt in der düsteren Stube schimmernd, als begänne schon das Irisieren. Er verläßt das Haus. Im Osten wird der Himmel porzellanfarben, mit aufgehauchtem sanftem Grün; Baumkonturen betonen sich, Vogelzwitschern verdichtet sich; die porzellanfarbene Fläche überzieht ein Blau in dünnster Lasur.

Angst, zuweilen die Angst, Keime in der Stickluft einer der Siechenstuben könnten auch ihn anstecken, und er wird krank. Auch wenn er sich Tropfen seiner Tinktur noch so oft vorzählt: Fieber und Kopfweh oder Brustschmerzen oder beides zugleich und Krämpfe, womöglich Koliken, er beginnt süßlich-bitter zu riechen, und Haut schwärt, Fleisch schwillt, Eiter suppt, schließlich kommt er, Ducaslaus Grotkau, nicht mehr aus dem Bett, und seine Frau, im Bett neben ihm, kann ihm nicht helfen, also muß er den Kollegen rufen lassen, Physicus Günther, und der sitzt am Bett, schweigend, schweigend.

Liegt wach, liegt wach seit Stunden, doch er dreht, wendet sich nicht im Bett, wirft sich nicht herum, das könnte seine Frau wecken und die vielen Klagewörter in ihr. Reglos bleibt er auf dem Rücken liegen: sieht sich reiten, reiten, wie von Flügeln getragen, vom Wind getragen, ja: mit Flügeln windgetragen! Schon erhebt sich zur Rechten, weit draußen, der Kegel des Zobten, schon erreicht er Breslau, schon sitzt er mit dem Buchhändler am Tisch im Gasthof, Fleisch und »Schöps«, schon gehen sie über den Neumarkt, den Salzmarkt, gehen durch Straßen, durch Gassen, gehen ins verrufene Haus, und

Wie aus anderer materia gefertigt sein membrum virile, sein scrotum, notiert Grotkau; seine genitalia saugen Körpergefühl – sonst gleichmäßig verteilt zwischen Schädeldecke und Fußsohlen – in sich hinein, scheinen sich genauer zu umreißen als, beispielsweise, Schultern oder Knie, und, so schreibt er hastig, diese betonten Konturen bereits vor der stimulatio, der erectio. Zusätzlich Ziehen im Wurzelwerk der genitalia. Und dieses Wurzelwerk scheint sich nachzubilden im Kopf, scheint substantiam cerebri anzusaugen, gleichzeitig scheint es Erregungsstoffe (substantiae stimulationis) auszubreiten, die das Gehirn quasi durchtränken.

Rückritt von einem Kranken, Abstecher ins Terrain der Eichen: grüne Raupen an Gespinstfäden, in der Brise schaukelnd. Unter manchen Bäumen hängen Raupen zu Dutzenden, pendelnd und ruckend – fast ein Vorhang, durch den er reitet. Und schon: grüne Raupen auf dem Tuch seines Anzugs, grüne Raupen auf dem Pferdefell. Er sitzt ab, streift Raupen von den Haaren, schnippt Raupen von der Hose, der Jacke, vom Schuh. Weiterhin das Geräusch kleiner, harter Regentropfen, gleichmäßig wie bei Landregen ohne Wind: es regnet, regnet Kot, in winzigen Kügelchen, oder: es regnet, regnet schwarze Aschekörner. Die fallen weiterhin auf Blätter, die noch nicht weggefressen sind, schnellen von ihnen ab, fallen auf tiefere Blätter, jedoch, er sieht die herabfallenden schwarzen Kügelchen nicht, sieht nicht ihr Abschnellen, Umherzucken, entdeckt sie erst auf dem Boden. Und sieht nicht die fressenden Raupen, die liegen dabei auf Blättern, die kriechen in eingerollte, mit Gespinstfäden zusammengezogene Blätter.

Er zieht ein Messer, markiert durch Rindenschnitte einen Baum, dem die Raupen der Eichenwickler, Eichenspinner kaum ein Blatt gelassen haben: Wird sich zu St. Johannis wenigstens der Ansatz einer zweiten Belaubung zeigen?

Er schaut zu, wie Raupen mit Seidenfäden ruckend heruntergleiten, wie sie pendeln, und die Hinterleiber krümmen sich ein, strecken sich, und weiter rucken die Raupen herunter, bis sie erneut haltmachen, hoch in der Luft. Manche Raupen bleiben im Schwebezustand für Minuten, lassen sich dann langsam weiter herab, andre gleiten rasch hinunter am Faden, der aus ihnen herauswächst. Etliche

Raupen verfehlen Blatt nach Blatt, senken sich weiter, weiter herab, bis sie auf einem Grasbüschel landen. Und gleich beginnt solch eine Raupe mit den Bauchfüßen auf dem Halm zu kriechen, bis hin zur Spitze; Suchbewegungen dort mit langsam schwingendem, vom Halm gelöstem Vorderleib, das Raupenmaul erreicht kein neues Eichenblatt, und auf das Fressen von Gräsern kann sich die Raupe des Eichenwicklers nicht umstellen, Gräser lassen sich auch nicht zu Röllchen wickeln, an Grashalmen kann sie sich nur entlangbewegen – der Halm biegt sich herab mit der grünen Raupe an der Spitze, bildet einen Halmbogen.

Im Kopf des Ducaslaus Grotkau entfaltet sich weiterhin der Schmetterlingsbaum, Paradiesbaum. Die Formen, Farben seiner langsam schwingenden, spannenlangen Blütenblätter schaut er Schmetterlingen ab. Also wachsen am Wunderbaum für Karl Lischek neben zitronengelben, schwarzgezeichneten Flügelblättern auch rotbraune Blütenblätter mit blauen Augenflecken, auch leuchtendgelbe Flügelblätter mit schwarzen Randstreifen, auch Blütenblätter, auf die ein griechischer Buchstabe gezeichnet scheint, ein Gamma: durch die Luft getragener Buchstabe, den Menschen nicht sehen können, den nur höher fliegende Vögel sehen könnten, scharfäugig: Buchstabe, der von der Gamma-Eule in der Minute dutzendfach gezeigt und verborgen wird, flimmerndes Gamma hoch über allen Menschenköpfen, für Karl Lischek aber in Augenhöhe herabgesenkt auf Blätter des Schmetterlingbaums. Gibt es auch Falter mit einem Alpha oder Beta, einem Delta oder Epsilon auf den Flügeln? Wenn der Gärtner es lernte, solche Schmetterlinge auf Blütenblättern zu erkennen, zu lesen: Trost für ihn, Zuspruch?

Und wieder: Krallen in den Hinterkopf, Krallen in den Nacken, Krallen in die Schulterblätter, Krallen ins Gesäß, Krallen in die Hoden, ins scrotum, notiert er. In solcher Bedrängnis von seiner Frau abgewiesen – ihr Zittern, ihre kühle Haut, und die Decke bis ans Kinn –, fühlt er sich von apoplexia bedroht, und er weiß: trifft ihn dieser Blitz von innen her, so könnte – ja, er kann womöglich nicht mehr sprechen oder verliert die Erinnerung oder wird halbseitig gelähmt. Warum, so schreibt er hastig weiter, warum hat die Natur es zugelassen, nein: geduldet, daß sein kleiner kompakter Körper so viel Kraft – er wird in seinen Augen noch breiter, scheint fast vierschrötig, und noch buschiger, struppiger die Augenbrauen und noch dicker die Lippen und wie von Heiserkeit überstäubt die Stimme. Und er weiß, so schreibt er mit wild auszackenden Buchstaben: er muß losreiten, nach Schweidnitz! Ins Hurenhaus an der Stadtmauer kann er nicht gehen, notiert er, zu viele kennen ihn, zu rasch würde sich so etwas herumsprechen zwischen Schollwitz, Gräben, Järischau, drum muß er sich mit der stadtbekannten Dirne wieder in ihrem Zimmer treffen, in der Nebengasse, zu der sie getrennt gehen.

Und Stirn und Schläfen, Lider, Lippen! Ihr Hals, die Schultern, Achseln, Brüste! Bauch, ihr Nabel, Schenkel, Schenkel …

Kein Flimmern, Flirren mehr im Blick, keine Schlieren … kein Kribbeln unter der Haut … kein Ziehen mehr … die Hoden scheinen mit kühlem Pflanzenmus gefüllt. Ritt zurück von Schweidnitz nach Striegau. Sein Körper wie von innen her gesalbt mit aufhellenden Pflanzensubstanzen … sein Hirn wie durchtränkt von sanftesten Pflanzentinkturen … Und er ist wieder Herr im Kopf, im Körper, halleluja! Welches Ziel seine Gedanken auch suchen werden: Verbindungslinien entwickeln sich, klar gezogene Linien setzen sich fort in anderen, klar gezogenen Linien … wie von selbst stellen sich Formulierungen ein, ja fliegen ihm zu …

Müßte es nicht, so notiert er, eine Form der Liebe geben, die von pflanzenhafter Sanftheit, Geduld ist? Warum sollte körperliche Liebe zwischen Menschen nicht einer Liebe gleichen, wie sie denkbar wäre zwischen Bäumen? Seine Wurzeln lieben, vor allem die Seitenwurzeln, mit denen man sich näherkommt, berührt, verflicht … Den Stamm lieben, weil in ihm, parallel zum anderen Stamm, Wasser und Nährstoffe aufsteigen … Die Äste lieben, die sich immer weiter, tiefer ins Astwerk des anderen schieben, das wiederum, ganz langsam, ins eigene Astwerk wächst … Die Blätter lieben, weil man sich hier tausendfach, vieltausendfach berührt … Und er schreibt, ohne einzuhalten, weiter: Schweigend ineinanderwachsen in vielen Jahren, mit immer zahlreicheren Berührungspunkten, Berührungsflächen – sollte es nicht möglich sein, daß Menschen in solch eine Liebesform hineinwachsen und damit erst Wurzeln fassen in der Liebe? Und was beim einen geschieht, das geschieht auch beim andren: derselbe Wind, derselbe Regen, dieselbe Sonne ... Und die gemeinsame Gegenwart derart selbstverständlich, daß sie nicht mehr ausgesprochen werden muß ... Kein Spiel mehr von Annäherung, Entfernung, Wiederbegegnung: gleichmäßig wächst man ineinander. Und man wird alle Ungeduld verlieren oder: wird aus aller Heftigkeit herauswachsen, nein: wird über alle Wildheit hinauswachsen ... Ja, eine Liebe, so setzt er neu an, eine Liebe, in der Zeit langsam wird im geduldigen Steigen, Fließen der Säfte. Und man steht, in der Ast-Umarmung, Ast-Verschränkung beispielsweise am sanft ansteigenden Hang des Zobten, spürt sommerheiße Winde, und Regen wäscht und kühlt, und nachts wird man umzuckt von Fledermäusen, umgaukelt von Leuchtkäfern, und tagsüber schweben Zitronenfalter, Tagpfauenaugen durch den gemeinsamen Astraum, Gamma-Eulen, Segelfalter ...

Wenn der Gärtner sich endlich dazu überreden, überwinden kann, etwas zu essen, so ist das nur ein mechanisches Zerkleinern von Brot, notiert Grotkau, das stopft er in sich hinein, und schon nach wenigen Bissen ist der Magen, scheint der Magen ausgefüllt von kopfgroßer Gewöllekugel. Selbst Pflanzenkost scheint im Mund zu vertrocknen, ja, zu verholzen, Holzfasern setzen sich fest in der Gewöllekugel, stechen in die Magenwände, und er kann die Gewöllekugel nun erst recht nicht mehr auflösen, kann sie auch nicht auswürgen, und daran könnte er, so fürchtet er offenbar, ersticken.

Noch immer steckt der Zweig mit den ovalen, hellgrünen, kurzstieligen Blättern im Topf: den bewurzelten Setzling draußen einpflanzen? Freilich nicht in einem Holztrog, den man im Winter in eine Orangerie trägt, der Steckling müßte Wurzeln schlagen im Boden. Wie aber könnte man dieses zarte Gewächs durch den Winter bringen, wie könnte man bei sehr starkem Frost verhindern, daß, später, im wärmesüchtigen Bäumchen die Wasserkapillaren, Wasseradern platzen, und danach auch in Aprikosenbäumen, Nußbäumen und schließlich in Pflaumenbäumen, Birnbäumen? Und blitzschnell entstehen Risse im Holz, und das klingt aus der Ferne, als würden sich Bäume mit Musketen selbst erschießen? Müßte man bei derartiger Kälte nicht Feuer machen zwischen den Bäumen? Doch wird das nicht jeweils nur eine Seite schützen, und von Osten oder Norden her schlägt der Frost seine Fänge, seine Krallen ins wehrlose Holz? Wie die Bäume davor bewahren? Durch Zauber, machtvollen Zauber? »Kommt, ihr Bäume und Äste, seid alle meine Gäste ...«? Und der Zitronenbaum und ein Johannisbrotbaum und Birnbäume, Pflaumenbäume, Apfelbäume, sie folgen der Einladung, ruckeln sich aus dem Erdreich des Gartens vor der Stadt, wanken mit angelegten Ästen, klumpigem Wurzelwerk zu einem Tisch, im Freien gedeckt, und es drängeln sich die Bäume mit raschelndem Astwerk, nehmen zu sich, was ihnen die Kraft gibt, auch den strengsten Winter zu überstehen, und klumpfüßig wanken die Bäume zu ihren Erdmulden zurück, senken ihr Wurzelwerk in den Boden, breiten aufrauschend Äste aus, die Raupen nun nicht mehr kahlfressen können, die Frost nicht mehr sprengen kann?

Nach einem Krankenbesuch ein Abstecher zu seiner mit Rindenschnitten markierten Eiche; er ist sicher, daß der kahlgefressene Baum für dieses Jahr nicht mehr die Kraft aufbringen wird, am Johannistag mehr als Notgrün zu entwickeln, mit erheblich kleineren Blättern.

Jedoch: die Eichenblätter sind so groß wie Eichenblätter, die im Frühjahr gewachsen waren! Sind diese neuen Blätter dafür nicht ganz so fest? Wiederholt befühlt er Blätter, doch sein Tastempfinden kann der Substanz der Frühjahrsblätter nicht genau genug nachspüren, so bleibt der Eindruck, dies frische Grün sei etwas weicher. Eine Täuschung? Sein Baum jedenfalls prangt in neuem Grün und das wird nicht mehr angenagt, aufgefressen, die Raupenzeit der Eichenwickler ist vorbei.

Reglos im Garten stehend, beobachtet Grotkau den Segelfalter: gleitet zur Schlehenhecke, schwingt sich dort hoch in kleinem Aufwind, macht eine jähe Kehrtwende, fliegt zum Haselnußstrauch hinter ihm, erneut das Einschwenken, er schwebt zur doppelt mannshohen Schlehenhecke, läßt sich dort noch höhertragen, kehrt zurück, flattert dicht an Grotkau vorbei. Der dreht sich nicht um, diese Bewegung würde den Falter vertreiben. Es wiederholt sich das Hin und Her zwischen Hasel und Schlehe, Schlehe und Hasel – und Grotkau hält die Luft an: der Segelfalter landet auf seiner rechten Schulter. Rastet dort, an der äußersten Grenze des Blickfelds wahrgenommen, für die Länge von zwei oder drei der unterdrückten Atemzüge, hebt ab, fliegt zum Faß für Regenwasser, breitet an der sonnenwarmen Flanke die weißgelben Flügel aus mit den schwarzen Streifen, blauen Markierungen, orangefarbenen Halbmonden, und es vollendet sich wieder die Zeichnung: schwarze Linien der Vorderflügel setzen sich auf den Hinterflügeln fort, es werden zwei Linien auf den ein wenig überlappenden Flügeln jeweils zu einer einzigen Linie, lupengenau. Die durchgehenden, durchlaufenden Linien als Spiel? Oder als Zeichen, für ihn?

Im Gärtner öffnet sich eine Sprachkaverne, jäh, heftig: Lischek, untersetzter, kräftiger Mann, etwa vierzig, er ist verliebt, schon seit dem Frühsommer, in Johanna, fünfzehn, Tochter des Schusters in der Wittiggasse. Ihr Vater hatte sie, als sie zwölf war, mit einem Schustergesellen aus Järischau verlobt; der soll einmal die Werkstatt in der Wittiggasse übernehmen – zu drei Töchtern ist dort kein Sohn gekommen. Johanna aber kann diesen Schustergesellen nicht »riechen«.

Der Gärtner und Hanna, sie haben sich kennengelernt auf dem Kirchweihfest, haben miteinander getanzt, es ist ihnen sogar gelungen, unbeobachtet den Saal zu verlassen, Umarmung im Dunkeln. Zwar versuchten sie unauffällig, also getrennt, in den Saal zurückzukehren, aber sie wurden von einem Vetter beobachtet. Seither wird, so der Gärtner, jeder seiner Schritte in Striegau von vielen Augenpaaren verfolgt, ja, Lischek hat das Gefühl, die gesamte Oberstadt sei vom Schuster verpflichtet worden, jede Annäherung des Gärtners an sein Revier sofort zu melden. Biegt er von der Schweidnitzgasse in die Kleine Quergasse ein, so wird er bereits in der Kirchgasse beobachtet; geht er die Kirchgasse aufwärts zur Neugasse, so beobachtet man ihn aus der Barbaragasse. Die Schusterstochter allein zu treffen, irgendwo, ist unmöglich – der Schuster hält sie fast ständig im Haus, und wenn sie sich in der Stadt bewegt, so wird sie von einer ihrer Schwestern begleitet oder von der Mutter, einer Tante – ja, sie wird regelrecht flankiert! Da ist es eigentlich überflüssig, daß der Schuster härteste Strafen angedroht hat für den Fall, daß sie sich mit dem Gärtner trifft, daß sie mit ihm auch nur ein einziges Wort wechselt.

Lischek, der in Breslau die »Orangeriegärtnerkunst« erlernt und in Schweidnitz bereits in jungen Jahren geheiratet hatte, dessen Frau jedoch an Typhus gestorben war, er lebt seit mehreren Jahren allein. Und nun hat er sich in Hanna auf das heftigste verliebt, er begehrt sie. Grotkau hat sie ein paarmal gesehn, er kann den Gärtner, den Lischek, den Karl verstehen: ein dickliches Mädchen, aber die Brüste trägt es hoch, und sie wirkt, wenn sie lächelt, pflanzenhaft sanft. Die Leidenschaft des Gärtners ist wahrhaft verzehrend: sichtliches Abmagern des Mannes vom Koy-Anger. Dennoch klagt er über Völlegefühle: obwohl er nur wenig ißt, kommt es ihm so vor, als sei der Magen prall gefüllt – etwas, das sich nicht auflösen will. Grotkau notiert einen Vergleich: wie eine kopfgroße Kugel zusammengepreßten Gewölles, und in den Federn, Fellhaaren, Fellfetzen einige Knöchelchen, die sich schmerzhaft in die Magenwände bohren. Zuweilen fährt Karl in der Nacht hoch – heftigste, krampfartige Magenschmerzen! Und er steht auf, eilt hin und her im winzigen Zimmer der Kate, bleibt zuweilen stehen, schlägt die Stirn an den Türrahmen, hart und schnell wie ein Specht, das bringt aber kein Vergessen, damit betäubt er höchstens die Schmerzen im Bauch. Wie zerschlagen dann wieder ins Bett. Sobald er am nächsten Tag, übernächtigt, die Schweidnitzgasse betritt, von Sehnsucht, von Verlangen, von Begierde getrieben, ist er fast sicher, daß sich Klopfzeichen wiederholen an Zwischenmauern bis hin zum Haus des Schusters, und der packt den Hammer fester: er wird, so hat er gedroht, den Gärtner niederschlagen, falls der es wagen sollte, auch nur in die Nähe seines Hauses zu kommen. Mit rasendem Herzschlag schaut der Gärtner aus der Barbaragasse oder vom Marktplatz kurz in die Wittiggasse, gleich zieht er sich wieder zurück, mit Flimmern, Flirren, wahrscheinlich auch mit Schlieren im Blick, mit dumpfem Pochen in den Ohren. Er scheint besessen von der Vorstellung, Hanna in die Gärtnerkate zu holen, mit ihr zu schlafen, doch alles in der Stadt hat sich gegen ihn, gegen die beiden verschworen. Und er macht seine Arbeit wie in einem bösen Traum. Vergißt zuweilen Aufträge; steht unschlüssig, untätig herum. Die Angst, der Schuster könnte Johanna noch früher als geplant mit dem Gesellen aus Järischau vermählen, bloß um ihm, Lischek, den letzten Rest seiner fast völlig zerstörten Hoffnung zu rauben. Er, Lischek, hat sich in vielen Nachtstunden ausgemalt, wie er nach Järischau wandert, dem Schustergesellen auflauert, der einundzwanzig Jahre jünger ist, ihm das Messer an den Hals setzt und so den Verzicht auf Hanna erzwingt. Weil der Schustergeselle das verweigern wird, malt er sich Rache aus – wiederholt, wiederholt der Griff zum Messer und: Halleluja, der Sack ist ab! Soll dann halt verbluten ...! Kopfloses Umherlaufen darauf in Järischau, Striegau, notiert der Doktor, und in diesem Durcheinander könnte es dem Gärtner gelingen, mit Hanna zu fliehn, nach Breslau, und sie mieten ein Zimmer, verdingen sich in der Orangerie der fürstlichen Gärtnerei, stehen damit unter dem Schutz des nachsichtigen Fürsten, und keiner der Verwandten aus Järischau wird es wagen, Hand an ihn, an sie zu legen ...

Aber ein Breslau, in dem er mit Hanna ein Zimmer teilt – das ist für den Lischek noch weiter von Striegau entfernt als Moskau! Nicht einmal einen Zettel kann er Hanna zustecken! Schon mehrfach war er mit dieser Absicht in die Messe gegangen, in Peter und Paul, wollte Hanna beim Betreten der halbdunklen Kirche das kleingefaltete Brieflein in die Hand schieben, doch näher als zwanzig Schritt kam er nicht an sie heran. Und er saß wie blind und taub in der letzten Bank der Männerseite. So weit, so hoch der Kirchbau auch sein mag – die Mauern, selbst die Gewölbe schienen aus schwärzlich matschiger Masse zu bestehen, die auf ihn herabsank, lautlos, erstickend. Gleich nach dem Segen verließ er die Kirche, sah nur noch Hanna vor sich, konnte nur noch an Hanna denken, und in der Gärtnerei schlug er mit geballter Faust auf Glied und Hoden, daß er sich einkrümmte vor Schmerz inmitten der Pflanzen. Deren Grün schien zu krumpeln, zu schrumpeln, roch süßlich wie Aas.

Nie, so notiert Grotkau, und er stellt fest, daß seine Schrift fahrig wird, er kann die Oberlängen, Unterlängen nicht bändigen, zähmen – nie hätte er dies bisher niederzuschreiben gewagt, aber nun entsteht hier Zwang, übermächtig: Seine Frau, beinah unablässig ächzend, hustend, stöhnend, sie will nicht zulassen oder nur in seltenen, viel zu seltenen Ausnahmen, daß er ihr beiwohnt – und er streicht das Verb, schreibt: sie beschläft. Selbst, wenn sie ihn – und sich – überrascht mit einer Phase von Gesundheit, versucht sie dennoch, ihn abzuweisen. Und schon gleiten Schlieren durch sein Blickfeld, schon ist da Kribbeln unter der Haut, Ziehen in den testes. Wenn Margarete ausnahmsweise einmal keinen Grund hat oder findet, ihn abzuweisen, dann ist sie – so muß, ja muß er das schreiben – von kalt abweisender Gleichgültigkeit, denkt wohl, je weniger Regung sie zeige, desto schneller sei alles vorbei. Gerade das aber fordert ihn heraus, er will Lebenszeichen spüren! Doch sie liegt reglos, mit kühlen Händen, kalten Füßen, kühlen Hinterbakken; stumm läßt sie alles über sich ergehen. Ein paarmal, als sie wieder Molesten, Malaisen vorschützte, sich hustend, würgend entziehen wollte, da hat er sich auf sie geworfen, hat ihren schwachen Widerstand niedergedrückt, schreibt er, niedergepreßt, ja: niedergepreßt, niedergestoßen, niedergepreßt, niedergestoßen. Warum nur, so notiert er in seiner nun wild auszackenden Schrift, warum nur hat die Natur ihn

Und Stirn und Schläfen, Lider, Lippen … Flimmern, Flirren im Blick, Schlieren, so dicht, als wäre eine Schnecke über die Linsen gekrochen: der Hals und Schultern, Achseln, Brüste … Krallen in den Hinterkopf, Krallen in den Nacken, Krallen in die Schultern, Krallen in die Hoden: Bauch und Nabel, Schenkel, Schenkel …

Ritt, unaufschiebbar, zu einem der Kranken in Grunau – er wird, so fürchtet er, am Krankenbett seine Gedanken nicht sammeln können, turbulentia mentalis, doch abgeben mag er den Fall nicht, schon gar nicht an Johann Günther.

In Grunau freilich entspringen ihm seine Gedanken nicht, das Erscheinungsbild des Kranken läßt das nicht zu: der junge Mann schmal, ausgemergelt, Schwindform, Schwundform; er hustet, als sei die Lunge verfault; Fiebern; einen großen Teil seiner restlichen Kräfte scheint er nur zu verbrauchen, um am Leben zu bleiben, diese Kräfte aber lassen nach; irisierendes, opalisierendes Leuchten in den Augen. Ja, ein Leuchten wie bei manchen Moosen, bevor sie absterben oder: bei faulendem Holz, das zuweilen leuchtet, zumindest schimmert.

Auf dem Rückritt aber und in Striegau will ihm der Lischek, der Karl, nicht mehr aus dem Sinn. Wohnt vor der Stadt, auf dem Koy-Anger, und das nächste Haus, ein Bauernhof, ist zwei weite Steinwürfe entfernt: könnte Hanna nicht durchs Jauertor oder Neutor die Stadt verlassen, in jeweils unverdächtiger Richtung, und sie eilt auf Feldwegen nach Südosten, besucht den Gärtner? Doch so was wird man befürchten in der Schusterfamilie, also könnte sie keins der Tore unbeachtet passieren. Drum wird nur dort, wo niemand dies erwartet, wird nur innerhalb der Mauern ein Treffen möglich sein.

Beispielsweise: Hanna gelingt es, sich von Mutter, Tante oder Schwester zu lösen, und sie geht von der Wittiggasse zur Ablenkung in die Barbaragasse, betritt die kleine Kirche St. Barbara, verläßt sie durch den Seitenausgang, gelangt hier auf den Pfad, der an Hintergärten vorbei zum Wittigtor führt, geht durch die Weighäusergasse zum Garteneingang des Arzthauses am Jauertor, schlüpft herein. Und der Gärtner kommt die Schweidnitzgasse herauf und die Jauergasse, betritt das Haus wie andere Patienten. Könnte er hier den Gärtner nicht am gründlichsten kurieren? Sobald er Hanna in die Arme nehmen kann: bestimmt wird sich bei ihr Spannung lösen in Tränen, erst einmal, aber sie werden rasch trocknen auf der erhitzten Haut, und das Kopfende des Betts, das er ihnen zur Verfügung stellt, es wird wenigstens eine Stunde lang an die Mauer schlagen. Dies wäre Triumph auch für ihn: trotz Dutzender wachsamer Augen, weitgeöffneter Ohren den Gärtner und seine Liebste zusammengeführt!

Doch wäre hier nicht einfacher, ungefährlicher diese Möglichkeit: Der Gärtner kommt ungesehen in der Nacht, und zu einer für Konsultationen üblichen Zeit erscheint am nächsten Tag Hanna, begleitet von der älteren Schwester? Vorwände für solch einen Besuch wären leicht zu finden: Magenschmerzen oder Übelkeit oder womöglich eine Kolik, dringend braucht sie ein Heilmittel, das wird er ihr verabreichen! Und während Karl mit Hanna schläft, wird ihre Schwester, die cohabitatio hörend, sie zumindest witternd, in Erregung geraten, wird ihm

Und er liest mit begleitender Feder noch einmal die Frage nach der Weise – nach der Art und Weise der Vereinigung. Läßt sich annehmen, daß die geflügelten Leuchtkäfer und die flügellosen Glühwürmchen sich in den Johanniswochen einfach – auf gemeinsamem Ast und Halm, Ast oder Halm –

Das Rascheln, Nagen, wirbelnd schnelle Trippeln von Mäusen in der Decke über ihm, und durch die Zwischenwand hört er seine Frau husten, stöhnen. Jähe Bewegung der Hand auf dem Blatt. Und erst – ja und erst bei genauerem Beobachten hatte er geglaubt festzustellen – nein: feststellen zu müssen geglaubt – geglaubt, feststellen zu müssen – die eigentlich verstärkte – als würde sehr sanft auf einen Glühpunkt des Johanniswürmchens – doch rasch – rasch aber schwächte sich das kühle Glimmlicht wieder ab, und es erscheint – und es erschien, nach kurzer Verzö

Wut, Wut, eine ihn plötzlich überfallende oder: aus ihm hervorbrechende Wut reißt ihn hoch vom Stuhl am Arbeitstisch, Wörter herausgeschleudert, und die Kraft dazu ballt sich unter dem Zwerchfell zusammen, er weiß nicht, was er in diesem jähen Hochspringen herausschreit, breitbeinig dastehend, und der Kopf, das spürt er, gerötet, und sein Körper fühlt sich noch gedrungener an, die Arme schwingen sich ein in heftiges Pendeln, der Schädel schiebt sich vor, als wolle er

Ja, er hat sich ein Strohseil ums Geschlecht geschlungen, der Waldarbeiter aus Zirlau, hat am Strohseil gerissen, an beiden Enden zugleich, doch das Geschlecht –. Ja, und er hat das Strohseil mit einem Hanfseil verknotet, dieses verlängerte Seil an einem starken Ast befestigt, den zog er herab mit beiden Händen, der Waldarbeiter aus Zirlau, ließ sich zurückfallen, doch das Geschlecht –. Ja, und er löste das Strohseil vom Hanfseil, wollte das Strohseil, um das Geschlecht gezurrt, anzünden, an beiden Enden zugleich, doch dazu hat er nicht

Was in den Eichenwäldern geschieht, vor kurzem noch geschah, sagt der Gärtner, das werden im folgenden Jahr, werden im übernächsten Jahr nicht nur die Eichen erleiden, es werden andere Raupenarten weitere Laubbäume kahlfressen, auch Obstbäume, weil Raupen die Schwäche der Bäume spüren, und die im nächsten Sommer braunen Bäume werden im übernächsten Sommer nicht mehr grün, denn nach unvergleichlich strengem Winter werden diese Bäume die Kraft nicht mehr haben, nach dem Raupenfraß Johannisgrün hervorzubringen, sie bleiben kahl. Ja, ruft der Gärtner, die Bäume werden den Menschen Früchte verweigern, und von Stämmen, Ästen wird sich die Rinde lösen, totenbleich werden die Bäume herumstehn, bis Stürme sie niederwerfen.

Die übergroße Kälte wird einsetzen nach mildem Winterbeginn, in dem Pflanzen, Büsche, Bäume womöglich schon erste Knospen, Blüten zeigen – hier werden sie am verletzlichsten sein. Der Winter wird diese überaus strenge Herrschaft in Schlesien beginnen, natürlich im geschundenen Schlesien! Drei Ellen tief wird der Erdboden hartfrieren, das werden Totengräber am besten bezeugen können: nur mit größten Anstrengungen wird es ihnen gelingen, kleine Gruben ins Erdreich zu hacken. Und die Bäche werden zufrieren, die Fischteiche und Seen, die Flüsse, sogar die Oder. Fische werden unter dem Eis ersticken oder im Eis erstarren, Vögel werden verdursten, Rindern werden in den Ställen die Hufe noch tiefer gespalten von der Kälte, selbst Beinknochen werden, von innen her, splittern. Und Menschen werden ihre Stuben kaum noch heizen können – in Fensternähe wird Wasser in Bechern zu Eis, und wenn oben aus einem Fenster gespuckt wird, trifft unten ein Eisbröckchen auf. Wer das Haus verläßt, nur tausend Schritte geht, dem bilden sich Bläschen, Blasen auf dem Gesicht. Dies wird die Kälte sein, ruft Gärtner Lischek, die Bäume tötet! Denn der verbliebene (oder vorwitzig bereits aufgestiegene) Saft wird zu Eis erstarren, und Äderchen, Adern werden bersten, weil Eis sich dehnt: mit Knallen, Krachen werden von innen her Stämme gespalten. Vor allem Nußbäume werden absterben, Pfirsichbäume, Aprikosenbäume. Und Johannisbrotbäume, Zitronenbäume hätten im Freien überhaupt keine

Ohne begleitende Feder liest er vom Auf- und Abschweben, Hin- und Hergleiten der oszillierend grünen – liest die Frage nach der Art und Weise der – liest, das Leuchten der Glühwürmchen, Johanniswürmchen verstärke sich gelegentlich, als würde sehr sanft auf einen Glühpunkt –

Die Papierbögen auf der Tischfläche, der Zitronenzweig auf dem Fensterbrett. Am Hinterleib eines Schmetterlings ein etwas größerer, fast weißer Schmetterling – die miteinander reglos verbundenen Schmetterlinge bilden eine symmetrische figuratio oder: symmetrische –

Das Mäusehuschen, Mäusetrippeln, Mäusenagen in der Decke über ihm; hinter der Zwischenwand das Bettknarren, Husten. Und er blättert, liest weiter: Schleim-Unterseite an die Schleim-Unterseite der anderen Schnecke zu pressen – Erregung wurde nicht – kein Aufschäumen von Schneckenschleim – Fleischverknäulung, Fleischverknäulung –

Und er geht mit der älteren Schwester der Schusterstochter nachts, wenn niemand sie sehen kann, in den Garten vor der Stadt, und sie beginnen zu tanzen zwischen den Obstbäumen, und sie zieht, weitertanzend, ihr Kleid aus, schwingt es auf einen Ast eines Birnbaums? Und ihr Unterkleid wirft sie auf einen hohen Ast eines Apfelbaums? Und er schlenkert Hose, Hemd auf Nußsträucher, Pflaumenbäume, durch den Garten mit ihr tanzend, und wenn er sie in einer Drehbewegung an sich reißt, spürt sie sein erregtes Geschlecht? Und er faßt ihre Brüste an – pflanzenglattes Fleisch, für ihn herangewachsen in sanften Konturen? Und er preßt die junge Frau an sich, führt sie in die Holzhütte, zieht die Tür

Und Stirn und Schläfen, Lider, Lippen ... ihr Hals, die Schultern, Achseln, Brüste ... Bauch, ihr Nabel, Schenkel, Schenkel ...

Gleich nach dem Aufwachen: mit Asche vermischter Gewölleklumpen unter dem Zwerchfell, etwa faustgroß. Diesen Gewölleklumpen kann er nicht ertasten, doch er spürt ihn deutlich: feste, finstere Zusammenballung, die Oberfläche rauh. Dieser Gewölleklumpen läßt sich nicht auflösen, nicht einmal verkleinern durch Zuspruch, die Verklumpung lastet im Bauch, preßt sich schmerzhaft unter das Zwerchfell, der Druck setzt sich fort bis ins scrotum.

Er bleibt länger sitzen am Tisch. Damit nebenan seiner Frau

nichts auffällt, bei halboffner Tür, und sie stellt womöglich Fragen, ißt er mehr als sonst, zwingt sich dazu: mechanisches Zerkleinern. Erst nach vielen Minuten steht er auf. Und spricht nur kurz hinüber zu Margarete: seine Stimme heiser, sein Sprechen monoton – er hört es fern, als wären die Gehörgänge gefüllt mit Flugasche, Gewöllebüscheln.

Im Stall bleibt er lange neben dem Pferd stehen, mag es noch nicht satteln. Dann reitet er nach Jauernik im Schritt. Als er schließlich das Haus der Kranken erreicht, setzt er sich an ihr Bett, schweigend, schweigend. Damit das Schweigen nicht auffällt, faßt er, hält er ihr die Hand; nun glaubt die Kranke wohl, es werde Heilkraft übertragen, und sie bleibt reglos; es schweigen sogar die Verwandten im Raum. Die mit Asche vermischte Gewöllekugel scheint noch schwerer zu sein.

Im Schritt reitet er zurück nach Striegau. Dort zählt er sich Tropfen vor des Kräuterextrakts, das vor allem Johanniskraut enthält. Diese Tinktur scheint die Kugel aus Gewölle und Asche etwas zu verkleinern, kann sie aber nicht auflösen. Die Angst nun, diese Verklumpung könnte zerbröckeln, zerbröseln, sich im Körper verteilen: Aschenflocken, Gewöllefetzen zuerst in der substantia cerebri, Aschenflokken, Gewöllefetzen im guttur, Aschenflocken, Gewöllefetzen im thorax, Aschenflocken, Gewöllefetzen im abdomen, Aschenflocken, Gewöllefetzen im scrotum.

Wahrscheinlich haften, nein: vermutlich haften – es befinden sich vermut – vermutlich befinden sich klebrige Sekrete – so daß es – so daß die Beine an der glatten – an den glatten – Er schaut auf die Papierbögen, über die Tischfläche verstreut. Finsternis, ans Fenster gepreßt. Er stippt die Feder in den Tintentopf, begleitet weiter den Text: Kleine Haken an den Bein – kleine Häkchen an den Beinschienen. Das Mäusehuschen in der Zimmerdecke, Nagen und Trippeln; nebenan das Knarren des Betts; kein Husten. Kleine Haken setzen sich – Haken setzen sich? Haken sich – krallen sich – Haken krallen sich an – krallen Halt an – Haken finden Halt an

Der Gärtner, notiert er hastig, der Lischek Karl hat wieder zum Messer gegriffen, hat es gegen sich gerichtet in der Gärtnerei, zwischen Hunderten von Pflanzen, hat es sich diesmal nicht in den Hals, hat es sich nicht ins Herz, in den Bauch gestoßen, er schnitt sich, so schreibt er mit wild auszackenden Buchstaben, schnitt sich, und das muß eine besonders brüske Bewegung gewesen sein, schnitt sich die Hoden ab, verblutete. Lautlos das

Und Ducaslaus Grotkau sieht hinter der Stirnwand, wie sich der Rote Milan, der über dem Koy-Anger kreist, jäh herabfallen läßt mit angelegten Schwingen, und dicht über der Gärtnerei breitet er die Flügel aus in voller Spannweite, fächert die Schwanzfedern auf, streckt die Läufe vor, krallt die Zehen in den Hodensack, der Rote Milan hebt ab mit raschen Flügelschlägen, scrotum in den Fängen, fliegt hoch, und sobald der Greifvogel die Höhe des Dachs von St. Peter und Paul erreicht hat, kreist er ein in den Aufwind über der Stadt, Hodensack in den Fängen, kreist, immer höher, über Jauertor, Mehlturm, Schnabelturm, über Gräbentor, Neutor, schwenkt ab aus der sich weitenden Spirale, fliegt mit langsamem Schwingenschlag zur Pyramide des Zobten, fliegt in eine Höhe, die kein Menschenschrei erreicht.

Nachweise

Carabu aus Javasu
In: Dieter Kühn, *Siam-Siam.* Ein Abenteuerbuch. Frankfurt am Main 1972. Hier unter dem Titel *Asia Asia.* Die Psalmanasar-Episoden wurden vom Autor gestrichen.

Ein Mann namens Lia
In: Dieter Kühn, *Siam-Siam.* Hier unter dem Titel: *Deon-D'Eon.* Informierende Zwischentexte nun in betont subjektiver Erzählperspektive: Einführung der Gräfin Rochette. Die Reihenfolge der Sequenzen unverändert. Leichte Kürzungen; redigiert.

Plötzliche Entfremdung
In: Dieter Kühn, *Ludwigslust.* Erzählungen. Frankfurt am Main 1977 (suhrkamp taschenbuch 421)

Die Große Kombinatorische Kunst
In: Dieter Kühn, *Ludwigslust.* Hier unter dem Titel *Das lullische Spiel.* In der vorliegenden Neufassung prägt das kombinatorische Spiel noch stärker die Textstruktur.

Der Himalaya im Wintergarten
In: Dieter Kühn; *Ludwigslust.* Hier unter dem Titel *Ludwigslust.* Titeländerung für den Sammelband *Der Himalaya im Wintergarten.* Erzählungen. Frankfurt am Main 1984 (suhrkamp taschenbuch 1026)

Der wilde Gesang der Kaiserin Elisabeth
In: Dieter Kühn, *Der wilde Gesang der Kaiserin Elisabeth.* Frankfurt am Main 1982 (Collection S. Fischer 25). Einige Sequenzen gestrichen; der Text wurde neu strukturiert.

Die Minute eines Segelfalters
In: Dieter Kühn, *Die Minute eines Segelfalters.* Frankfurt am Main 1992. Kleinere Kürzungen, Änderungen, Umstellungen.